LOUP RÉVÉLÉ

LE DERNIER MÉTAMORPHE #2

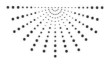

SADIE MOSS

Copyright © 2022 par Sadie Moss

Il s'agit d'une œuvre de fiction. Les noms, les personnages, les organisations, les lieux, les évènements et les incidents sont le fruit de l'imagination de l'auteur ou sont utilisés dans un but fictionnel.

Tous droits réservés. Aucune partie de cette publication ne peut être reproduite, distribuée ou transmise sous quelque forme que ce soit ou par quelque moyen que ce soit, ou stockée dans une base de données ou système de récupération, sans l'autorisation préalable de l'auteur, sauf en cas de courtes citations faites dans le cadre d'une critique littéraire.

Inscrivez-vous à ma newsletter !

https://www.sadiemossauthor.com/francais

CHAPITRE UN

Des sangles épaisses s'étaient enfoncées dans ma peau et m'avaient comme clouée à une surface dure et lisse.

J'avais un goût métallique sur la langue, comme un mélange de sang et de bile dans la bouche. Ma peau était toute engourdie, et les sangles sur ma poitrine, ma taille et mes jambes étaient tellement serrées que j'avais du mal à respirer. Des éclairs de lumière pulsaient derrière mes paupières fermées, sans que je ne puisse les ouvrir. Pour le moment, je n'avais pas la force qu'il fallait déployer pour accomplir ne serait-ce que ce petit geste.

L'objet auquel j'étais attaché se balançait doucement sous moi, tel un bateau qui tanguait en pleine mer, tandis qu'un faible bourdonnement emplissait mes oreilles.

Non. Ce n'est pas bien. Je ne devrais pas être ici.

Il y avait quelque chose de bizarre. *D'irréel.*

La sensation de flou dans mon corps a aussi gagné mon cerveau, en me donnant l'impression d'être la moitié d'une personne, telle une photographie décolorée de quelqu'un qui avait autrefois existé. Quelqu'un qui avait eu des espoirs, des rêves, qui avait subi la perte de choses chères mais qui avait aussi vécu l'amour - bien que personne ne puisse plus deviner ce que c'était.

« Combien Nils en a-t-il rassemblé ? »

La voix masculine venait d'une zone située près de mes pieds.

« Euh, pas autant qu'il le voulait. Les loups se sont dispersés dans les bois dès qu'on a avancé vers eux. Ces putains d'animaux sont plus intelligents que je ne le pensais, » a répondu une autre voix. Celle-ci aussi était masculine et avait un son rauque et profond, comme si celui qui s'exprimait fumait un paquet de cigarettes par jour.

« C'est pour ça qu'il est resté derrière ? »

« Ouais. Il va faire une dernière vérification et attraper ceux qui se cachent encore dans le périmètre que nous avons mis en place. »

Un troisième homme a rouspété. « Mais bon sang. Il les chasserait pour toujours s'il le pouvait. Il vit pour cette merde. Mais c'est fini, non ? On l'a eue. C'était notre objectif principal. »

« C'est fini quand Nils dit que c'est fini », a plaisanté l'homme à mes pieds. « Il en prendra au moins quelques-uns de plus avant d'abandonner. Comme tu l'as dit, il aime cette putain de chasse. »

Les trois voix grinçaient dans mes oreilles, et je souhaitais pouvoir lever les bras et presser mes mains sur les côtés de ma tête. Leur discours désinvolte et insensible a touché une zone tendre dans mon cœur - un trou que je ne pouvais pas encore identifier. De quoi parlaient-ils ?

De *Nils* ? Qui était-ce ? Et qui chassait-il ?

Les questions flottaient à la surface de mon esprit brumeux comme l'écume sur un étang saumâtre, mais je ne voulais pas vraiment avoir de réponses à aucune d'entre elles. Une partie de moi savait que les réponses fendraient mon âme en deux, alors à la place je me suis accrochée à l'engourdissement.

Mais l'engourdissement s'est estompé.

Mon cerveau s'éclaircissait, et en même temps que cela se produisait, je sentais que mon corps allait de plus en plus mal. Ma tête se balançait d'avant en arrière sur la surface dure en dessous de moi, envoyant une douleur à l'arrière de mon crâne.

J'ai gémi et un son sourd et pathétique est sorti de ma bouche avant que je ne puisse le stopper.

La conversation décontractée autour de moi s'est arrêtée.

« Merde. Elle est en train d'émerger. Vérifiez ses sangles », a dit l'homme à la voix rauque.

« Je l'ai fait. C'est bon, a répondu celui qui était à mes pieds.

Mais malgré ses paroles, des mains ont saisi les liens de cuir qui me retenaient, et les a serrés encore plus fort, ce qui m'a donné l'impression d'être lentement écrasée à mort. J'ai gémi à nouveau, en émettant à la fois un gémissement de douleur et de panique.

« Tout va bien, Alexis. Tout va bien. »

La nouvelle voix était douce, féminine… et familière.

Avec une lenteur atroce, j'ai ouvert les paupières, et tourné un peu la tête pour regarder là d'où provenait le son.

Je me suis sentie soulagée.

Je connaissais ces yeux marron clair, je les reconnaîtrais n'importe où. Je connaissais les cheveux bruns parsemés de gris, la coupe de cheveux simple, les lunettes. Je connaissais chaque ligne et chaque courbe du visage qui me fixait.

J'ai croassé « Maman ? » et l'espoir est monté dans ma voix.

L'expression de la femme a tressailli de surprise, puis elle a légèrement secoué la tête, et ses traits se sont durcis. La bouche que j'avais vue sourire si souvent s'est comprimée pour former une fine ligne. Les pattes d'oie autour de ses yeux se sont creusées et elle a froncé les sourcils. Ces petits gestes ont changé toute son apparence, et confuse, j'ai cligné des yeux.

Pourquoi ma mère était-elle si en colère ? Qu'est-ce que j'avais fait ? Et pourquoi avait-elle laissé ces hommes m'attacher à une table, serrant mes liens si fort que j'avais l'impression de mourir ?

« Maman, je... »

Son visage a encore réagi à ce mot, et l'homme posté à mes pieds s'est moqué dans un souffle. Je me suis interrompue, la peur et la panique se sont insinuées dans mon cerveau embrumé.

Qu'est ce qui se passait ?

« Donnez-lui plus de sédatifs », a dit ma mère, d'une voix chargée d'une émotion que je n'ai pas pu identifier. Quand l'homme à mes pieds a hésité, elle a levé les yeux vers lui. « Maintenant ! »

Le grand homme a secoué la tête. « Désolé, McGowan. Le docteur Shepherd a dit de ne pas lui en donner trop. Il ne veut pas que cela interfère avec son évolution. Elle en est toute proche. »

McGowan ? Mais ce n'est pas son nom. C'est Maddow. Karen Maddow.

Une douleur sourde m'a marqué les tempes pendant que j'essayais de faire travailler plus vite mon cerveau paresseux.

Ma mère l'a regardé fixement. « Elle peut en supporter un peu plus. Tu peux lui dire que tu l'as fait en obéissant à mes ordres si ça t'inquiète tant. »

« D'accord, d'accord. C'est toi qui assumeras les conséquences. » Il a abandonné son poste près de mes pieds et traversé la pièce vers l'autre côté.

Non... pas une pièce. Une ambulance.

Nous étions dans quelque chose qui ressemblait à une ambulance, bien que l'espace soit plus grand et plus dénué d'équipements que les autres ambulances que j'avais vues auparavant. Le mouvement du véhicule qui filait sur l'autoroute était la cause du balancement, et deux des voix masculines que j'avais entendues devaient appartenir aux deux gars assis à l'avant.

J'étais attachée à une civière métallique installée le long d'un mur, à mi-chemin entre les sièges avant et les portes arrière. Du matériel médical était rangé dans une armoire fixée à l'autre mur, et plusieurs fusils et armes reposaient sur un support à proximité. Un porte-bloc avec des papiers comportant des feuilles de calcul était suspendu à un crochet derrière le siège du conducteur. L'intérieur de l'ambulance était sombre - il n'y avait pas de fenêtres sur les côtés, de ce fait, la seule lumière disponible provenait de l'avant et de deux petites fenêtres à l'arrière.

Ce n'était pas une *vraie* ambulance. Du moins, elle

ne ressemblait à aucune ambulance dans laquelle j'étais déjà montée. Cela avait l'air trop vide, trop improvisé pour être une ambulance.

Tout cela sonne faux.

J'ai jeté un coup d'œil à ma mère pendant que l'homme fouillait dans les médicaments. Une pensée se pressait au fin fond de ma tête, planant à la limite de ma conscience comme une tumeur grandissant dans mon cerveau. Quelque chose d'important.

« Maman », ai-je râlé. « Qu'est-ce que tu... ? »

Et puis je me suis souvenue.

Comme une vidéo en avance rapide, tous les souvenirs des dernières semaines sont revenus pour remplir le vide que les médicaments avaient provoqué dans mon système.

L'attaque du complexe Strand. La panique, le chaos et la confusion. Les quatre hommes qui prétendaient vouloir me sauver.

Ma mère, qui pointait une arme sur ma tête et qui tirait.

J'ai aspiré une bouffée d'air, mes yeux se sont agrandis, ma poitrine s'est tendue contre l'épaisse lanière de cuir qui me retenait.

« Non... Vous... ! »

Avant que je ne puisse en dire plus, l'assaut des souvenirs a continué, me privant de mots.

Ces quatre hommes m'avaient secourue et sauvée

d'une vie de mensonges et de manipulations cruelles. J'avais couru avec eux, à travers tout le pays, à la recherche d'un peu d'espoir, d'aide. Pour la meute perdue.

Mais nous avons été chassés.

Lors de mon séjour qui avait duré dix ans dans le complexe Strand, ils avaient implanté une puce sous ma peau. Et lorsque je me suis échappée, ils ont utilisé cette puce pour me traquer comme un animal. J'ai été obligée de fuir à travers les bois, loin des hommes qui étaient devenus tout pour moi.

Et de cette femme. Celle dont le visage m'avait semblé si familier ? Je ne la connaissais pas du tout.

« Tu n'es… *pas*… ma mère. »

Les mots sont sortis, d'un ton dur et empruntés alors qu'une colère comme je n'en avais jamais connue inondait mes veines comme si c'était un feu en fusion.

« Sanders, où en êtes-vous avec ce foutu sédatif ? » Elle a tendu une main, paume en l'air, mais son regard n'a pas quitté mon visage.

« J'arrive, j'arrive. Putain, calme-toi. »

« Donne-le moi. Maintenant. » La femme qui n'était pas ma mère a parlé lentement, comme si elle s'adressait à un idiot.

Mais je pouvais à peine entendre ses mots. La rage qui me traversait irradiait mes terminaisons nerveuses, donnant de la force à des muscles pourtant faibles et faisant affluer le sang dans mes oreilles.

« *Tu m'as menti !* » Le cri est sorti en m'arrachant la gorge. Chaque parcelle d'angoisse et toutes les trahisons que j'avais vécues, livrée aux mains de cette femme - *de tous ces gens* - recouvraient de venin mes mots. « Comment as-tu pu faire ça ? Tu m'as fait croire... Tu m'as dit... »

« Sanders. *Maintenant.* » L'expression de l'inconnue familière n'a pas changé, mais ses narines se sont dilatées et sa main a légèrement tremblé.

Tout en semblant s'endurcir, elle s'est approchée de moi et a lissé mes cheveux du bout des doigts, en fredonnant une douce berceuse. La chanson qu'elle avait l'habitude de chanter quand j'étais triste ou contrariée.

Notre chanson.

Le son doux et mélodieux a tordu une lame dans mon cœur mais j'ai pu reprendre mon souffle. J'ai détourné la tête de son contact.

« Non ! Ne fais pas ça, putain ! Je pensais que tu m'aimais ! *Tu m'as menti toute ma putain de vie !* »

Le son de ma voix s'élevait à chaque mot, et je me débattais malgré les sangles qui me retenaient, en me tordant la tête d'avant en arrière tout en luttant pour libérer mes bras et mes jambes. Les liens tenaient bon, mais la civière entière vacillait sous moi.

« Merde ! Ici, ici ! »

Tout en me regardant avec des yeux écarquillés, le grand homme a fouillé dans les fournitures et a attrapé une seringue remplie d'un liquide ambré pâle. Il s'est approché de McGowan, la femme que j'avais aimée comme étant ma mère et l'a glissée dans sa paume. Elle a arraché le bouchon, s'est penchée sur moi pour glisser l'aiguille dans mon bras.

J'ai ressenti une douleur semblable à celle d'une piqûre de guêpe et j'ai recommencé à me débattre, à me tortiller et à haleter comme un animal.

Le visage de celle qui n'était pas ma mère se déformait tellement elle était concentrée, et elle a appuyé fortement sur mon bras de sa main libre, en me maintenant immobile pendant qu'elle m'administrait le médicament. Ses lunettes ont légèrement glissé, et elle a froncé le nez pour essayer de les remettre sur son visage - quelque chose que je l'avais vue faire des centaines de fois depuis que je la connaissais.

Ce petit geste, cette vision douloureusement *familière,* m'a brisé le cœur plus que tout autre chose.

Je me suis forcée à dégager de la salive dans ma bouche sèche et cotonneuse et je lui ai craché au visage.

« Merde ! »

Elle a fait un bond en arrière, en arrachant l'aiguille de mon bras après une autre piqûre douloureuse. Elle a jeté la seringue vide dans un panier derrière elle, a retiré ses lunettes et les a essuyées sur sa chemise, puis a passé une main sur son visage.

Un muscle de sa mâchoire s'est contracté lorsqu'elle a remis les épaisses montures en place, mais une fois que le sédatif m'avait été injecté, elle a semblé se détendre un peu. Je pouvais déjà le sentir se répandre dans mes veines, il ramenait avec lui l'engourdissement.

« Je tenais à toi, Alexis », a dit McGowan, le visage impassible. « Je sais que tu ne me crois pas, mais bien sûr que si. Nous avons passé trop d'heures ensemble pour que je ne m'attache pas. »

« Attachée *d'une certaine manière* ? » me suis-je étouffée.

Le sédatif s'est répandu dans mon corps et a ralenti mes mouvements alors que je continuais à lutter pour détacher mes liens. Je pouvais sentir que le produit tentait d'assouplir mes muscles, mais la colère qui irradiait du fond de mon estomac ne l'y autorisait pas. Tout mon corps s'est mis à trembler et mes dents à claquer alors que la rage m'envahissait.

« Tu. Ne. M'as. *Jamais*. Aimée. » Ma voix tremblait d'émotion alors que je forçais les mots à sortir de ma bouche. « On n'aime pas quelqu'un si on le garde enfermé. On n'aime pas quelqu'un si on lui ment sur tout. On ne l'*utilise* pas dans ses expériences de malade. Ce n'est pas... De l'amour putain ! »

« Ça n'a pas d'importance. » La femme à la coupe au carré simple a secoué la tête de manière fatiguée, comme si elle en avait déjà assez d'avoir cette dispute avec moi. « C'est fini maintenant. Plus de faux semblants. »

Mon corps s'est mis à trembler et à tressailli en luttant contre le sédatif, mes muscles commençant à gagner de la force plutôt qu'à en perdre.

« *Non !* » ai-je crié. « *On n'aime pas quelqu'un pour l'abandonner comme ça !* »

Des larmes brûlantes ont coulé sur mes joues, des traînées chaudes de colère et de douleur qui disparaissaient dans le désordre sauvage de mes cheveux blonds teints. Un son à mi-chemin entre un grognement et un gémissement est monté dans ma gorge, et mes lèvres se sont retroussées sur mes dents.

McGowan a cligné des yeux et a reculé d'un pas, la peur est passée sur son visage.

Une partie primitive de moi a vu cette peur et l'a aimée. J'avais envie de la chasser, de m'en délecter.

« Putain, qu'est-ce qui se passe là derrière ? » a appelé le chauffeur depuis l'avant.

« Merde. Pourquoi elle ne descend pas ? La seringue que je t'ai donnée avait la dose maximale ! » Le grand homme à côté de moi s'est tourné vers ma mère, les yeux écarquillés au milieu de son visage large et écrasé.

« Donne-m'en une autre », a-t-elle ordonné, la voix tremblante.

« Mais... »

« Une autre ! !! »

Il s'est empressé d'obéir, s'élançant vers l'armoire à pharmacie pour en sortir une deuxième seringue, tandis que ma mère attrapait une arme sur le mur derrière elle.

Je pouvais sentir la peur monter en eux deux, la sentir irradier les sièges avant, et cela nourrissait la *chose* sauvage qui vivait en moi.

L'animal.

La louve.

Mon corps a encore été secoué, mais cette fois, j'ai senti mes os se briser. J'ai été envahie d'une agonie fulgurante, et j'ai crié, en me cambrant contre les liens serrés, les veines de mon cou semblaient vouloir se rompre.

« Putain - »

L'homme à la seringue s'est approché de moi, l'aiguille en position, au moment où ma mère levait son arme.

Mais ils sont arrivés trop tard.

Dans un hurlement, ma louve est sortie.

CHAPITRE DEUX

Cela faisait mal.

Cela faisait si mal que je ne pouvais penser à rien d'autre, je ne pouvais que me concentrer sur la douleur. Le changement m'a consumée, détruite, réduite en cendres comme un phénix avant qu'il ne s'élève des flammes.

Dans ma peau, mes os se sont fissurés et reformés, devenant plus grands et plus forts. De la fourrure a poussé sur tout mon corps tandis que ma bouche, mon nez et mes oreilles s'allongeaient. Le cri sans fin qui s'échappait de mes lèvres s'est transformé en un hurlement sauvage, le son effrayant se répercutait sur les parois métalliques de l'ambulance de fortune.

La pression exercée par ma transformation soudaine a fait craquer les boucles de mes attaches. Elles se sont détachées, frappant les côtés de la civière d'un bruit sec. Tout le temps de la transformation, mon cerveau était embrouillé, j'étais désorientée et ressentais une telle douleur. Puis avec mes grandes pattes, j'ai cherché à m'agripper pour essayer de me retourner. La civière a basculé sur le côté juste au moment où retentissait un coup de feu, et la balle de l'arme de McGowan a frôlé mon oreille tandis que je m'allongeais sur le sol.

« Non ! On est censé la garder en vie ! », a crié quelqu'un à l'avant.

Mais la femme avec des mèches de cheveux gris n'écoutait pas. La peur et la panique emplissaient son expression alors qu'elle levait à nouveau son arme, la pointant droit sur moi.

Ma louve ne m'a pas laissée hésiter.

Elle ne m'a même pas laissée réfléchir.

Je me suis précipitée vers elle dans l'espace restreint du véhicule, mes pattes avant ont frappé ses épaules et l'ont fait tomber avec un bruit sourd. C'était une femme grande, bien plus grande que je ne l'étais sous forme humaine. Mais là, coincée sous mes pattes massives et le poids de mon corps de loup, elle se sentait petite.

Vulnérable. Telle une proie.

Tout en respirant difficilement, elle a essayé de lever son arme, mais mes mâchoires se sont refermées sur son avant-bras. Du sang cuivré a peint ma langue, et elle a hurlé de douleur, se débattant sous moi alors que ses doigts soudainement inutiles lâchaient l'arme.

Le son de son cri a fait dresser mes oreilles et mes poils se sont hérissés, alimentant le redoutable prédateur qui avait envahi mon corps et mon esprit.

Une proie.

J'avais vu une fois le loup de Noah tuer un homme, j'avais vu avec quelle facilité cela pouvait se produire. Mais ça n'avait pas d'importance. Ma louve savait quoi faire sans avoir besoin d'avoir une démonstration. Elle portait cet instinct ancien au plus profond de son ADN.

Dans un grognement féroce, j'ai baissé la tête, j'ai serré mes dents autour de la gorge de la femme, et je l'ai déchirée.

Le sang a giclé en faisant un arc de cercle large sur le côté de l'ambulance tandis que son cri s'arrêtait brusquement et que son corps tombait mollement sous moi.

Je l'ai regardée fixement pendant un moment, en essayant de ressentir... quelque chose.

Mais la Alexis, que j'avais été toute ma vie, celle qui avait aimé cette femme, était enfouie si profondément sous la surface que c'était comme regarder à travers une fenêtre en étant à des kilomètres de distance.

Je ne me sentais pas responsable. De rien du tout.

La prédatrice qui avait dormi dans mon corps pendant des années, nourrie et entretenue par tout un mélange de médicaments que les médecins de Strand m'avaient donnés, avait finalement réussi à se libérer. Et elle avait le contrôle maintenant.

Tout semblait différent à travers les yeux de ma louve. Les couleurs, les formes, *rien* ne semblait familier. Les odeurs étaient plus nettes, les sons plus prononcés, comme si le monde lui-même m'assaillait de sensations. La douleur de ma transformation s'était estompée, mais mon corps me semblait étranger, comme s'il n'était plus le mien.

Puis de nouveaux sons sont parvenus à mes oreilles. Des voix aiguës provenant du siège avant, et la respiration difficile de l'homme derrière moi.

Non. De l'homme qui essayait de *se faufiler* derrière moi.

Je me suis retournée rapidement, le mouvement était maladroit dans l'espace confiné qui semblait avoir rétréci lorsque je me déplaçais. L'homme avait la main tendue et son pouce était posé sur le piston de la seringue. Avec un grognement, j'ai attrapé son avant-bras entre mes dents, tournant brusquement la tête sur le côté et le déséquilibrant.

Il a crié et a trébuché sur le sol de l'ambulance qui se balançait doucement, manquant de trébucher sur le corps de la femme gisant dans une mare de sang près des portes arrière. L'aiguille lui a échappé, glissant sur le sol couvert de sang.

« Putain. Putain ! »

Ses yeux allaient et venaient sur son visage large, cherchant une échappatoire alors qu'il tenait son bras blessé contre sa poitrine, son autre main tâtonnant aveuglément sur le mur à côté de lui pour trouver une arme. Il ne semblait pas se soucier de la directive du conducteur de ne pas me tuer, pas plus que McGowan.

« Sanders ! » a appelé l'homme dans le siège du conducteur. « Initiez le protocole de descente ! »

« *Vous* lancez le protocole de descente ! », a-t-il hurlé, sa voix s'élevant à chaque mot tandis que des perles de sueur coulaient sur son visage. « Il y a une putain de louve géante derrière. Elle a tué McGowan ! Aidez-moi, putain ! »

« *Putain de merde* ! Vas-y. » Le conducteur a donné un signe de tête à l'homme assis sur le siège du passager avant, qui a détaché sa ceinture de sécurité.

Merde. Je ne pouvais pas les laisser m'enfermer.

Alors que l'homme se faufilait entre les sièges à l'arrière de l'ambulance, je me suis mise en mouvement. Celui qui était devant moi avait finalement enroulé ses doigts tremblants autour d'une arme, mais avant qu'il ne puisse la sortir du râtelier et tirer, j'étais sur lui, mes dents déchirant le muscle et la chair. Il a crié et s'est agité, ses membres bougeant inutilement pour essayer de me repousser. Quand il n'a finalement plus eu de forces, j'ai jeté son corps sur le côté.

Mon museau et ma fourrure étaient recouverts de sang, et je me suis retournée pour faire face à la nouvelle menace. Les cheveux blond clair de cet homme brillaient comme une tige de blé au soleil, une teinte presque irréelle pour mes nouveaux yeux de louve, alors qu'il regardait avec horreur le carnage autour de nous.

Un dixième de secondes trop tard, il s'est secoué et s'est remis de son choc au même moment où je me suis élancée vers lui. Cet homme était plus rapide que les autres. Il s'est jeté sur le côté, en évitant mes lourdes pattes et mes dents qui claquaient. J'ai heurté l'arrière du siège passager, faisant trembler l'ensemble avant de me redresser et de secouer ma fourrure.

Quand je me suis retournée, le canon d'une arme était pointé sur ma tête, à quelques centimètres de mon visage.

« Ne fais pas ça. Putain. Ne bouge pas », a-t-il ordonné en reculant lentement, poussant la civière sur le côté pour mettre plus d'espace entre lui et moi. « Tu as compris ? Tu me comprends, toi *la louve* ? »

L'homme ne devait pas avoir plus de trente ans, et sa respiration était haletante alors qu'il tenait son arme si fort que ses articulations sont devenues blanches.

« Orazio ? Tu t'en occupes ? Tout est sous contrôle ? »

Le conducteur a haussé la voix depuis l'avant, en tordant le cou pour regarder par-dessus son épaule. Le véhicule vacillait, et il a donné un coup de volant pour corriger notre trajectoire.

« Oui. » L'homme aux cheveux d'or a fait couler la sueur de ses yeux, en se passant nerveusement la langue sur les lèvres. « Oui, je m'en occupe. Elle ne fera rien de stupide. »

Il a écarté les jambes pour garder l'équilibre alors que nous filions sur l'autoroute, gardant l'arme dans sa main gauche pointée sur moi. Je l'ai fixé du regard, mes yeux de prédateur scrutant chaque signe de faiblesse, cataloguant chaque ouverture possible. Il était de taille moyenne, mais je pouvais presque le regarder droit dans les yeux lorsque nous nous sommes affrontés dans l'enceinte de la grande ambulance.

J'étais grande comment ? Tous les métamorphes que j'avais vus jusqu'à présent étaient plus grands que des loups sauvages, mais je semblais encore plus massive que dans mon souvenir.

« Orazio ! Il y a un pistolet tranquillisant sur le mur près de la porte arrière », a appelé le chauffeur.

« Je n'en sais foutrement rien, mec. Je crois qu'on devrait la buter. On leur dira que c'était un accident. »

Une peur sauvage a brillé dans les yeux de

l'homme et j'ai vu son doigt se crisper sur la gâchette. Il se fichait de trouver le pistolet tranquillisant ou de me préserver pour Strand. Il voulait juste survivre à tout ça.

Et moi aussi.

Son doigt s'est resserré alors qu'il déplaçait l'arme progressivement vers la droite, en essayant d'aligner le tir parfait juste entre mes yeux. Le véhicule a fait une nouvelle embardée, le conducteur s'est retourné pour regarder et le bras de l'homme blond a plongé. En un éclair, je me suis jetée en avant. Un coup de feu a retenti comme un coup de tonnerre dans l'espace restreint, et une douleur perçante a traversé mon flanc une demi-seconde avant que mon corps massif ne s'écrase sur le sien.

L'homme a grogné lorsque nous avons heurté le sol plein de sang de l'ambulance et a lutté frénétiquement pour se glisser sous moi. Il a libéré son bras, levant à nouveau son arme, mais je l'ai repoussé d'un coup de patte. Un autre coup de feu a retenti, suivi d'un grognement douloureux, mais je l'ai à peine entendu tandis que mes mâchoires se refermaient sur sa gorge. J'ai senti son cou se briser entre mes dents et son corps s'est raidi et a eu encore quelques tremblements avant de devenir complètement mou.

Alors que je m'accroupissais au-dessus de sa forme allongée, j'ai réalisé que sa chemise sombre était imbibée de son sang... et du mien. Le premier coup qu'il avait tiré m'avait touchée sur le côté, et le sang s'écoulait de la blessure, en me donnant le vertige. J'ai laissé échapper un gémissement plaintif, secouant la tête contre la douleur et les sédatifs qui tentaient encore de prendre le dessus sur mon organisme.

Je ne pouvais pas me reposer. Je ne pouvais pas m'arrêter. Il y en avait encore un. Le conducteur...

L'ambulance a soudain tremble et se balançait d'avant en arrière. Je me suis éloignée en titubant de l'homme blond, en regardant vers l'avant en reprenant pied.

Le conducteur était affalé sur le volant, du sang s'écoulant d'un trou de balle à l'arrière de sa tête.

Oh putain.

Oh non.

L'homme avait la peau foncée et faisait un poids considérable, et son corps posé sur le volant était la seule chose qui empêchait celui-ci de tourner par lui-même.

J'ai jeté un rapide coup d'œil par la fenêtre, la peur me serrait la gorge. Nous étions sur un tronçon d'autoroute droit et étroit, une route à deux voies bordée de fossés larges et de bois épais de chaque côté. Mais sans personne pour prendre le contrôle de ce gros véhicule, ce n'était qu'une question de secondes avant que nous ne dérivions dans l'un des ravins sur le côté de la route.

Un gémissement fort m'a rempli les oreilles lorsque l'ambulance s'est inclinée sur la droite, heurtant les bandes rugueuses sur le côté de la route avant de s'écarter à nouveau. Mon cœur s'est soulevé dans ma gorge et j'ai sautillé vers les sièges avant, la blessure au côté rendant ma démarche irrégulière.

Merde !

Il n'y avait rien que je puisse faire sous cette forme, à part regarder le paysage extérieur défiler vers moi, les bandes jaunes et blanches sur la route gris foncé passant en un flux régulier. Je ne pouvais pas sortir d'ici et je ne pouvais pas arrêter l'ambulance en fuite.

J'ai regardé, impuissante, la mort s'abattre sur moi.

CHAPITRE TROIS

Malgré toutes ces heures passées à chercher à l'intérieur de moi cette louve à laquelle je ne croyais pas vraiment, je n'étais pas préparée à l'ampleur du changement, à son accomplissement total. L'animal avait pris le dessus à la fois sur mon corps et mon esprit, et même si ma louve gémissait plaintivement, me suppliant de trouver un moyen de m'en sortir, elle refusait de céder le contrôle.

S'il te plaît. Tu en as fait assez. Tu dois me laisser prendre le contrôle. Je t'en prie !

J'ai forcé la louve en moi à battre en retraite, en poussant le levier de vitesse de toutes mes forces tandis que les roues suivaient sur le bitume les bandes rugueuses, et que le véhicule tremblait et tanguait. Mes pattes glissaient sur les flaques de sang qui se répandaient lentement sur le sol métallique sale.

J'ai finalement repris conscience dans mon esprit tourbillonnant en regardant avec effroi à travers le pare-brise avant : je ne reverrai jamais Noah, Rhys, Jackson, ou West. Je ne reverrai jamais les quatre métamorphes qui sont rentrés dans ma vie dans une série de coups de feu et qui m'avaient sauvé de cette vie dont je ne m'imaginais même pas devoir m'éloigner. Ils étaient ceux qui m'avaient montré ce que cela signifiait d'être vraiment en vie, qui m'avaient appris le sens de la famille d'une manière que même la femme que Strand avait payé pour se faire passer pour ma mère n'aurait jamais réussi à m'inculquer.

Cette pensée m'a transpercé le cœur, en me faisant presque plus mal que la balle qui m'avait transpercé le flanc.

Non !

Cela ne pouvait pas se passer ainsi. Je *devais* retourner auprès d'eux.

J'avais besoin de voir les beaux yeux bleus torturés de Rhys. D'entendre le rire de Jackson. De sentir les bras de Noah autour de moi, qui me protégeaient de toutes les horreurs du monde. J'avais besoin de goûter les lèvres de West à nouveau sur les miennes.

Ma louve a laissé échapper un hurlement profond, comme si ces hommes lui manquaient autant qu'à moi. Comme si son appel pouvait les ramener à nous, réunissant en quelque sorte notre petite meute.

L'ambulance a franchi la ligne jaune, dérivant vers l'autre côté de la route en vacillant de manière instable. Une peur glaciale a envahi mes veines.

S'il te plaît, l'ai-je suppliée, mon museau se plissant en un grognement alors que je me battais avec tout ce que j'avais en moi. *S'il te plaît, lâche-moi* !

Et finalement, elle l'a fait.

Je me suis pliée en deux tandis que le changement secouait de nouveau mon corps en me balayant comme une secousse sismique. Mon hurlement d'agonie s'est transformé en un cri rauque, pendant que mes membres reprenaient forme humaine. Et je suis tombée à quatre pattes, en tendant une main vers le haut pour agripper la zone qui saignait au niveau de mon flanc. Un petit morceau de métal apparaissait à la surface, et malgré le gémissement que cela m'a fait pousser, j'ai réussi à l'extraire. La transformation avait forcé la balle à sortir de la zone blessée.

L'odeur du sang n'était pas aussi forte sous cette forme, mais elle m'a quand même retourné l'estomac. Entre deux nausées et vomissements, je me suis forcée à ramper vers le siège avant malgré les flaques rouges et collantes. Une lumière grise et brumeuse cernait mon champ de vision, et mes membres tremblaient tellement qu'ils pouvaient à peine supporter mon poids, mais j'ai serré la mâchoire et concentré mon attention sur un seul objectif.

Atteindre le conducteur.

J'ai utilisé le siège en cuir abîmé pour me mettre debout, et quand j'ai regardé par le pare-brise, mon cœur s'est arrêté.

Je n'avais plus le temps.

L'ambulance se dirigeait vers le bas-côté de la route telle un train en fuite, et grâce à une poussée d'adrénaline mon corps épuisé a finalement réagi. J'ai tiré le haut du corps du conducteur du volant, en le poussant sur le côté.

Mais il était trop gros, et j'étais trop petite, putain. Je n'arrivais pas à faire en sorte que son poids ne pèse pas sur l'accélérateur.

« Merde ! »

J'ai finalement renoncé à le déplacer puis j'ai secoué le volant d'une main, en essayant de suivre la courbe de la route. Mais j'ai surcompensé. Je n'avais jamais conduit de voiture auparavant, encore moins un véhicule aussi lourd.

Le volant a tourné trop vite et les pneus avant ont viré brusquement à droite. L'arrière de l'ambulance a pivoté en faisant un large arc de cercle, ce qui m'a embarquée dans un cercle vertigineux tandis que le véhicule massif basculait sur le côté.

Nous avons heurté le fossé peu profond et avons fait des tonneaux.

Le temps semblait se plier et s'étirer tandis que

l'ambulance roulait sur le sol irrégulier. Le métal grinçait et hurlait. Le volant m'a été arraché des mains tandis que j'étais projetée vers le plafond, puis vers le sol. L'impact m'a fait perdre ma respiration et j'ai senti que quelque chose se brisait dans mon bras, ce qui a provoqué une douleur aiguë qui m'a transpercée.

Je ne savais pas où j'étais, ni ce qui se passait. J'avais l'impression d'être dans l'épicentre d'une explosion – avec du bruit, de la lumière et une force horrible et écrasante.

Puis, après une dernière secousse soudaine et brutale, tout s'est arrêté.

Autour de moi, le monde est devenu immobile et silencieux, et je me suis demandé pendant un moment si j'étais déjà morte.

Mes poumons ont alors aspiré une bouffée d'air douloureuse, comme si j'étais un plongeur qui refaisait surface après avoir passé trop de temps sous l'eau. La douleur a parcouru mon corps, émanant de tellement de points à la fois que je n'arrivais pas à identifier les zones touchées.

Mes narines me brûlaient à cause de l'odeur âcre de l'essence. L'armoire à pharmacie avait déversé son contenu un peu partout, et le presse-papier qui se trouvait derrière le siège du conducteur gisait près de mon visage. Partout où je regardais, je ne voyais que du rouge. L'ambulance était à l'envers, et les corps sans vie des personnes que j'avais tuées avaient été jetés comme des poupées cassées, peignant l'intérieur de larges taches de sang.

J'ai essayé de vomir à nouveau, mais mon corps était trop faible pour vomir correctement.

J'aurais dû rester une louve. Elle était plus forte que moi. Peut-être qu'elle aurait pu survivre à tout ça.

J'ai cligné des paupières et mon regard a glissé hors du champ de vision. Mais ce faisant, deux mots sur le papier taché en face de moi ont attiré mon attention.

Sariah Walker.

Tout en étouffant ma douleur et ma nausée, je me suis appuyée sur le coude du côté du bras qui n'était pas cassé, en regardant l'écriture vacillante sur la feuille de calcul.

C'était une liste. Une liste des sujets d'expériences de Strand.

Et il y avait son nom, écrit en noir et blanc et maculé de rouge, à côté des mots *Patient #298. Salt Lake City, Utah.*

Mes lèvres ont frémi et l'émotion m'a envahie. Elle était encore en vie. Elle devait l'être.

Je devais sortir d'ici, je devais le dire à Rhys.

Peu importe que je sois nue et presque brisée. Peu importe si je n'avais aucune idée de l'endroit où se trouvait Rhys, ou si je l'avais su de la façon de le retrouver. Je l'avais vu remuer ciel et terre pour essayer de retrouver sa sœur, et si elle était encore en vie, je ferais tout ce que je pourrais pour l'aider à la faire sortir.

Mais d'abord, je devais survivre.

J'ai tiré mon corps meurtri sur la surface glissante du plafond du véhicule, en me traînant sur mon bras valide, et je me suis dirigée vers la fenêtre brisée de la porte du passager. Le capot s'était ouvert et pendait au-dessus du pare-brise, et un feu s'était déclaré quelque part dans le moteur. J'ai eu un flash-back en revoyant soudain l'image de Jackson allumant un briquet et mettant le feu au van dans lequel nous étions allés à Las Vegas. Le souvenir m'a poussée à avancer plus vite malgré la douleur qui m'aveuglait presque. Je ne savais que trop bien à quelle vitesse l'ambulance entière pouvait partir en fumée si les vapeurs de gaz s'enflammaient.

Une branche d'arbre avait percé la fenêtre du côté passager, brisant le verre. Je me suis forcée à passer à travers l'espace étroit qui restait, en essayant de me hisser suffisamment pour éviter les éclats qui dépassaient du côté du cadre. Mais je n'ai pas réussi à totalement les éviter et ils ont strié ma peau ravagée de nouvelles coupures.

Finalement, j'ai réussi à m'extraire de l'ambulance. L'un de mes bras, gonflé et meurtri, pendait mollement sur le côté, et la blessure au flanc m'empêchait de me tenir droite. Mais j'ai réussi à me hisser sur mes pieds, et à m'éloigner en titubant du véhicule fumant et brûlant. Il était peint en noir, pas le rouge et le blanc habituels d'une ambulance. Des odeurs de sang et d'essence se mêlaient et elles semblaient si fortes que j'ai eu l'impression qu'elles s'infiltraient dans ma peau.

Je ne pouvais pas rester près de l'épave. Je ne pouvais pas permettre à Strand de me retrouver, de me ramener à Austin ou je ne sais où. Si je pouvais aller dans la forêt, peut-être que je pourrais me transformer à nouveau – cela me permettrait aussi de me reposer et de guérir sous forme de louve. Une brise printanière froide soufflait dans les arbres et a rafraîchi ma peau humide. J'ai enroulé mon bras valide autour de moi, tout en rêvant d'avoir la peau épaisse de ma louve.

Juste au moment où j'atteignais la limite des arbres, un bruit familier a retenti derrière moi - et même à cette distance, j'ai senti la chaleur qui se dégageait de l'ambulance de fortune qui s'enflammait, les flammes la balayait en crépitant. J'ai ressenti une vague de chagrin qui m'a presque renversée, et je me suis appuyée contre le tronc d'un arbre pour rester debout.

Maman...

Mais elle n'était plus ma mère. D'ailleurs, elle ne l'avait jamais été. Et la vérité, c'est qu'elle était morte bien avant que l'ambulance ne prenne feu. Avant le crash. Mais la finalité de tout ça, la destruction de son corps, m'a fait pleurer pour quelque chose qui n'avait jamais existé.

Tout en portant ma main valide contre la blessure sur mon flanc, je me suis forcée à me détourner de tout cela et à m'enfoncer plus profondément dans les bois. Des pierres et des brindilles s'enfonçaient dans mes pieds, mais je ne remarquais pas cette légère douleur.

Un pied devant l'autre.

Mets juste un pied devant l'autre.

Mais ce mantra n'était pas suffisant pour contrecarrer tout ce que mon corps avait subi. Mes pas étaient de plus en plus lourds, traînant sur le sol rugueux jusqu'à ce que finalement, mes genoux se dérobent. Je suis tombée sur un tas de saleté et de feuilles qui se sont collées à ma peau pleine de sang. J'ai gardé ma main serrée sur la blessure sur mon flanc, même si le saignement avait ralenti.

Ma louve était retournée au plus profond de moi, elle était aussi traumatisée que je l'étais. J'ai voulu que la transformation ait de nouveau lieu, j'ai prié pour cela, j'ai même supplié, mais elle a refusé de revenir.

Allongée sur le côté, je me suis mise en boule, frissonnante et tremblante. Une lumière grise et floue remplissait les côtés de mon champ de vision, et j'avais trop mal à la tête pour garder mes paupières ouvertes. Je les ai donc laissées se fermer, pour permettre aux sons calmes de la forêt et à ma respiration en surface de remplir mes sens.

Je ne mourrais pas ici. Je ne mourrais pas.

Je voulais juste me reposer.

Juste un petit moment.

CHAPITRE QUATRE

Je me suis accrochée au tronc d'un arbre, à l'aide de mon bras valide, en regardant en arrière vers la route. Les flames qui entouraient le véhicule renversé faisaient fondre les pneus qui tournaient encore en cercles paresseux.

Je n'avais pas le temps. Je devais courir. Je devais disparaître dans les bois.

Mais mon corps refusait de bouger et je n'arrivais pas à détacher mes yeux du brasier devant moi. C'est alors qu'un cri aigu est sorti de l'intérieur de l'ambulance et que mon cœur s'est arrêté de battre dans ma poitrine.

Il restait quelqu'un de vivant là-dedans.

Je n'avais pas tué tout le monde. Quelqu'un était encore en vie, piégé à l'intérieur, brûlant à mort.

Le cri est revenu, plus fort cette fois et distinctement féminin.

« Sariah », ai-je chuchoté.

Je n'étais pas sûre de savoir comment je savais que c'était elle qui était piégée dans l'épave, mais je le savais, sans aucun doute. J'en étais certaine.

Sans même réfléchir, j'ai commencé à tituber en direction du brasier, mais avant que je ne sois à mi-chemin, mon pied a atterri sur quelque chose de froid et de métallique. Avec un grand bruit, les dents acérées d'un piège à ours ont surgi et se sont refermés sur mon mollet. J'ai basculé en avant, en me rattrapant sur mon bras cassé et en hurlant à l'agonie lorsque les os se sont brisés.

J'ai roulé sur le dos, gémissant et haletant, en regardant vers le ciel sombre pour trouver une paire d'yeux verts froids qui me regardaient.

« C'est comme ça qu'on abat un animal sauvage. »

Nils a souri cruellement, en s'époussetant les mains avec satisfaction. Il s'est accroupi au-dessus de moi, sortant un couteau à découper d'un fourreau à son côté. Il brillait à la lumière du feu qui consumait l'ambulance.

A l'intérieur, les cris de Sariah s'étaient éteints. Elle était morte. J'avais échoué.

« Scruuuuubs ! »

La voix de Noah est parvenue jusqu'à mes oreilles, telle un son faible émis à une lointaine distance.

J'ai secoué la tête, en regardant le géant blond avec horreur.

Non. Mes hommes n'étaient pas censés être ici. Je ne pouvais pas les laisser crier comme ça. Ils allaient attirer les gardiens du Strand sur nous tous.

« Cours, Noah… » ai-je essayé de crier d'une voix étranglée. « Cours. »

« Scrubs ! »

La voix était plus forte, plus insistante.

Pourquoi ils n'écoutaient pas ? Ils devaient s'enfuir. Nils était là. Il les tuerait, juste après m'avoir tuée. J'ai fermé les yeux, anticipant la piqûre de son couteau lorsqu'il percerait ma peau.

« Scrubs ! Putain de merde. Je l'ai trouvée ! »

Cette fois, c'était la voix de West, pleine d'inquiétude.

Des mains ont effleuré ma peau et mes yeux se sont ouverts. J'ai essayé de repousser Nils avec le peu de force qu'il me restait et la douleur est descendue le long de mon bras quand je me suis mise à bouger. Mes pieds ont faiblement bougé, mais le piège à ours autour de ma cheville avait disparu. Ce n'était pas réel. Cela ne l'avait jamais été.

Mon esprit fiévreux vacillait, ne sachant plus différencier ce qui était le rêve de la réalité. Mais le bout des doigts qui touchaient mon visage était doux, et l'odeur musquée qui arrivait à mes narines était douloureusement familière.

« Alexis. C'est moi », a chuchoté West.

Il faisait sombre - cette partie de mon rêve au moins était vraie - mais je n'avais pas besoin de beaucoup de lumière pour voir ses yeux d'encre scintiller comme des étoiles.

« West... »

Je voulais le toucher, mais maintenant que ma conscience me guidait, je ressentais aussi de nouveau la douleur. J'avais mal partout, et j'étais si faible que je pouvais à peine bouger. Alors je l'ai regardé fixement, en essayant d'absorber chaque détail de son visage dans les ombres lourdes, tentant de me convaincre que c'était vraiment réel.

Ses mains n'ont pas quitté mon visage, mais il a jeté un coup d'œil en l'air, en regardant à travers les bois.

« Elle est là ! » a-t-il dit à voix basse. « Et elle est... elle est blessée. »

Trois autres silhouettes ont fait irruption dans les arbres, et même si je luttais pour ne pas de nouveau m'évanouir, mon corps a réagi à leur présence. J'avais l'impression d'avoir vécu avec un poids de dix tonnes sur la poitrine, et dès que j'ai vu les quatre hommes métamorphes, ce poids s'est comme évaporé, ce qui m'a permis de respirer pleinement pour la première fois depuis que je me suis réveillée dans cette horrible véhicule qui ressemblait à une ambulance.

« Oh putain ! Alexis ! » Jackson s'est jeté à genoux sur le sol à côté de moi, ses yeux étaient écarquillés et pleins d'horreur pendant qu'il m'examinait des pieds à la tête. « Putain, qu'est-ce qui s'est passé ? »

J'ai essayé de parler mais sans y parvenir. La petite poussée d'énergie que j'avais eue s'était déjà estompée et mes yeux partaient en arrière.

« Le crash. Elle devait être dans l'engin quand il a fait une en embardée » , a murmuré Noah en passant une main sur mes cheveux. Même cela me faisait mal, mais je ne voulais pas qu'il s'arrête.

« Nous devons la faire sortir d'ici. Elle a besoin d'aide. »

Les mains réconfortantes de West ont quitté mon visage, puis j'ai senti des bras se glisser sous mes épaules et mes genoux et me soulever du sol. J'ai crié et la douleur m'a réveillée une fois de plus. Pendant que West me serrait contre sa poitrine, sa respiration s'est arrêtée. J'ai enfoui mon visage dans le tissu doux de sa chemise, en essayant de me perdre dans ce que je ressentais, dans son odeur.

J'étais vaguement consciente que j'avais l'air de sortir d'un film d'horreur – étant nue et couverte de sang séché, de bleus violets et de saleté - mais je m'en fichais. La peau de West contre ma peau tandis qu'il me portait dans ses bras était la meilleure chose que j'avais jamais ressentie.

Bien qu'il essayait d'être doux, chacun de ses pas secouait mon corps et envoyait des impulsions de douleur à travers lui. Aucun d'entre eux n'a dit mot pendant que nous avancions dans les bois, ou alors, j'étais trop dans les vapes pour entendre ce qu'ils disaient.

Nous nous sommes finalement arrêtés quelques instants plus tard. Une porte s'est ouverte, et l'on m'a doucement installée à l'arrière d'une voiture. Quelqu'un a posé une couverture sur moi, puis un grand corps s'est glissé sur le siège près de ma tête, la soulevant lentement pour que ma joue repose sur une cuisse chaude et ferme. Quelqu'un d'autre s'est installé au niveau de mes pieds, et j'ai frissonné en repensant au piège à ours se refermant sur ma cheville.

Ce n'était pas réel. C'était juste un rêve.

Cette pensée n'était guère réconfortante. Je m'attendais à me réveiller de ce rêve à tout moment, pour me rendre compte que j'étais toujours seule dans les bois, nue et en danger, mourant lentement sans personne pour m'aider.

« S'il te plaît », ai-je chuchoté, d'une voix brute et étouffée. « Ne me laisse pas. »

« Jamais, putain. » La voix de Rhys était juste au-dessus de moi, et j'ai senti le bout de ses doigts se promener sur ma joue. « Jamais. »

« Elle doit voir un médecin, mec. Elle est dans un sale état », a dit Jackson, d'une voix pleine d'émotion. C'était lui qui était assis au niveau de mes pieds. « Je crois qu'on lui a aussi tiré dessus. »

« Putain de merde. » West a claqué la portière côté conducteur et la voiture s'est mise à gronder. « On ne peut pas aller à l'hôpital. On a toujours les cartes d'identité que Carl nous a faites, mais je ne fais confiance à aucun lieu vu que Strand pourrait retrouver notre trace. C'est un miracle que nous l'ayons trouvée avant eux. »

« Alors où sommes-nous censés aller ? » a demandé Jackson.

« Carl. » Rhys a repris la parole, la voix rauque. « Il nous a déjà proposé son aide. C'est maintenant que nous en avons besoin. Et il ne nous abandonnera pas ; tu le sais. »

« Ouais. Putain, c'est au moins à deux heures d'ici. Tu penses qu'elle pourra tenir ? » Les mains de Jackson se sont resserrées sur mes chevilles et j'ai été déplacée sans ménagement. Il inspiré et a immédiatement relâché sa prise.

« Noah, passe-nous la trousse de premiers soins », a dit Rhys. « On va faire ce qu'on pourra. »

Il y a eu quelques mouvements, puis Rhys s'est

penché en avant pour prendre ce que Noah lui avait tendu. Ils ont soulevé la couverture de mon abdomen, et j'ai senti des doigts puissants nettoyer la zone autour de ma blessure. Un bandage a été posé dessus, il était si serré que j'en ai eu le souffle coupé. Puis la grande main de Rhys s'est posée sur le tout, en maintenant la pression.

Il s'est penché vers moi, en me chuchotant à l'oreille. Sa voix a envahi l'espace où mon esprit dérivait, quelque part entre la conscience et le sommeil. « Accroche-toi, Alexis. S'il te plaît, accroche-toi, putain. On vient de te retrouver. On ne peut pas te perdre maintenant. »

Ces mots ont dérivé dans mon cerveau comme des herbes folles dans un désert, provoquant une douleur aiguë dans mon cœur qui l'a apaisé autant qu'il l'a blessé.

Ils m'avaient retrouvée. Je savais qu'ils le feraient.
Comme ils l'ont *toujours fait*.
Parce que j'étais à eux. Et ils étaient miens.

CHAPITRE CINQ

La chaleur m'a bercée. Un petit cocon fait de coussins moelleux et de tissu lisse. Lorsque j'ai tourné la tête, l'odeur de la lavande s'est immiscée dans mes narines.

Lentement, j'ai cligné des yeux, en les plissant malgré la faible lumière du soleil qui traversait les stores des fenêtres. J'étais dans un lit. Un lit grand, massif même dans une chambre simple mais décorée avec goût. Quelques œuvres d'art éclectiques étaient accrochées aux murs peints d'un ton légèrement crème et une grande commode et une armoire occupaient un mur.

Où étais-je ? Ça avait l'air bien trop accueillant pour être n'importe où à Strand. Même la chambre que j'avais occupée pendant dix ans dans le complexe d'Austin avait conservé une sorte de fadeur stérile que je n'avais jamais pu effacer, quelles que soient les touches personnelles que j'avais apportées à l'endroit. Mais cet endroit semblait agréablement habité.

Pourquoi étais-je ici ? J'ai cherché des indices dans mes souvenirs.

Les gars m'avaient retrouvée. Ils m'avaient portée hors des bois, nue et couverte de sang et installée dans une voiture, leurs corps et leurs voix tendus d'inquiétude. Je me suis souvenue d'une conversation à voix basse sur l'endroit où nous devions aller, mais le seul nom dont je me souvenais qu'il avait été prononcé était celui de Carl - et d'une certaine manière, je n'imaginais pas qu'il puisse vivre dans un endroit aussi confortable que celui-ci.

J'ai rassemblé mes forces et essayé de m'asseoir, en ne remarquant qu'à ce moment-là que j'avais une perfusion accrochée à mon bras gauche. Des bandages s'enroulaient autour de mon biceps, couvrant les entailles que le lion des montagnes avait faites. Mon bras droit était plâtré et reposait sur la couverture moelleuse qui me couvrait. Quelqu'un avait lavé le sang sur ma peau et m'avait habillée dans ce qui ressemblait à une blouse d'hôpital.

La porte s'est ouverte et une femme est entrée, les yeux rivés sur son téléphone portable où elle tapotait un message. Quand elle a levé les yeux et a vu que je la fixais, elle a fait une pause. Puis elle a rapidement tapé un autre message sur son téléphone avant de le remettre dans sa poche.

« Tu es réveillée », a-t-elle dit doucement, un sourire doux se dessinant sur ses lèvres. Elle avait des cheveux ondulés d'un blond miel qui tombaient sur ses épaules, et le visage le plus ouvert et le plus honnête que j'aie jamais vu.

J'ai immédiatement voulu lui accorder ma confiance et cela a éveillé en moi une part de méfiance. Vu mes antécédents ; faire confiance aux bonnes personnes c'était du 50-50.

« Où suis-je ? » ai-je râlé, d'une voix qui grattait comme du papier de verre. « Qui êtes-vous ? »

Elle s'est penchée sur le lit, en vérifiant le sac de perfusion qui pendait à proximité et qui me nourrissait d'un liquide clair. Puis elle s'est assise sur le bord du matelas, en me regardant de ses doux yeux bleu-vert.

« Je m'appelle Molly. Je suis la petite amie de Carl. »

Mes sourcils se sont rapprochés. Cette belle femme sortait avec le prêteur sur gages aux yeux malins et aux cheveux gominés ? Celui qui vendait des fausses cartes d'identité, des voitures volées et menait sans doute d'autres activités illégales ?

Comme si elle lisait dans mes pensées, Molly a gloussé doucement. « Hé, on ne peut rien contre celui dont on tombe amoureux. Les quatre cavaliers t'ont amené ici. Je suis infirmière et j'ai déjà aidé des amis de Carl quand ils avaient des problèmes et ne pouvaient pas aller à l'hôpital. Alors les gars m'ont demandé si je pouvais m'occuper de toi. »

Son utilisation du surnom « quatre cavaliers » m'a légèrement détendue. Je me souvenais que Carl leur avait donné ce surnom lors de notre première visite chez le prêteur sur gages. Et si les gars la connaissaient et lui faisaient confiance, cela signifiait que moi aussi, je pouvais le faire.

« Merci », ai-je coassé. « Où sont-ils ? »

« Ils sont avec Carl. Je lui ai envoyé un message pour lui dire que tu étais réveillée, donc ils devraient bientôt arriver. En attendant, comment te sens-tu ? »

J'ai fait une pause, en me concentrant sur mon ressenti. Je sentais quelques palpitations au niveau de mon bras, mais la douleur était devenue secondaire, presque oubliée. Je pouvais sentir une grosse bosse à l'arrière de ma tête, et j'avais mal au niveau du flanc chaque fois que je bougeais. Mais ce n'était rien comparé à l'agonie que j'avais vécue dans l'ambulance. Mon souvenir de ces événements - y compris le moment où j'étais sous garde - était flou, mais la seule chose dont je me souvenais parfaitement, c'était à quel point ça avait fait mal.

« Bien. Je me sens bien. » J'ai hoché lentement la tête, en essayant à nouveau de me redresser.

Molly a gloussé et m'a fait redescendre facilement d'une main. « Tu es une dure à cuire. Je comprends pourquoi ils t'aiment bien. Mais tu n'as pas besoin de faire bonne figure devant moi. Quand ils t'ont amenée ici, tu étais… » Elle s'est tue, son regard inquiet assombrissait ses yeux clairs. « Je ne sais pas ce que tu as traversé, Alexis, mais d'après tes blessures, ce n'était rien de bon. Tu t'es fracturé le radius et le cubitus, tu as eu une mauvaise commotion et plusieurs hématomes importants, et c'est un miracle que tu ne te sois pas vidée de ton sang vu la balle que tu as prise sur le côté. Tu vas être en convalescence pendant un moment, et tu dois me dire comment tu te sens. La vérité. »

« Ça fait mal », ai-je admis, souriant malgré moi. J'aimais bien cette femme. Elle n'était pas du tout comme les médecins de Strand. « Mais ça va vraiment bien. »

« Très bien. Eh bien, si ça devient… »

La porte s'est ouverte avant qu'elle n'ait pu finir sa phrase. Il y a eu un embouteillage humain quand Noah, Rhys, West et Jackson ont tous essayé d'entrer dans la pièce en même temps. Ils sont finalement tous tombés dans l'embrasure de la porte, reprenant pied en s'arrêtant pour me regarder.

Mon cœur s'est gonflé dans ma poitrine en les regardant tous ainsi et Molly a jeté un coup d'œil d'eux vers moi puis ramené son regard vers eux. En même temps, j'ai vu une expression curieuse traverser son visage. Puis elle s'est levée du lit.

« Je vais… vous laisser seuls. » Elle les a contournés et s'est retournée pour me regarder alors qu'elle approchait de la porte. « Appelle-moi si tu as besoin de quelque chose. »

La porte s'est refermée derrière elle, mais j'en ai à peine remarqué le son. Toute mon attention était concentrée sur les quatre hommes métamorphes qui se tenaient devant moi, si différents, et pourtant si parfaitement assortis. Ils se complétaient si bien, et chacun d'entre eux me complétait, leurs forces faisant ressortir des forces en moi que je ne connaissais même pas.

Noah s'est avancé le premier. Ses cheveux blonds étaient particulièrement hérissés et ébouriffés, comme s'il s'était passé les doigts dedans à plusieurs reprises, et son beau visage semblait usé et fatigué. Le sourire que j'aimais tant n'était plus là.

« Hé, Scrubs. »

Il s'est penché sur le lit et a déposé un baiser sur mon front, laissant la chaleur de ses lèvres s'attarder sur ma peau pendant plusieurs secondes, comme s'il ne pouvait supporter de les enlever. Quand il s'est finalement retiré et m'a regardée, j'ai juré que je pouvais voir le loup qui vivait en lui derrière ses yeux gris-bleu. En réponse, la louve en moi s'est réveillée, et mes narines se sont dilatées tandis que je respirais son odeur comme si j'en avais besoin pour vivre.

Il est à moi.

Le mot résonnait dans ma tête alors que je sentais un tiraillement dans mon cœur, et je ne pouvais pas dire si cela venait de ma louve ou de moi. Je n'étais pas sûre que cela avait de l'importance. La seule chose que je savais, c'était que cela représentait la vérité absolue, un fait si pur et basique qu'il ne pouvait y avoir aucun doute.

Je me suis penchée vers lui au moment où il a pris mon visage dans ses mains, en me regardant dans les yeux, choqué. Ses lèvres se sont ouvertes, et il a laissé échapper une forte inspiration. Il l'avait senti aussi. Ce qui venait de se passer entre nous n'était pas à sens unique.

« Putain de merde ! » a lâché Jackson, en faisant un pas en avant. Il a regardé Noah puis moi et ainsi de suite. Et puis, j'ai arraché mon regard des grands yeux fascinants de Noah pour le regarder. « Est-ce que vous venez de… ? »

Il est à moi.

Le même tiraillement dans mon cœur, m'attirant vers l'homme aux cheveux bruns, méchamment beau. Jackson s'est interrompu, sa mâchoire s'est ouverte d'une manière presque comique. Il l'a refermée, et ses grands yeux ambrés ont scruté mon visage comme s'il essayait d'y lire quelque chose de caché. Il a cligné des yeux.

« Oh mon Dieu… »

Sa voix était plus profonde et plus chaude cette fois, pleine de quelque chose qui m'a fait frissonner. Il a sorti sa langue pour s'humecter les lèvres et a secoué la tête avec étonnement.

A l'intérieur de moi, ma louve gémissait sans cesse, heureuse mais pas encore satisfaite. Noah s'est assis et Jackson s'est rapproché du lit, et tous les deux m'ont regardée avec étonnement.

En déplaçant mon regard vers Rhys, mon cœur s'est mis à marteler dans ma poitrine. J'étais déjà sûre de ce que je ressentirais en le regardant. Ses yeux bleus comme la glace étaient chargés d'émotion et il me fixait de façon intense, son loup planant juste sous la surface de sa peau. Ses boucles noires à longueur d'épaule encadraient son visage, lui donnant un air rude et sauvage.

Ma louve s'est pratiquement jetée sur lui et m'a fait exercer une légère secousse sur le lit. Le mot est sorti, comme s'arrachant de mes lèvres cette fois.

« *A moi.* »

Ce n'était pas une question ou une demande.
C'était une affirmation.

Etant donné mon passé avec Rhys, je m'attendais à ce qu'il ricane et se détourne. Ce n'était pas que ma louve s'en souciait. Elle ne s'intéressait pas aux détails stupides comme le fait que Rhys et moi nous aimions ou non, que le métamorphe lunatique me rendait parfois si folle que j'avais envie de le frapper sur la tête, ou que je me remette un jour de la honte qu'il m'avait causée dans les bois. C'était plus grand que ça, plus grand que les émotions humaines ou les querelles. C'était un lien qui ne pouvait pas être brisé, que l'on ne pouvait renier.

Mais à ma surprise, le visage de Rhys s'est adouci, montrant quelque chose comme du soulagement. Il a fait un pas en avant pour poser sa main sur la couverture couvrant mes jambes, avec son regard bleu vif fixé sur mon visage.

« A toi, Lexi. »

Une bouffée d'émotion a fait frémir mes lèvres et je me suis finalement tournée vers West. Son visage était sérieux, ses épaules tendues, et il me regardait comme s'il n'arrivait pas à croire ce qui se passait.

Ce sentiment familier m'est revenu, un besoin presque trop profond pour être exprimé par des mots, alors que quelque chose en moi appelait quelque chose en lui.

Il est à moi.

Ainsi, la louve sauvage et dangereuse qui vivait en moi a fait sa dernière déclaration et a poussé un hennissement de satisfaction en s'installant confortablement.

J'ai regardé fixement les yeux sombres de West, en essayant d'évaluer sa réponse. Je sentais que le lien me tirait vers lui, comme s'il ne serait jamais vraiment satisfait tant que nous ne serions pas unis. Je n'étais pas surprise, je savais qu'il serait le dernier. J'avais senti le lien entre nous dans le baiser que nous avions partagé après avoir atteint la meute perdue, avant que tout ne parte en vrille. Je l'avais voulu tout autant que mon loup, je l'avais tout autant attendu.

« Toi aussi, West », ai-je chuchoté. « J'ai besoin de toi aussi. »

West s'est déplacé sans management et même si la chaleur brillait dans ses yeux, il a serré ses mains le long de son corps, luttant clairement par rapport à lui. Sa peau sombre a légèrement rougi, et il a mordillé sa lèvre inférieure.

« Je vais juste... aller voir Molly. M'assurer que tout est sous contrôle. »

Il a baissé la tête et s'est frotté la nuque d'une main tout en se dirigeant vers la porte. Arrivé au seuil de la porte, il s'est retourné en me regardant par-dessus son épaule. J'ai vu la même chaleur s'allumer à nouveau dans ses yeux d'encre, et un profond désir aussi. Pendant un instant, sa main s'est détachée de la poignée de la porte, et j'ai cru qu'il allait s'avancer et ramper jusqu'au lit à côté de moi.

Puis il a cligné des yeux, a ravalé fort sa salive et est parti.

La porte s'est refermée derrière lui, laissant un silence épais dans la pièce. Dès qu'il est parti, ma louve s'est agitée avec une irritation anxieuse, et j'ai eu l'impression soudaine qu'il me manquait une partie essentielle de moi-même.

« Oh mon Dieu ! » Jackson a renversé la tête en arrière, laissant s'échapper ce dernier mot en hurlant. Il a baissé la tête, son regard suivi les deux hommes restants et moi, tandis qu'un large sourire choqué apparaissait sur son visage. « Qu'est-ce qu'il.Vient. De se passer. *Putain* ? »

« Je pense que tu sais ce qui s'est passé », a grogné Rhys, son regard me brûlant toujours avec l'intensité d'une flamme bleue. « Scrubs ici présente vient de signifier que chacun de nous ici présent était son compagnon. Et si je ne me trompe pas, chacun de nous en a fait de même. »

CHAPITRE SIX

Un lien d'accouplement.

C'est comme ça qu'on appelait cela.

Je ne savais toujours pas exactement ce que cela signifiait, ce que cela impliquait, ou pourquoi ma louve avait choisi quatre hommes comme compagnons. Selon les gars, ce n'était pas la norme chez les métamorphes - du moins, pour autant qu'ils le sachent. Mais alors, presque rien ne semblait être normal chez moi. Ni mon éducation, ni le « centre d'élite » dans lequel Strand m'avait gardée, ni la taille et la puissance de ma louve. J'avais été une expérience spéciale, quelque chose de nouveau que les docteurs pouvaient tester et analyser.

C'était étrange. Je m'étais tellement rapprochée des hommes au cours des dernières semaines, tombant amoureuse de chacun d'entre eux et commençant à me soucier d'eux pour ce qu'ils étaient.

Mais ce lien conjugal a intensifié tout cela. Il a rendu ces sentiments dont je n'étais pas sûre auparavant tellement forts et aussi clairs que le jour. C'était différent de la luxure, mais cela différait aussi de l'amour même. C'était comme si ces hommes étaient devenus une partie de moi, comme si une partie de mon âme existait à l'intérieur de chacun d'eux et que j'avais un besoin constant de me reconnecter avec ces morceaux de moi-même.

Ma louve semblait quant à elle tout à fait satisfaite de la situation. Je n'étais pas sûre de ressentir la même chose, restant éveillée cette nuit-là, à regarder le plafond. C'était tellement, tellement intense. Je n'avais jamais eu de rendez-vous galant avec l'un de ces gars - ou aucun moment de ce genre avec quiconque - et maintenant, ils étaient mes amis. J'avais l'impression qu'on avait franchi plusieurs étapes que j'avais passé toute ma vie à attendre avec impatience.

Pendant toutes mes années cachées dans le complexe Strand, j'avais rêvé de ce que serait ma vie quand je sortirais enfin.

J'ai rêvé de romance.

De tomber amoureuse.

Je *n'avais pas* rêvé de bagarres sanglantes dans des voitures roulant à toute vitesse, ni de voir l'animal qui partageait mon corps choisir non pas un, mais quatre compagnons pour moi.

Molly avait retiré l'intraveineuse de mon bras un peu plus tôt, mais j'étais encore sous une dose forte d'analgésiques. Cela me faisait me sentir étourdie et fatiguée, mais mon esprit tourmenté n'arrivait pas à me laisser dormir. Mon bras et mon côté me faisaient souffrir et j'avais mal en me déplaçant tout en écoutant les bruits de respiration et les doux ronflements qui remplissaient la pièce. La maison de Molly n'avait qu'une seule chambre d'amis, mais je suis certaine que les gars n'auraient pas voulu dormir ailleurs, même si elle avait eu un million de chambres.

Bon sang et même si cela avait été possible, je ne les aurais pas laissés faire. Je n'étais peut-être pas encore sûre de ce que je ressentais par rapport à ce nouveau lien conjugal, mais je ne pouvais nier que quelque chose en moi se sentait troublé et anxieux chaque fois que ces quatre-là étaient loin de moi. Même West était revenu dormir ici avec nous tous, bien qu'il ait passé tout l'après-midi à éviter cette pièce.

Pourquoi ? Et d'ailleurs, qu'est-ce qui se passait avec lui ?

Je craignais que Rhys ne me rejette, mais je ne m'attendais pas à ce que la froideur vienne de West. Pas après la façon dont il m'avait regardée avant de m'embrasser. Pas après ce baiser.

« Hey, Scrubs. Tu n'arrives pas à dormir ? »

Le doux murmure de Noah a attiré mon attention,

et je l'ai regardé se glisser vers le lit. Il s'est allongé à côté de moi, posant son grand corps avec précaution à côté du mien, en faisant attention à ne pas toucher mes blessures. Il ne portait qu'un short, et même à travers la couverture, je pouvais sentir la chaleur de sa peau.

J'ai reposé ma tête contre l'oreiller, en regardant dans ses yeux gris et chauds. « Non. Je sais que je devrais dormir. Je me sens fatiguée et les médicaments me rendent un peu étourdie. Mais je ne peux pas m'empêcher de penser. »

Il s'est levé pour lisser une mèche de cheveux et la repousser loin de mon visage, son toucher était d'une douceur qui me faisait mal. « À quoi ? »

« À tout. » Un sourire s'est dessiné sur ses lèvres avant de disparaître à nouveau. Puis j'ai dégluti, essayant d'organiser mes pensées. « Je me suis transformée, Noah. Dans l'ambulance Strand, ou peu importe ce que c'était. Ma louve est sortie. »

Il a hoché la tête, son regard était plein de compréhension. « Je me suis dit que cela t'était effectivement arrivé. »

« Pourquoi ? »

« Eh bien, à cause d'une chose : quand nous t'avons trouvée, tu étais nue. Je me suis dit – enfin, j'ai espéré – que c'était lié à ça. Je ne pouvais pas supporter de penser à une autre raison. » Ses yeux se sont assombris un instant à ce souvenir avant que ses doigts ne retrouvent une mèche de mes cheveux. « En plus, tes cheveux sont différents. »

« Quoi ? »

J'ai penché le cou et il a tendu les mèches de mes cheveux pour que je puisse les voir. Ils étaient bruns. Même dans la lumière tamisée, c'était évident. Je ne l'avais pas remarqué avant, mais le blond clair que j'avais teint dans mes cheveux avait disparu lorsque je m'étais transformée en loup et à nouveau en humaine. Mes cheveux avaient repoussé et repris leur couleur habituelle.

« Oh. » J'ai déplacé mon regard vers Noah. « Tu savais que ça pouvait arriver ? »

« Nan. Tu es le premier métamorphe que je connais qui s'est teint les cheveux. » Il a gloussé ironiquement. « Autant pour ce déguisement. »

Les cartes d'identité que Carl m'avait données la dernière fois qu'on était à Vegas portaient des photos de moi avec les cheveux blonds. Je pourrais les teindre à nouveau, mais Noah avait raison. Ce ne serait pas un déguisement très efficace s'ils revenaient à leur couleur d'origine à chaque fois que je me transformais. Cela n'avait pas d'importance. Je n'étais pas sûre qu'il y ait un déguisement au monde qui empêcherait Strand de me chasser - de me trouver.

« Noah. » Mon estomac s'est retourné quand j'ai forcé les mots. « J'ai tué ma mère, la femme qui prétendait être ma mère. C'est ma louve qui l'a fait. Et les autres personnes dans l'ambulance aussi. Je ne me souviens pas… clairement de tout ça. Ce ne sont que des flashs, des morceaux, avec des pans entiers qui manquent. Je ne me souviens pas clairement de quoique ce soit, jusqu'à ce que je me sois réveillée ici. Mais je sais que je les ai tous tués. Je leur ai arraché la gorge. »

La douleur a scintillé dans ses yeux, et il s'est mordu la lèvre, en se soulevant sur son avant-bras afin de pouvoir me fixer. « Je suis vraiment désolé, Scrubs. Je déteste que tu aies eu à faire ça. Mais ce n'était pas ta mère. Elle n'était pas de ton côté. Et elle t'aurait tuée si ça avait été le cas, tu dois le savoir. Tu n'as fait que te défendre. »

J'ai enroulé les doigts de ma main valide dans les draps, en le regardant. « Je sais. Je le sais. C'est juste que, ce que ma louve a fait - ce que *j*'ai fait en tant que louve – je ne pouvais rien en contrôler, tu comprends ? Je me sentais… sauvage. Sauvage. »

Noah a éloigné ma main du drap et pris mes doigts dans ses doigts. « Ce n'est pas facile. Certaines personnes ne survivent même pas à leur première transformation. Nos corps ne sont pas équipés pour y faire face au début. Il y a deux moitiés de toi maintenant qui doivent se réconcilier l'une avec l'autre. Il est plus difficile pour certaines personnes de trouver cet équilibre. Il faut souvent se battre pour y arriver. »

J'ai fait la grimace. « J'avais l'impression d'être enfouie quelque part au plus profond de sa psyché. J'ai enfin compris comment Rhys s'était perdu dans son loup, pourquoi il ne pouvait pas se retransformer. C'était comme si le loup en moi avait juste pris le dessus sur celle que j'étais. Elle était si forte. »

Un regard d'inquiétude a traversé son visage, et il a serré ma main. « Tu ne vas pas te perdre, Scrubs. On ne te laissera pas faire ça. Mais ta louve semble forte. Peut-être que ça fait partie de la nouvelle expérience que Strand faisait sur toi, pourquoi tu étais un sujet d'expérimentation si spécial. »

La peur a coulé le long de ma colonne vertébrale telle de l'eau glacée. Avaient-ils fait de moi une sorte de monstre, une bête incontrôlable ? Je n'étais pas vraiment désolée d'avoir tué ces gens dans l'ambulance, mais ça me faisait une peur bleue de reconnaître que je n'avais aucun contrôle sur tout ça. L'instinct de prédatrice en moi avait été trop fort pour résister.

« C'est peut-être pour cela que ta louve a choisi quatre compagnons », a pensé Noah, ses yeux gris-bleu se rétrécissant pensivement. « Le lien d'accouplement peut avoir un effet stabilisant sur un loup. Peut-être qu'elle avait besoin de tout ce soutien. »

J'ai pris une profonde inspiration, tout en

détachant mon regard de son visage. Le contact de nos mains, la sensation de son pouce sur ma peau, la chaleur de son grand corps contre le mien, tout cela nourrissait une partie primitive de mon âme, éveillant un besoin de plus au fond de moi. Chacun des contacts avec ces quatre hommes était comme une goutte dans un seau qui ne serait jamais, jamais plein.

J'avais besoin de chaque d'entre eux d'une manière qui allait au-delà de la raison ou de la logique. Et Rhys avait dit que chacun de leurs loups m'avait aussi réclamée. Mais je ne pouvais pas m'empêcher de penser que je les avais forcés, que ma louve incontrôlable avait ruiné la dynamique de leur meute. Seraient-ils vraiment d'accord pour me partager ? Le regard de West quand je lui ai dit que j'avais besoin de lui aussi me hantait toujours.

« Je suis désolée si j'ai tout gâché entre vous. Je ne voulais pas... m'imposer à vous, à aucun d'entre vous. C'est vraiment comme ça que le lien d'accouplement fonctionne ? » ai-je demandé doucement. « Le loup choisit, et ensuite tout le monde doit vivre avec, qu'ils le veuillent ou non ? »

Noah a baissé un peu le menton, en secouant la tête. « Non, ce n'est pas comme ça, Scrubs. Et tu n'as pas à être désolée pour quoi que ce soit. Le lien de compagnonnage n'est pas comme un décret venu d'en haut. C'est ta louve - qui fait partie de toi, que tu le ressentes ou non en ce moment - qui choisit son partenaire idéal. Et nos loups la choisissent en retour. »

« Donc tu es d'accord avec ça ? » ai-je demandé, en me mordant la lèvre.

Son magnifique sourire s'est dessiné sur ses lèvres. Ces dernières ont plané si près des miennes que je pouvais sentir son souffle sur ma peau. « Je l'admets, je ne m'attendais pas à me lier à la même femelle que tous mes compagnons de meute. Mais que sommes-nous censés faire ? Lutter contre ça ? Se battre entre nous pour toi ? Plutôt mourir. »

« Voudrais-tu que ton loup ne m'ait pas choisie ? »

C'était une question stupide à poser, peut-être. C'était comme lui tendre une dague et lui demander de me poignarder dans le cœur avec. S'il répondait oui, ça me tuerait - je n'étais pas sûre de me remettre un jour de la culpabilité et de la douleur de ce rejet. Mais je devais savoir.

Les yeux gris-bleu de Noah se sont réchauffées, se plissant légèrement aux coins tandis que son sourire s'élargissait. « Tu n'as pas entendu ce que j'ai dit, Scrubs ? Mon loup fait partie de moi. Ce n'est pas seulement lui qui t'a choisie. C'est *moi*. Je crois que je t'ai choisi le premier jour où je t'ai rencontrée, quand j'ai vu tout l'espoir que tu avais malgré tout ce que tu avais traversé. Je n'ai jamais rencontré quelqu'un d'aussi fort que toi. »

Une larme a glissé du coin de mon œil tant ces mots me serraient la poitrine et apaisaient la douleur tout à la fois.

« Je t'ai choisi aussi, Noah. Avant ma louve. Avant le lien. »

Son sourire semblait rayonner de joie pure, et au lieu de répondre par des mots, il a baissé la tête et a pressé ses lèvres contre les miennes. Je pouvais le sentir gérer soigneusement le poids de son corps pour s'assurer qu'il ne touchait aucune de mes blessures, prenant soin de moi comme il l'avait toujours fait. Son baiser était doux, chaud et entreprenant.

Ma bouche s'est ouverte, et nos lèvres ont bougé en parfaite harmonie tandis que nous nous goûtions l'un l'autre. Il a fait glisser sa langue sur la mienne, par touches profondes et régulières. Ce baiser n'avait rien de fort ou de précipité, mais il était si profond et langoureux que j'avais l'impression de m'y noyer.

En dépit de mes blessures, de mon épuisement et des analgésiques qui se répandaient dans mon organisme, une charge électrique semblait s'accumuler dans mon corps et rayonner de son centre. J'ai détaché ma main de celle de Noah, pour pouvoir glisser mes doigts dans ses cheveux courts à l'arrière de sa tête, le rapprochant de moi alors que notre baiser devenait incroyablement profond.

Je voulais embrasser cet homme pour le reste de ma

vie. Je voulais ses baisers pour le petit déjeuner, le déjeuner et le dîner. Qui avait besoin de nourriture ?

Finalement, Noah s'est retiré, rompant le contact de nos lèvres et me regardant avec une expression qui a fait fondre mes entrailles. Il a déposé de petits baisers aux coins de ma bouche avant de faire glisser ses lèvres le long de mon cou, sur ma clavicule et mon épaule. Il a reposé sa tête sur l'oreiller à côté de la mienne, enfouissant son visage dans le petit coin où mon épaule rencontre mon cou et enroulant son grand corps autour du mien de manière protectrice.

« Je te choisirai toujours, Scrubs. Toujours. »

Il a poussé un soupir de satisfaction et nous sommes restés ainsi, dans un silence paisible et heureux, jusqu'à ce que sa respiration s'apaise et que son corps se détende. J'ai passé les doigts de ma main valide sur les muscles puissants de son avant-bras, mémorisant la sensation de sa peau.

Puis je me suis blottie plus profondément dans la douce literie, permettant enfin à mon cerveau de ralentir. Mon regard se déplaçait paresseusement dans la pièce ombragée, mais il s'est arrêté sur une paire d'yeux marron foncé qui brillaient dans l'obscurité.

West était assis contre le mur, les coudes appuyés sur ses genoux pliés, et me regardait d'un air impénétrable.

CHAPITRE SEPT

Le lit s'est incliné et m'a tirée d'un sommeil sans rêve. La lumière brumeuse du matin a rempli la pièce quand j'ai cligné des yeux. J'ai tourné la tête vers le mouvement et me suis retrouvée presque nez à nez avec Jackson.

« Bonjour, Alexis. »

Il a embrassé le bout de mon nez, provoquant de petits picotements sur ma peau comme des ondulations sur un étang. J'avais vraiment conscience du fait qu'il était le seul des quatre que je n'avais pas encore embrassé. Je ne savais pas comment ce serait, je ne savais pas comment ces lèvres rieuses se presseraient contre les miennes. Mais je voulais le découvrir. Désespérément.

Sur mon autre flanc, Noah s'est étiré. Apparemment, il avait dormi là toute la nuit.

« Qu'est-ce que tu fais, Jackson ? » a-t-il demandé en dormant.

« J'ai juste pensé qu'elle pourrait avoir froid de ce côté, puisque tu l'as si bien couverte de l'autre. » Jackson s'est blotti un peu plus contre moi, levant la tête pour regarder son compagnon de meute par-dessus mon épaule. « Je crois me souvenir que *quelqu'un* a dit que nous devrions lui laisser un peu d'espace - la laisser avoir une bonne nuit de sommeil. » Il a froncé un sourcil le mettant en pointe. « Hum. »

« Comment as-tu dormi, Scrubs ? » Ignorant les mots taquins de Jackson, Noah a embrassé mon épaule.

J'ai souri. « Bien. »

« Tu vois ? » Il a haussé un sourcil à Jackson, qui a marmonné quelque chose qui ressemblait à « pas juste » dans son souffle.

« Qu'est-ce que vous faites tous les deux, bordel ? »

Rhys s'est levé de son tas de couvertures places sur le sol et est venu se placer au pied du lit, les bras croisés. Ses cheveux noirs bouclés frôlaient ses épaules, et tout comme les deux autres, il ne portait pas de chemise. Ses muscles sculptés se sont contractés lorsqu'il a croisé les bras sur sa poitrine.

Le reste des piles de couvertures sur le sol ont été abandonnées. Apparemment. West s'était déjà glissé hors de la pièce, bien que je n'aie aucune idée de l'endroit où il était allé.

« Aider Alexis à dormir », a dit Jackson, alors que Noah et lui ont tous deux tourné la tête pour sourire à Rhys.

« Exactement. » Noah a souri.

J'ai réprimé un rire en voyant la rapidité avec laquelle les deux rivaux en puissance avaient uni leurs forces pour affronter Rhys. Le métamorphe aux cheveux noirs semblait s'en rendre compte aussi, car il a haussé les yeux.

« Elle n'a pas besoin de vos putains de manigances en ce moment. Elle est supposée guérir. Ou alors tu ne te souviens pas de l'état de bordel absolu dans lequel elle était quand on l'a trouvée ? »

A ces mots, j'ai senti les deux hommes à côté de moi se tendre, et quand j'ai regardé Noah, l'inquiétude et la douleur se reflétaient dans ses yeux gris orageux. Ils ont tous les deux fait un mouvement pour s'éloigner, et je leur ai tendu la main, en essayant de les ramener vers moi d'une seule main. Le mouvement a tiré sur les points de suture de mon abdomen, et j'ai sifflé de douleur, en laissant retomber mon bras sur le lit.

« Tu vois ? » Rhys a jeté un regard furieux aux deux autres.

« Non ! C'est bon, Rhys. Je voulais qu'ils soient là. » Ma voix s'est adoucie et j'ai déplacé mon regard entre Jackson et Noah, qui avaient l'air si dévastés de me voir souffrir que ça m'a brisé le cœur. « Je vais bien. Je me sens... mieux quand vous êtes auprès de moi. »

« Tu es sûre ? » a insisté Rhys, avec un grognement persistant dans sa voix.

« Ouais. J'en suis sûre. »

Jackson a regardé autour de lui depuis l'endroit où il s'est agenouillé sur le couvre-lit doux à ma gauche. « Dans ce cas, nous allons avoir besoin d'un putain de lit plus grand. »

J'ai ri puis j'ai grimacé de douleur à nouveau.

« Arrête de la faire rire ! » a ordonné Rhys.

Sa protection autoritaire n'a fait que me faire rire plus fort, et j'ai grimacé lorsque mes points de suture se sont tordus.

« Cette fois-là, ce n'était pas moi ! C'était toi ! » Jackson a sauté du lit, levant les mains innocemment, les yeux écarquillés.

J'ai reniflé, un autre rire a jailli de ma gorge. La tension et le stress de tout ce qui s'était passé ces derniers jours avaient besoin d'être évacués, et peut-être était-ce parce que les médicaments me rendaient un peu folle, mais je ne pouvais pas m'empêcher de rire.

Noah s'est aussi précipité hors du lit, déplaçant son regard paniqué entre Jackson et Rhys. « Tout le monde, arrêtez de la faire rire ! Ne faites rien de drôle ! »

Ça ne faisait que m'énerver à nouveau, et j'ai serré

mon côté, essayant de soulager la tension sur mes points de suture parce que ça faisait vraiment mal, putain. Mais il y avait quelque chose de si pur à cela aussi. J'avais besoin de ça.

On a frappé à la porte, et Molly a passé la tête alors que je m'arrêtais de rire. Elle a jeté un regard suspicieux aux trois hommes avant de me regarder. « Est-ce que j'ai vraiment envie de savoir ce qui se passe ici ? »

« Probablement pas », a répondu Jackson avec un sourire.

Elle lui a fait les yeux doux, puis elle est entrée, suivie de West et de Carl, l'homme que j'avais rencontré la dernière fois que nous étions venus à Las Vegas. Il était plus âgé que mes hommes, probablement au début ou au milieu de la trentaine. Ses cheveux foncés étaient gominés sur son grand front, et il avait des traits aigus et des yeux intelligents qui ne semblaient rien manquer.

« Habillez-vous pendant que je m'occupe de ma patiente », a dit Molly, en cachant ses yeux dans un simulacre d'horreur devant le torse nu de Jackson. « Ensuite… »

« Ensuite, nous devons parler », a terminé Carl, et de son regard sérieux, il a balayé la pièce.

Toute la jovialité semblait s'être évaporée de l'air en un éclair, et Jackson a hoché la tête. Lui, Rhys et

Noah ont quitté la pièce, et West est resté près de la porte pendant que Molly s'approchait du lit.

Elle m'a posé quelques questions sur mon état de santé, a pris ma température et a examiné ma tête et les points de suture de ma blessure par balle. Le temps qu'elle termine, les trois hommes étaient revenus. Elle s'est assise sur le bord du lit et a posé une main fraîche sur la mienne tandis que Carl s'éclaircissait la gorge, regardant les quatre compagnons de meute.

« Très bien. Maintenant, je n'ai pas l'habitude de me soucier de ce que les gens font. Nous avons tous nos vies, nous avons tous nos propres histoires et ce ne sont pas mes affaires, d'accord ? Mais la dernière fois que je vous ai vus, je vous ai demandé si tout allait bien ici. » Il a tourné la tête vers moi. « Et vous m'avez dit que cette fille était plus en sécurité avec vous qu'elle ne le serait ailleurs. La fois d'après quand vous me l'avez amenée, elle avait une blessure par balle, un membre cassé, une commotion, et plus de bleus et d'éraflures que Rocky Balboa. Donc je dois vous le demander. Dans quel genre de merde vous vous êtes fourrés ? »

Mes quatre hommes étaient silencieux et dans le regard de chacun, j'ai vu un sentiment de culpabilité dont je n'étais pas sûre qu'il disparaîtrait jamais complètement. Je pouvais comprendre. Il y avait beaucoup de choses que je ne m'étais pas pardonnée et que je ne me pardonnerais probablement jamais. Mais je ne pouvais pas supporter de les voir dans cet état.

« Ils n'ont pas fait ça. Rien de tout ça ! Ce n'était pas leur faute », ai-je dit, en luttant pour me redresser un peu plus haut sur les oreillers. Molly m'a aidée avant de reculer pour se mettre à côté de Carl.

L'homme aux cheveux noirs a secoué la tête. « Oui, je n'ai pas dit que c'était le cas, ma chérie. Mais j'ai pris un risque en les laissant t'amener ici et j'ai besoin de savoir quelles sont les chances que cela me retombe dessus. Je ne veux pas d'ennuis chez moi. Je m'occupe de ma femme, même s'ils ne peuvent pas faire la même chose pour la leur. »

A cette accusation, Rhys et West ont tous les deux pris un regard meurtrier, mais Noah leur a tendu la main avant de s'avancer.

« Nous comprenons, Carl. Et nous sommes plus que reconnaissants que nous ne pouvons le dire. Envers toi et Molly. » Il a incliné la tête en guise de remerciement, et elle a souri doucement. « Nous sommes presque certains de ne pas avoir été suivis. Les gens dont nous nous cachons ne savent pas où nous sommes, et nous ne pensons pas… » Son regard s'est tourné vers moi pendant une seconde, et l'espace entre mes omoplates m'a démangé. Je pouvais encore sentir les doigts de Val s'enfoncer dans ma chair alors qu'elle retirait le traceur.

« Nous pensons qu'ils n'ont aucun moyen de nous tracer », a terminé Jackson. « Mais nous ne pouvons pas le garantir à cent pour cent. Si vous ne voulez pas que nous restions, nous le comprenons. Vous devez protéger les vôtres. »

« Rien à foutre ! » Molly s'est moquée, ses yeux doux clignotant avec incrédulité. Elle s'est tournée vers Carl. « Tu n'as pas intérêt à penser à les mettre dehors à cause de moi. Et puis, c'est ma maison. C'est moi qui décide. »

« Bébé. » Carl a pris la belle blonde dans ses bras, a soulevé son menton d'un doigt. « J'essaie juste de faire attention à toi. Tu sais que cette vie… »

Elle a attrapé sa main, coupant ses mots.

« Oh, je sais, je sais. C'est dangereux. C'est ce que j'ai découvert en tombant amoureuse de toi, mais crois-moi, il est bien trop tard pour changer ça. » Elle a déposé un baiser sur ses lèvres puis a passé son bras autour de sa taille, en se tournant dans ses bras de façon à avoir le dos collé à son front. Puis elle nous a tous regardés, en finissant par moi. Son visage s'est adouci, montrant à la fois la douceur et la force qui l'habitaient. « Tu resteras jusqu'à ce que tu sois guérie, Alexis. Et c'est tout ce qu'il y a à faire. »

CHAPITRE HUIT

Après toutes mes années à Strand, j'aurais probablement dû être la patiente parfaite. Mais c'est peut-être *parce que* j'avais passé tellement de temps à suivre les ordres des médecins et à laisser les gens s'occuper de moi que je ne pouvais désormais plus le supporter.

Molly était une excellente infirmière, et elle avait quatre assistants parmi les meilleurs et les plus volontaires qu'elle pouvait espérer - mais sa patiente était une vraie casse-pied.

Même si ma blessure par balle, mon bras cassé et mon crâne meurtri avaient besoin de temps pour guérir, je ne voulais pas leur donner ce temps. Je voulais déjà aller mieux, bon sang.

Les premiers jours après mon réveil dans la maison de Molly, je n'avais pas l'énergie pour faire grand-chose d'autre que de me reposer. Mais au cinquième jour, je me suis sentie assez bien pour lui demander de réduire les analgésiques. Je n'aimais pas la façon dont ils perturbaient mon système, me rendaient groggy et en permanence un peu dans les vapes. J'étais prête à accepter une certaine douleur si elle s'accompagnait d'un esprit clair.

Malheureusement, une fois que mon esprit est devenu un peu plus alerte, le repos au lit m'est devenu presque impossible. J'étais anxieuse et agitée, et peu importe à quel point les gars faisaient attention à moi, je souhaitais pouvoir prendre soin de moi.

Le sujet du lien conjugal semblait avoir été silencieusement déclaré tabou. J'en avais parlé avec Noah la première nuit après l'incident, et le baiser que nous avions partagé tournait encore en boucle dans mon esprit, mais même lui n'en avait pas parlé depuis. Il ne m'avait pas non plus de nouveau embrassée, et j'avais l'impression qu'ils se retenaient tous parce qu'ils ne voulaient pas me faire de mal. Molly et Carl ont disparu pendant de longues périodes, nous laissant tous les cinq seuls dans sa maison. J'étais terriblement impatiente de repartir, mais les quatre hommes ne semblaient pas pressés. Ils se sont jetés à corps perdu dans mes soins, suivant à la lettre toutes les instructions de Molly.

C'était une forme particulière de torture de les

avoir tous si proches, me touchant tendrement pour changer mes bandages, m'aidant à m'habiller, me nourrissant et me lavant, sans jamais aller plus loin. C'était comme s'ils avaient fait une sorte d'alliance entre eux pour ne pas aller plus loin avec moi.

Merde. *Avaient-ils réellement passée une alliance ?*

Je détestais cette idée. Je l'aurais détestée même avant que ma louve n'apparaisse, mais maintenant qu'elle s'était exprimée et avait appelé chacun d'entre eux, je la détestais absolument. Chaque fois que j'étais près des gars, j'avais une indéniable envie de me rapprocher d'eux. Il y avait du désir physique - bon Dieu, il y en a toujours eu - mais c'était plus que ça. C'était comme si je fonctionnais sur des batteries solaires et que leur présence était le soleil.

Je ne pouvais pas m'empêcher de penser qu'une partie de leur enthousiasme pour mes soins venait du fait que, tant qu'ils se concentraient pour m'aider à guérir, à répondre à mes besoins, ils n'avaient pas à penser à quel point nous étions complètement et totalement foutus. Nous n'avions plus de plan, plus de prochaines étapes. La meute perdue s'était dispersée, et même si Val nous avait donné les coordonnées de leur point de rendez-vous, je n'étais pas sûr de l'utilité d'y aller.

Allions-nous vraiment nous installer dans le désert et passer le reste de nos jours à vivre dans la peur d'être découverts comme les métamorphes de la Meute Perdue ? Quel genre de vie était-ce ? Comment pouvaient-ils être moins piégés maintenant qu'ils ne l'étaient dans les complexes de Strand dont ils s'étaient échappés ?

De plus, nous avions déjà essuyé un refus lors de notre demande d'aide auprès d'Alpha Elijah, et j'étais sûr que l'embuscade des Strand sur sa meute ne l'avait pas fait changer d'avis. Il a refusé catégoriquement de nous aider à trouver et à secourir Sariah.

Sariah.

Ce nom m'écorchait le cerveau à chaque fois que j'y pensais. Elle apparaissait sans cesse dans mes rêves, une jeune femme aux cheveux noirs et aux yeux bleus comme ceux de Rhys. Je ne l'avais jamais rencontrée dans ma vie, mais mon imagination lui avait donné une forme en se basant sur l'apparence de son frère, et j'avais eu des visions d'elle si souvent pendant mon sommeil que j'avais presque l'impression de déjà la connaître.

Dans mes rêves, nous étions toutes les deux piégées dans l'ambulance avec les gardes de Strand. Et quand je m'échappais, traînant mon corps nu et brisé à travers les bois, je me retournais juste au moment où l'ambulance explosait dans une boule de flammes brûlantes et je réalisais que, d'une manière ou d'une autre, Sariah avait été laissée derrière.

Je me réveillais généralement de ces rêves en sanglotant et en criant, me déchaînant avec une telle force primitive que je tirais sur mes points de suture et que la douleur se propageait dans mon bras. L'un des hommes m'attirait dans ses bras, où je me recroquevillais, tremblant et pleurant, tandis que la vive agonie du rêve s'estompait.

Logiquement, je savais que Sariah n'était pas dans l'ambulance avec moi. Ma mémoire de ce jour-là était partielle, confuse et brute, mais dans tous les flashs et bribes dont je me souvenais, je n'avais jamais vu que quatre visages - trois hommes et la femme qui s'était fait passer pour ma mère. La sœur de Rhys n'était pas dans le véhicule. J'en étais sûre.

Alors pourquoi apparaissait-elle toujours dans mes rêves ?

J'aurais été heureuse d'oublier tout ça, de me souvenir de moins en moins de ce jour horrible au fil du temps. Mais à ma grande horreur, au contraire les souvenirs s'aiguisaient, devenant plus distincts et plus clairs. De nouvelles bribes, de nouveaux sons et de nouvelles images venaient m'assaillir par intermittence et me submergeaient si complètement que je devais simplement fermer les yeux et respirer jusqu'à ce qu'elles disparaissent.

C'est peut-être pour cela que j'étais une si mauvaise patiente pour Molly. Rester allongée donnait à mon cerveau trop de temps pour être actif. Seul le mouvement vers l'avant pouvait empêcher le passé de me rattraper, alors j'ai fait de mon mieux pour continuer à avancer, même au détriment de ma guérison.

C'était exactement ce que j'avais prévu de faire lorsque j'ai ouvert la porte de la chambre d'amis, le dixième jour de mon séjour chez Molly.

« Non ! Hum. Hum. Ma fille, tu retournes au lit tout de suite. » L'infirmière au visage doux m'a fait signe du doigt depuis le bout du couloir.

J'avais encore du mal à me tenir complètement droite, alors je ressemblais sans doute un peu à Quasimodo essayant de s'échapper du clocher.

Merde. Déjà cassée et je n'ai même pas réussi à passer la porte.

« Rhys ! West ! Votre petite geôlière s'est encore échappée », a-t-elle appelé en dirigeant sa voix vers la cuisine. « Vous devriez peut-être la remettre au lit. Je dois partir au travail dans une minute. »

Double merde. Elle avait appelé mes deux gardiens les plus attentionnés.

West se comportait toujours bizarrement avec moi et semblait physiquement incapable de me regarder dans les yeux en ce moment, mais ça ne l'avait pas empêché de s'occuper de moi comme les autres. Et pour lui et Rhys, cela signifiait s'assurer que je n'enfreignais pas une seule des règles de Molly.

Bien sûr, sa déclaration a engendré un bruit de pas lourds, et quelques secondes plus tard, Rhys et West la suivaient au bout du couloir.

Tellement foutue.

J'ai baissé la tête en signe de défaite, toujours accrochée avec ténacité à la poignée de porte. En vérité, il était difficile de se tenir debout sans un peu d'aide. Mais je me sentais mieux et j'étais aussi sur le point de devenir folle.

« Je peux sortir un petit moment ? » ai-je demandé, en levant les yeux pour voir le visage de Molly. « Je ne peux pas rester dans cette pièce plus longtemps. Ne le prends pas mal ! C'est sympa, mais je… »

La pitié a marqué ses traits et elle a hoché la tête à contrecœur. « Très bien, très bien. Si ces gars-là t'aident, vous pouvez aller vous promener un peu. Ce sera bien que tu commences à récupérer des forces. Mais ne vas pas te promener sans aide ! Si tu exagères, tu ne feras que repousser ton échéance de guérison. »

Cela m'a soulagée mais a aussi en même temps rendu mes genoux faibles. Ou peut-être était-ce parce que je ne m'étais pas tenue debout si longtemps depuis des jours. J'ai grimacé, en resserrant ma prise sur la poignée de la porte, et les deux hommes l'ont remarqué. En un clin d'œil, ils étaient au bout du couloir à mes côtés, tenant ma taille et à mon bras valide pour me stabiliser.

Molly nous a regardés tous les trois, avec une mine curieuse. Elle nous avait observés comme ça pendant tout le temps où nous étions ici, et je pouvais pratiquement sentir les questions se former dans sa tête sur ce qu'il y avait exactement entre moi et ces quatre hommes.

J'étais presque sûre que la seule raison pour laquelle elle n'avait pas insisté pour obtenir des détails était qu'il était évident, même pour un simple observateur, que les quatre cavaliers, comme Carl et elle, les appelaient, se souciaient de moi et prenaient soin de moi. Qu'ils remueraient ciel et terre pour que rien de mal ne m'arrive.

« Bon, je vais au travail. Soyez sages, et ne la laissez pas rester debout trop longtemps », a-t-elle ordonné.

Les deux hommes ont hoché la tête, et elle est partie.

« Tu n'aurais pas dû te lever toute seule », a dit Rhys en grognant.

Les deux hommes surplombaient mon petit gabarit d'1m70, et avec eux pour me soutenir, mes jambes ne supportaient presque pas mon poids. Je n'étais même pas sûre que cela pouvait même être défini comme étant de la marche. J'étais plutôt en lévitation.

« Ça va. Vous étiez occupés. »

« Non. On n'est jamais occupés, putain. »

Pour la première fois, j'ai entendu dans la voix de Rhys la même impatience désespérée que celle que je ressentais. Je m'y étais habituée pendant notre long voyage vers la Meute Perdue - rien n'avait jamais semblé aller assez vite pour lui, aucun progrès n'avait jamais semblé suffisant. Et ce ne serait jamais le cas tant qu'il n'aurait pas retrouvé sa sœur.

C'était rassurant, d'une certaine manière, de savoir qu'il était aussi impatient que moi d'aller de l'avant. Mais ça a aussi fait naître la culpabilité au fond de moi. La seule raison pour laquelle ils n'allaient pas déjà de l'avant, c'était à cause de moi. Encore une fois, j'étais celle qui les retenait.

Rhys a peut-être deviné mes pensées, car il a ajouté à voix basse : « Il n'y a rien à faire. Nous avons perdu sa trace, et je ne sais pas d'où reprendre les recherches. »

La douleur dans ses mots m'a fait mal dans la poitrine. « Je suis désolée, Rhys. »

« Ce n'est pas ta faute », a-t-il dit brièvement.

Je savais qu'il le pensait, mais ça ne m'a pas fait pour autant me sentir mieux. Que ce soit ou non ma faute, je voulais réparer ça pour lui, faire quelque chose pour combler le manque dans son cœur qui durait depuis plusieurs années.

Mais je ne savais pas comment.

J'ai laissé tomber le sujet alors qu'ils évoluaient

maladroitement vers la porte et me guidaient lentement dans le hall. Lorsque nous avons atteint le salon, Jackson et Noah ont levé les yeux de l'endroit où ils étaient assis sur le canapé en train de regarder une émission de cuisine. Leur obsession pour TV Cuisine était à la fois déconcertante et attachante.

« Hé, regarde-toi, tu te promènes comme une putain de championne ! » Jackson chantait, ses yeux ambrés brillaient de plaisir.

« Ouais, c'est ça. Je suis plutôt portée comme une championne. »

Pour le prouver, j'ai soulevé mes deux pieds du sol. L'emprise de West autour de ma taille s'est resserrée, et Rhys a soutenu mon bras valide, me maintenant debout.

Jackson a souri. « Hé, en ce qui me concerne, ça fait toujours de toi une championne. Tu es comme un superhéros. Tu peux voler, putain. »

J'ai souri. Jackson pouvait être aussi sérieux que les autres quand la situation l'exigeait, mais il n'avait pas choisi de vivre dans cet état d'esprit. Il était comme l'enfant qui pouvait tirer le meilleur d'une situation de merde, et je l'aimais pour ça.

« Tu as l'air d'aller mieux. » Le sourire légèrement décalé de Noah a fait grimper la température dans mon ventre et m'a réchauffé le cœur. « Comment te sens-tu ? »

J'ai remué ma tête d'avant en arrière. « Mieux. »

« Allez. » West a parlé sans me regarder, ce dont je commençais malheureusement à avoir l'habitude. « On va te faire faire quelques tours autour de la maison et ensuite on va te faire t'asseoir ».

Rhys et lui m'ont aidée à marcher à un rythme lent autour de la petite maison à un étage, en me soutenant au fur et à mesure. Je devais sans cesse leur rappeler de me laisser faire une partie du travail - puis une minute plus tard, leurs poignées se resserraient et je devais le leur rappeler à nouveau.

Lorsque nous sommes revenus au salon, il y avait une sorte de compétition de barbecue qui passait à la télé. Noah et Jackson m'ont fait de la place entre eux, et les deux autres m'ont doucement déposée sur le canapé. Je me suis appuyée sur les coussins moelleux, plus fatiguée par l'effort que je ne voulais l'admettre.

Il faudrait que je m'efforce de continuer à faire ça aussi souvent que Molly me le permettrait. Je n'avais pas l'habitude de me sentir aussi faible physiquement, et je n'aimais pas ça. Je savais maintenant que je n'étais pas malade, que je ne l'avais jamais été, mais c'était difficile d'effacer comme ça dix ans d'inquiétude pour ma santé. J'aurais probablement toujours une partie de cette peur en moi.

Rhys et West se sont installés dans des fauteuils de part et d'autre du canapé, et nous sommes retombés dans un silence rassurant. De temps en temps, les gars commentaient les compétences de quelqu'un par rapport à sa façon de tenir le couteau ou concernant sa technique de cuisson, ce qui me faisait me demander s'ils étaient tous secrètement des chefs cuisiniers ou quelque chose comme ça.

Mon esprit vagabondait tandis que je regardais l'émission avec les yeux à moitié clos car la lourdeur du sommeil me pesait sur les paupières. Sur l'écran, un homme découpait un gros morceau de viande. Elle était épaisse et rouge, et de petites ruisselets roses s'étendaient sur la surface blanche de sa planche à découper comme des fissures sanglantes.

J'avais comme de l'acide qui bouillonnait dans mon estomac et une poussée d'adrénaline est montée en moi de façon inexplicable. Mon cœur s'est accéléré et j'ai dégluti.

L'homme de l'émission a ramassé les morceaux pour les jeter dans un bol. Entre ses doigts, des gouttes rouges s'échappaient. Il a attrapé un autre gros morceau de muscle rouge, et j'ai serré la mâchoire, essayant d'empêcher mon estomac de se révolter.

Du rouge.
Tellement de rouge.
Il y en avait partout.
Dans ma fourrure. Dans ma bouche, éclaboussant

l'intérieur de l'ambulance comme une folle peinture de Pollock.

Il s'écoulait de mes blessures, le sang rouge frais se mélangeant aux flaques qui s'étaient accumulées sous les cadavres, devenant déjà épais et presque noir.

Ma main s'est tendue. Ce n'était plus une patte massive, juste une petite main humaine qui tremblait de douleur, suite au choc. Ma paume et mes doigts étaient trempés de sang, et ils glissaient sur les liasses de papier, laissant de longues traces humides dans leur sillage.

Comme si je peignais avec mon propre sang, j'ai laissé des traces sur les noms imprimés soigneusement sur la page, à la recherche d'un seul.

Un nom.
Sariah.
Patient n°298. Salt Lake City, Utah.

« Alexis ? » La voix inquiète de Jackson semblait venir d'un kilomètre de distance. « Tu vas bien ? »

J'ai cligné des yeux, regardant la viande sanglante découpée à l'écran tandis que mon estomac se retournait violemment. J'ai fermé les yeux et j'ai pris une grande inspiration en laissant le souvenir m'envahir encore et encore.

C'était vrai.

C'était juste là. Je ne l'avais pas imaginé.

« Merde. Eteins, éteins ! » Noah a de nouveau juré

tandis que le son de la télévision s'arrêtait soudainement. Puis il a posé une main douce sur mon genou. « Putain, je suis désolé, Scrubs. Je n'ai même pas réfléchi. C'est fini maintenant. Plus de sang. »

« Ce n'est... pas ça « , me suis-je étouffée, forçant finalement mes yeux à s'ouvrir pour regarder les visages inquiets autour de moi. L'horreur me submergeait alors que des souvenirs plus vifs de la bagarre dans l'ambulance filtraient dans mon esprit, mais un espoir féroce montait aussi en moi.

« Alors qu'est-ce qui ne va pas ? »

J'ai passé ma langue sur mes lèvres. « C'est... Sariah. Je me souviens. Je sais où elle est. »

CHAPITRE NEUF

Un silence absolu a envahi la pièce : il était si intense que j'ai su que tout le monde avait cessé de respirer.

« Qu'est-ce que tu veux dire, Scrubs ? » a demandé prudemment West. « Comment tu sais ça ? »

« Dans l'ambulance, j'ai vu une… une sorte de liste. Comme une feuille de calcul avec les sujets d'expérimentation de Strand. Sariah y figurait. » J'ai enfoncé mes doigts dans les coussins moelleux du canapé, luttant pour trier les nouveaux souvenirs. « C'est pourquoi j'ai continué à rêver qu'elle était là. Seulement, ce n'était pas *elle* dans l'ambulance, c'était juste son nom. C'est ce que mes rêves essayaient de me dire. »

« Putain de merde », a murmuré Noah, en glissant une main dans ses cheveux blonds ébouriffés.

« Elle est dans un établissement à Salt Lake City », ai-je dit, ma voix gagnant en assurance.

Je n'arrivais pas à croire que mon esprit avait laissé échapper un détail aussi important, même si une grande partie de cet horrible événement avait été refoulée par le traumatisme et le choc. Mais le nom de Sariah, son emplacement, j'étais sûre que ces souvenirs étaient réels. Les images devenaient de plus en plus fortes chaque fois qu'elles défilaient dans mon esprit.

Inconsciemment, mon regard s'est porté sur Rhys. Il était assis droit et raide dans le grand fauteuil, respirant à peine, le visage figé en un masque indéchiffrable.

Il a cligné des yeux en se réveillant. Ses yeux bleus brûlants ont rencontré les miens, et j'ai vu une douzaine d'émotions filtrer à travers eux.

Puis son expression s'est fissurée, comme un morceau de glace qui se brise par une journée chaude. Un son rugueux et inarticulé s'est échappé de sa gorge alors qu'il se levait, se mouvant sur le canapé où j'étais assise en deux longues enjambées. Il s'est mis à genoux devant moi et a blotti son visage sur mes genoux, ses doigts s'enfonçant dans mes hanches. Je pouvais sentir son corps trembler sous l'effet de ses sanglots silencieux. J'ai passé mes doigts dans ses boucles noires et des larmes ont coulé sur mes propres joues.

Il est resté ainsi, agenouillé devant moi comme si

j'étais sa reine, son idole, son salut, tandis que les émotions refoulées en lui depuis des jours, des semaines, des années, s'échappaient enfin. Ses compagnons de meute nous regardaient solennellement tandis que je murmurais des mots apaisants à Rhys, caressant ses cheveux et passant mes mains sur ses épaules tremblantes.

« Je vais t'aider à la ramener, Rhys. Nous allons tous le faire. »

« Toujours, mon frère », a promis West, d'une voix dense.

Noah et Jackson ont hoché la tête, mais je suis sûr que Rhys n'avait pas besoin de les entendre parler pour savoir qu'ils étaient aussi avec lui. Nous étions tous dans le même bateau.

Une meute.

Une famille.

Finalement, Rhys a levé la tête de mes genoux, ses yeux bleu ciel étaient illuminés d'un feu que je n'avais jamais vu auparavant. Il a attrapé mes deux mains, en me dévorant du regard tout en embrassant mes doigts, ses lèvres fermes étaient pleines de larmes. Chaque baiser qu'il déposait sur ma peau était comme un cachet, une promesse. Lorsqu'il a relâché mes doigts tremblants et a entouré mon visage de ses paumes rugueuses, l'air s'est suspendu dans mes poumons.

En ne cessant de me regarder comme s'il n'en avait

jamais assez, il a rapproché son visage du mien. Son souffle a effleuré ma joue, mon nez, mes lèvres, réclamant déjà une partie de moi.

Et puis il m'a embrassée.

Devant tous ses compagnons de meute, comme s'il n'avait rien à foutre qu'ils le voient, comme s'il allait mourir s'il ne le faisait pas, il m'a embrassée.

Ses lèvres ont remué sur les miennes, leur contact était si parfait et déjà familier, même si nous ne l'avions fait qu'une fois auparavant. Mais c'était différent de notre précédent baiser. La dernière fois qu'il avait pressé ses lèvres contre les miennes, il avait pris quelque chose, réclamé quelque chose.

Dans ce baiser, il s'est donné à moi.

J'ai pris tout ce qu'il m'offrait, et j'ai rendu ce que j'ai reçu. La peur et la nausée qui m'avaient assaillie quelques instants auparavant se sont estompées, comme si Rhys était mon ancre, mon bouclier contre toutes les horreurs du monde. Tant que nos lèvres étaient connectées comme ça, que nos souffles se mêlaient et que nos mains s'enroulaient dans les cheveux de l'autre, rien ne pouvait me blesser.

Quand Rhys s'est finalement retiré, nous étions tous les deux à bout de souffle.

« Putain de merde. » Jackson a sifflé à côté de nous. « C'était chaud. »

Un rire a jailli de ma bouche même si la tête me

tournait. Le regard de Rhys a rencontré le mien à nouveau, et les larmes avaient disparu de ses yeux bleus hypnotiques. À leur place, il y avait de l'adoration, de la dévotion et de la détermination.

« Merci, Alexis », a-t-il brutalement exprimé. Il a passé ses pouces sur mes joues, balayant les larmes que je ne sentais plus couler. « Putain, merci. »

Il a pressé ses lèvres sur mon front, et n'a pas bougé pendant un moment. J'avais le sentiment qu'il ne voulait pas arrêter de me toucher, et je ne voulais certainement pas qu'il le fasse. Je pourrais vivre heureux dans cet espace pour le reste de ma vie, entouré de mes quatre compagnons avec qui j'étais liée, prise en sandwich entre Jackson et Noah tandis que Rhys me vénérait avec son corps et son âme.

Quand il s'est penché en arrière, je me suis mordue la lèvre. « Bien sûr, Rhys. J'aurais aimé m'en souvenir plus tôt. Mais ne me remercie pas encore. Je sais juste dans quelle ville elle se trouve. Je ne sais pas où se trouve l'établissement, je ne sais surtout pas comment nous allons la faire sortir. »

« On trouvera une solution à ce problème. Mais le fait de savoir où elle est rend les choses possibles. » Il s'est levé et une énergie de fou a grandi en lui. Je pouvais la sentir irradier de lui, comme si les atomes de son corps s'étaient mis à bouger plus vite. Il a déplacé son regard vers les autres hommes dans la pièce. «

Nous devons agir rapidement. Trouvez où se trouve le complexe. Trouvez un meilleur plan pour entrer et sortir. Rassemblez les armes, l'équipement... »

« Wow, wow ! » Noah a mis ses mains en l'air en forme de T. « Attendez une seconde. On ne peut pas y aller maintenant. »

« On doit y aller ! On n'a pas le temps, putain ! On ne peut pas attendre. Et s'ils la déplacent encore ? Et si... »

Le métamorphe blond s'est levé, se plaçant devant Rhys pour arrêter son arpentage sauvage. « Je sais. Tu ne veux pas la perdre à nouveau. Je comprends ça, Rhys, vraiment. Nous pouvons commencer à faire des reconnaissances et à établir un plan tout de suite. Mais on ne peut aller nulle part tant que Scrubs n'est pas en meilleure forme. Elle a encore besoin de guérir, elle peut à peine marcher. »

« Et je veux aider », ai-je insisté.

Je le pensais vraiment. Je voulais faire partie de tout ça. Pas seulement parce que cela signifiait quelque chose pour Rhys, mais parce que j'étais déterminée à ne plus être le maillon faible de l'équipe.

Pourtant, une petite partie de moi se demandait si les gars voudraient même de mon aide. Je n'avais pas les mêmes armes ni le même entraînement au combat qu'eux, et même si ma louve avait réussi à elle seule à vaincre quatre personnes dans un véhicule roulant à toute vitesse, elle était aussi un véritable joker. Je n'avais pas l'intention de me transformer et j'ai à peine réussi à me retransformer.

L'expression de Rhys s'est durcie, sa peur de manquer sa dernière chance de sauver Sariah a fait monter la colère sur ses traits. Ses lèvres se sont retroussées en un grognement, et il a secoué la tête, jetant un regard dans ma direction.

Je me préparais à voir ce que j'avais vu sur son visage tant de fois auparavant : du ressentiment et de la colère, la frustration de les avoir retenus.

Mais au lieu de cela, les lignes dures de son visage se sont adoucies lorsque son regard s'est posé sur moi. Il a pris une profonde inspiration et a soufflé et fermé les yeux un moment. Quand il les a rouverts, ils étaient un peu plus calmes. Ses poings serrés se sont desserrés, et il a glissé ses mains dans ses poches, plongeant son menton dans un petit signe de tête alors qu'il se tournait à nouveau vers Noah.

« Tu as raison. Nous devons nous occuper d'Alexis. Nous allons commencer à planifier les choses maintenant et nous serons prêts à partir dès que nous saurons qu'elle va bien. »

La chaleur a explosé dans ma poitrine, faisant mal mais de la meilleure façon possible. Je savais que Rhys était dévoué à cent pour cent à ceux qu'il aimait. Je l'avais vu en lui depuis le premier jour où je l'avais rencontré et même dans ses pires moments, quand il me faisait sortir de mes gonds, j'avais toujours aimé à quel point il se souciait des personnes de son cercle intime.

Et ce qu'il venait de me dire, en peu de mots, c'est que je faisais désormais partie de ce cercle. Il ferait tout ce qu'il pourrait, même en mettant de côté ses propres objectifs et projets, pour s'assurer que l'on prenne soin de moi.

J'ai pincé ma lèvre inférieure en sentant de nouvelles larmes couler sur mon visage à mesure que je comprenais l'ampleur de cette nouvelle.

Mais l'inquiétude me tiraillait aussi le cœur, comme un pic aigu enfoncé dans un pneu, dégonflant légèrement ma joie.

S'il perdait Sariah à nouveau parce que nous avions attendu trop longtemps pour agir, je ne me le pardonnerais jamais.

S'il te plaît, Sariah. S'il te plaît, fais que tu ailles bien. Nous arrivons.

Si, auparavant, j'étais impatiente de guérir, maintenant que je savais que tous les hommes m'attendaient pour aller chercher Sariah, j'étais une vraie épave. Les semaines suivantes ont représenté une bataille constante entre l'envie d'en faire toujours plus et la nécessité de me contrôler pour ne pas aller trop loin et retarder le processus de guérison.

Du repos et du temps.

Molly m'a rappelé à maintes reprises que c'était les deux conditions nécessaires à un rétablissement complet. C'était non négociable.

Mais nous *n'avions pas* le temps.

Et plus je pensais au peu de temps qu'on avait, plus il m'était difficile de me reposer.

Les garçons continuaient d'être les meilleurs infirmiers dont j'aurais pu rêver, mais l'interdiction qu'ils avaient instituée de pousser les choses plus loin physiquement semblait toujours en vigueur - sans compter le baiser incroyable de Rhys. Et même si je savais que c'était probablement pour que j'aille d'abord mieux, ma louve ne semblait pas s'en soucier. Chaque fois que j'étais près de l'un des hommes, je pouvais pratiquement la sentir gratter les parois de ma cage thoracique, pleurnicher pour que je scelle le lien avec mes quatre compagnons d'accouplement.

Malgré sa présence constante à l'intérieur de moi, elle n'avait pas vraiment l'impression de faire partie de moi. C'était plutôt une invitée indisciplinée qui avait installé son camp dans mon âme et refusait de répondre à mes ordres, mes demandes ou mes cajoleries.

Cela m'a rendu nerveuse. Comme si je n'étais pas vraiment un métamorphe, que je n'étais pas comme les autres. Et je ne savais pas comment les aider dans un combat si je n'étais pas capable de me transformer sur commande.

Deux semaines plus tard, mes points de suture ont été retirés. Et un mois plus tard, Molly m'a dit que je pouvais retirer mon plâtre. Elle avait une énorme trousse de fournitures médicales - elle avait mentionné qu'elle utilisait sa formation d'infirmière pour soigner des amis de Carl qui avaient été blessés dans l'exercice de leur métier, et apparemment cela arrivait assez souvent pour qu'elle garde son lot de matériel aussi bien garni.

Je me suis assise sur le lit de la chambre d'amis pendant que Molly utilisait un petit engin pour couper et retirer le plâtre. L'outil émettait un fort bourdonnement qui me grattait les oreilles, et j'ai fermé les yeux en détournant la tête.

Les morceaux durs se sont finalement détachés de mon bras, et j'ai jeté un coup d'œil au membre nouvellement exposé. Il était pâle et mince.

Molly a mis le plâtre de côté et a commencé à faire subir à mon bras une série d'étirements et de mouvements doux. Pendant qu'elle agissait ainsi, elle m'a jeté un coup d'œil du coin de l'œil, la curiosité brûlant dans son regard.

« Ok, je dois te demander quelque chose. J'ai essayé d'être polie et de m'occuper de mes affaires, mais qu'est-ce que je peux dire ? Je suis une putain de curieuse dans l'âme. Qu'est-ce qui se passe entre toi et les quatre cavaliers ? »

Mes muscles se sont tendus de manière involontaire et elle a presque perdu la prise qu'elle avait sur mon bras. J'ai jeté un coup d'œil vers elle, en rêvant de pouvoir repousser le sang qui colorait mes joues.

Mais je n'y arrivais pas, bien sûr, et cela m'a totalement trahie.

Ses sourcils se sont levés. « Donc je ne suis pas folle ! Toi et... les quatre ? »

Je me suis mordillé la lèvre inférieure. « C'est, c'est compliqué. »

Elle a ri et le doux son de son rire a rempli la pièce silencieuse. « Tu peux le dire encore une fois. Merde, je peux à peine en gérer un. *Quatre* ? »

J'ai rougi davantage et j'ai détourné le regard, en examinant le couvre-lit sous moi avec un intérêt soudain et intense. *Mon Dieu*. Elle a probablement pensé que j'étais une sorte de nymphomane alors qu'en réalité, j'étais encore une putain de vierge.

Une vierge qui se trouvait être à moitié louve et liée à quatre hommes.

Mais je ne pouvais pas lui dire ça. Je ne pouvais pas expliquer tout ça.

« Oh, hé. » Ses doigts frais ont incliné mon menton pour que je la regarde. « Je ne voulais pas te bouleverser, Alexis. J'ai eu assez de gens qui ont jugé ma relation, je ne ferais jamais ça à quelqu'un d'autre. Bon sang, la moitié de mes amis ont cessé de me parler lorsque ma relation avec Carl est devenue sérieuse. Si mes parents n'étaient pas déjà morts, ils m'auraient probablement reniée. Personne dans mon ancienne vie ne pensait qu'il était celui qui m'était destiné ou digne de moi, ou qu'il était *assez bon* pour moi. »

Elle a ri doucement, la tristesse se reflétait dans ses gentils yeux bleu-vert, avant de continuer.

« Mais tu sais quoi ? L'amour s'en fiche. Il ne se soucie pas *de qui* ou *de combien*. Il existe tout simplement. Et quand tu aimes quelqu'un de tout ton cœur, et qu'il t'aime en retour de la même façon... ça fait de vous des êtres parfaits l'un pour l'autre, et cela, peu importe ce que les autres pensent. Parce que vous feriez n'importe quoi l'un pour l'autre et que cela rend chacun de vous meilleurs. »

Les larmes me piquaient les yeux en pensant aux quatre compagnons de meute dont j'étais tombée amoureuse. Ce qu'ils avaient déjà fait pour moi, et ce que je ferais pour eux sans poser de questions ni même réfléchir.

« Je ne l'ai pas vu venir », ai-je admis. « C'est arrivé lentement, puis de manière soudaine. Mais ils comptent plus pour moi que tous ceux que j'ai connus. »

« Je dirais que c'est réciproque. » Elle a souri, en repoussant ses cheveux derrière les oreilles et en reprenant la manipulation de mon bras. « Je connais les quatre cavaliers depuis des années, et je n'ai jamais vu aucun d'entre eux regarder une femme comme ils te regardent. »

« Vraiment ? »

Elle a levé un sourcil. « Cent pour cent vrai. » Puis elle a soupiré. « Désolée. Je n'aurais vraiment pas dû être aussi indiscrète. C'est juste que, parfois, être dans une pièce avec vous cinq - bon dieu, la tension sexuelle est si forte qu'on pourrait la couper en tranches et la servir sur des toasts. »

J'ai rougi. Merde. On était si transparents que ça ?

« C'est bon », lui ai-je assuré, en essayant d'empêcher ma voix de grincer. « Tu n'as pas tort concernant tout ça. C'est juste nouveau pour moi. Je ne sais toujours pas ce que je fais. »

Un gloussement s'est échappé de ses lèvres alors qu'elle pressait sa paume contre la mienne, en exerçant une légère pression pour la faire reculer. « Ne t'inquiète pas, tu trouveras la solution. Je n'aurais jamais choisi d'aimer Carl - sur le papier, nous n'avons rien en commun. Mais je l'aime *vraiment*. Je l'aime à en crever, et maintenant que je sais à quoi ressemble ma vie avec lui ? Je ne reviendrais pas en arrière et ne changerais pas une seule chose, même si je le pouvais. »

Nous sommes tombées dans un silence confortable, mais ses mots ont tourné en boucle dans ma tête.

Je n'avais rien prévu de tout ça. Et si quelqu'un m'avait donné le choix au début, j'aurais probablement dit non à tout ça. Mais maintenant que je me trouvais ici, liée à ces quatre hommes, je réalisais que Molly avait raison.

Même si je pouvais revenir en arrière et changer les choses, je ne le voudrais pas.

Si je m'étais réveillée le premier jour chez elle, et que ma louve s'était liée à un seul de ces hommes, j'aurais été dévastée. Parce que même si les choses semblaient compliquées en ce moment, la vérité c'était que je ne voulais pas choisir entre eux.

Je *ne pouvais pas choisir*.

Molly a fait faire quelques étirements supplémentaires à mon bras et a hoché la tête en signe de satisfaction. « Ça a l'air bien. Vu la gravité de la fracture, tu as guéri très vite. Tu as de la chance. »

Est-ce que ça avait quelque chose à voir avec mon ADN modifié ? Mes capacités de métamorphe ont-elles accéléré le processus de guérison d'une manière ou d'une autre ? J'aurais aimé pouvoir le lui demander, mais je ne voulais pas attirer l'attention sur ma guérison anormalement rapide.

Et alors que les souvenirs de la façon dont j'avais

subi mes blessures défilaient dans ma tête, je frissonnais. « Chanceuse ? Je n'en sais rien. »

L'un de ses sourcils s'est arqué. « Eh bien, la chance est relative. Ce n'est pas de la chance que cela vous soit arrivé, mais étant donné que c'est le cas, ta guérison est parfaite. »

« Donc je pourrai partir bientôt ? » ai-je demandé avec espoir.

Rhys avait été étonnamment patient ces dernières semaines, du moins en apparence. Mais je pouvais sentir la tension qui émanait de lui, même s'il essayait de la cacher. Les gars avaient passé chaque minute où ils n'étaient pas avec moi à chercher des informations sur le complexe Strand à Salt Lake City, mais jusqu'à présent, ils n'avaient rien trouvé. L'organisation était tellement clandestine qu'il n'y avait aucune trace d'un tel complexe à Salt Lake City.

« Ouais. Ça devrait être le cas. »

Elle a massé mon bras doucement, en faisant picoter les muscles inutilisés. Cela faisait un peu mal et mon bras piquait comme s'il avait été endormi. Tout en s'activant, elle fredonnait doucement tout en respirant. C'était si doux que je ne l'ai presque pas entendu au début, mais le son est lentement monté jusqu'à mes oreilles.

Quand il l'a fait, mon cœur a arrêté de battre.

Je connaissais cet air. C'était la même berceuse que

celle que la femme prétendant être ma mère m'avait chantée chaque fois que je me sentais faible. C'était une chanson connue ; je l'avais entendue une ou deux fois dans des films ou des émissions de télévision.

Mais je n'avais jamais entendu quelqu'un d'autre que ma mère la chanter en personne.

C'était notre chanson.

Un flot d'émotions m'a envahie alors que la voix de Molly se renforçait, devenant un peu plus forte.

La culpabilité. Le regret. La colère.

Ma louve hurlait dans mon esprit, faisant les cent pas et gémissant à l'intérieur de moi comme une bête sauvage. Elle a senti un danger, une menace, mais elle ne savait pas d'où ça venait.

Molly s'est levée du lit, tirant sur mon bras pour m'emmener avec elle. J'ai tiré en arrière, résistant à la traction par instinct.

Non ! *Je ne peux pas la laisser me prendre. Je ne peux pas la laisser me tuer.*

Des pensées confuses et terrifiantes se bousculaient dans mon esprit et ma respiration s'accélérait à mesure que la raison m'abandonnait. Mon corps s'est mis à trembler et j'ai regardé Molly dans les yeux sans vraiment la voir.

Tout ce que je pouvais voir, c'était ma mère.

Et du rouge.

Dans un grand bruit, mes os ont commencé à se

briser, et la douleur s'est répandue dans tout mon corps. Molly a sursauté et est tombée en arrière alors que mes muscles ondulaient sous ma peau, ma louve terrifiée forçant son arrivée. De la fourrure a poussé sur moi, et le monde a pris une apparence étrange à travers mes nouveaux yeux. Tout était trop clair, les images et les sons trop intenses.

Je me suis accroupie sur mes hanches, ma forme énorme dominant le lit, tandis qu'un grognement d'avertissement sortait de ma gorge.

La femme en face de moi a crié.

Le cri était un mélange pur de choc et de terreur : il a piqué mes oreilles et a fait se dresser mes poils. Je ne me souvenais plus si elle était amie ou ennemie, mais je savais reconnaître une proie quand j'en voyais une.

En sautant du lit, j'ai rôdé vers elle, avec un grognement sourd toujours présent dans mon corps. Elle a poussé à nouveau un cri et s'est jetée en arrière, manquant de trébucher dans sa hâte avant de se heurter au mur et de s'y appuyer, comme si elle pouvait passer à travers.

« Molly ? *Molly !* »

Un homme aux cheveux noirs gominés a fait irruption dans la pièce, la panique dans la voix. Mes camarades le suivaient et se sont arrêtés net lorsqu'ils ont vu la scène devant eux.

« Oh merde », a marmonné Jackson.

L'homme a écarquillé les yeux : « *C'est quoi ce bordel ?* »

Le regard de la femme s'est tourné vers lui. « Carl ! »

« Putain de bordel ! »

Il s'est dirigé vers moi, un regard féroce et protecteur dans les yeux.

Sans même réfléchir, je me suis retournée pour faire face à la nouvelle menace, mes jambes se sont crispées et je me suis préparée à lui sauter à la gorge.

CHAPITRE DIX

« Alexis, non ! »

Le cri de West était un ordre retentissant, et j'ai hésité une seconde, l'adrénaline et l'instinct du prédateur me poussant à agir. Me poussant à attaquer. A frapper la première.

J'ai de nouveau montré les dents, mais avant que je ne puisse frapper, Noah et Jackson se sont déplacés. Leurs vêtements se sont déchirés et deux grands loups blancs sont apparus, bondissant en avant pour me bloquer le passage.

Mes loups.

Le lien qui me liait à mes compagnons était encore plus fort sous cette forme et ma louve s'est arrêtée, penchant la tête pour les regarder. Leur présence me réconfortait, permettait au côté humain de mon cerveau de remonter à la surface et de combattre la présence dominante de la louve.

« C'est quoi ce putain de bordel ? »

L'homme - Carl - a essayé de se jeter en avant, mais Rhys et West ont attrapé ses bras, le retenant tandis que Jackson et Noah s'approchaient de moi. Derrière moi, je pouvais entendre la femme - *Molly* -respirer en tremblant.

Mes compagnons loups ont fait cercle autour de moi, se frottant le nez à ma fourrure, reniflant et soufflant. Je pouvais aussi les sentir, bien mieux que sous ma forme humaine ; leurs odeurs étaient réconfortantes et distinctives, ce qui me calmait en plus. Mes oreilles s'agitaient toujours d'avant en arrière, à la recherche de menaces, mais mes poils s'abaissaient à mesure que s'estompait la panique qui m'avait poussée à attaquer.

Jackson a gémi en me léchant le visage. J'étais plus grande que lui d'une tête sous cette forme, une inversion qui m'aurait fait rire si je n'avais pas été aussi terrifiée.

« Lexi. » La voix bourrue de Rhys était calme, ses yeux bleus brillants étaient fixés sur moi. « Tu dois te retransformer. Peux-tu le faire ? »

Ma louve s'est crispée, ses poils sont remontés. Elle ne voulait pas perdre le contrôle.

« Putain. Elle est allée trop loin. » West a secoué la

tête. « Nous devons l'aider à se transformer avant qu'elle ne se perde complètement. »

Ils ont tous deux gardé une poigne de fer sur les épaules de Carl. L'homme au visage acéré avait cessé de hurler, mais la peur et la méfiance recouvraient ses traits tandis qu'il nous dévisageait les uns les autres.

« Bon sang.. Que... se passe-t-il ? » Les mots de Molly étaient hésitants et doux, et quand j'ai basculé la tête en arrière pour la regarder, elle a inspiré et s'est pressée plus fort contre le mur.

Comme si j'étais un monstre.

Une bête.

J'ai grogné et un sentiment de malaise m'a retourné l'estomac. Le côté humain en moi luttait pour contrôler ma louve, mais c'était presque exactement comme si nous nous battions dans la vraie vie. Ma louve était énorme et puissante, et j'étais petite et chétive ; je pouvais me sentir perdre du terrain à chaque respiration. Je n'étais pas assez forte.

« Lexi. Regarde Noah. Regarde dans ses yeux », a dit Rhys, alors que le loup blanc de Noah se tenait devant moi.

Ses yeux de loup étaient du même bleu-gris doux que quand il était humain, et leur vue m'a apaisée. L'intelligence et la gentillesse étincelaient au fond d'eux, et je pouvais sentir l'humain qui me regardait. Je me suis accrochée à cela, en utilisant son humanité pour m'aider à retrouver la mienne au fond de moi.

« C'est bien. C'est très bien. Reste avec lui. C'est ton compagnon, et il est ici avec toi. Nous le sommes tous. » Rhys a continué à parler, sa voix profonde se déversant dans mes oreilles. « Il va se retransformer. Suis-le. Viens avec lui. »

« Reviens-nous, Scrubs », a chuchoté West, il l'a dit si bas que je ne l'ai presque pas entendu.

Tout en gardant son regard fixé sur le mien, Noah a commencé à revenir. Je pouvais sentir Jackson faire de même, mais je gardais mes yeux fermement fixés sur Noah, me laissant attirer par ses iris gris nuage. Sa forme et son visage ont changé alors que son corps se transformait. Je me suis force à rester avec lui, ce qui m'a permis de sentir toute la force de la connexion qui existait entre nous.

Lentement, mon corps s'est déplacé avec le sien. Ça m'a fait un mal de chien quand mes os se sont brisés et remodelés, et quand je suis redevenue complètement humaine, je suis tombée à genoux, perdant le regard de Noah alors que je haletais. J'ai finalement commencé à comprendre pourquoi les métamorphes ne se souciaient pas de se retransformer nus, car à ce moment-là, ma nudité était la dernière chose à laquelle je pensais.

Tout ce à quoi je pouvais penser était combien ça faisait mal.

Et à quel point j'avais merdé.

Noah s'est accroupi à côté de moi et m'a aidée à me relever pendant que Jackson tirait la grande couverture du lit. Ils l'ont enroulée autour de mon corps, ignorant leur propre nudité alors qu'ils prenaient soin de moi.

« C'est quoi ce bordel ? » Carl avait retrouvé sa voix, et il semblait qu'il allait continuer à poser cette question jusqu'à ce que quelqu'un lui donne une réponse.

Je n'avais pas de mots, cependant. Que pouvais-je dire pour qu'il comprenne ? Pour ramasser les morceaux de son esprit et les remettre ensemble ? Pour recréer le monde que je pensais connaître ?

Alors je me suis tournée vers Molly, la culpabilité me serrant le cœur comme un étau. J'avais failli l'attaquer. À cause d'un air innocent qu'elle avait fredonné, j'avais presque laissé ma louve lui arracher la gorge.

Un souvenir de ce que ça fait, de ce que ça produit comme son et comme goût de tuer quelqu'un de cette façon m'a assaillie, et j'ai senti Noah et Jackson resserrer leurs poignées alors que mes genoux vacillaient.

Molly m'a regardé avec des yeux énormes, son visage était un masque de choc.

« Je suis... » J'ai dégluti. « Je suis vraiment désolée. Je ne voulais pas... »

J'ai fait un petit pas vers elle, mais avant que je ne puisse dire autre chose, Carl a traversé la pièce en quelques longues enjambées et est venu se placer de manière protectrice devant sa petite amie. « Hé ! Ne la touche pas, putain. »

Les larmes me piquaient les yeux. « J'étais juste... »

Ses yeux se sont rétrécis dangereusement. « Ecoute, ma jolie. Je ne sais pas qui tu es, ni à quoi tu joues. Mais tu ferais mieux de foutre le camp de cette maison tout de suite. »

« D'accord, mec. D'accord. » Jackson a tendu une main apaisante, même si la tension qui couvait dans l'air me disait que cette situation était tout *sauf normale*.

Carl a passé une main sur ses cheveux gominés, nous faisant face avec un regard noir. Rhys et West ont attrapé mes bras pour me soutenir tandis que Jackson et Noah ont rapidement pris de nouveaux vêtements. Ils m'ont tirée dans le couloir, ont enfilé chacun un pantalon, une chemise et des bottes en marchant. Lorsque nous avons atteint la porte d'entrée, West et Rhys ont retiré la couette de mon corps et m'ont aidée à me glisser dans mes propres vêtements. Mes mains tremblaient tellement que je pouvais à peine les passer dans les bras de ma chemise.

J'aurais dû être heureuse de ne plus avoir à gérer un plâtre pour m'habiller, mais le bonheur que j'avais ressenti à l'idée de me faire enlever le plâtre avait été entièrement éclipsé par les événements qui avaient suivi.

Rhys a baissé l'ourlet de ma chemise, posant ses mains sur mes hanches pour me stabiliser. Personne n'avait parlé depuis que nous avions quitté la chambre. J'entendais les doux sons des voix de Molly et Carl depuis l'intérieur de la pièce, mais je n'arrivais pas à comprendre ce qu'ils disaient.

« Il faut qu'on sorte d'ici. Au moins assez longtemps pour qu'il se calme. Si Scrubs se transforme encore, je ne sais pas ce qu'il fera. »

« Je ne le ferai pas... » ai-je commencé, mais je me suis vite arrêtée. Ce n'était pas une promesse que je pouvais tenir et nous le savions tous. Je n'avais pas l'intention de me transformer la dernière fois, mais ça s'était quand même passé. Et je pouvais encore sentir ma louve, agitée et anxieuse, faire les cent pas en moi.

Jackson a poussé la porte, et nous sommes sortis dans la lumière du soleil de midi. L'air extérieur était chaud et sec, et le soleil me faisait du bien au visage. Je m'étais habituée à l'extérieur plus que je ne l'avais réalisé, et rester enfermée à l'intérieur me semblait maintenant étouffant. La maison de Molly se trouvait dans un quartier calme et sans prétention. Les maisons étaient petites et vieilles, mais bien entretenues. Des palmiers et des rocailles ornaient les jardins de devant.

Deux mains fortes ont attrapé les miennes et je m'y suis accrochée à la vie, tandis que Rhys et Noah me soutenaient en se tenant chacun d'un côté de moi. Nous avons marché rapidement dans la rue, laissant la maison de Molly derrière nous.

« Eh bien, putain. » La voix de Jackson venait juste de derrière moi. Son ton était léger, mais je pouvais entendre le poids de l'inquiétude en dessous.

« Je suis désolée », ai-je chuchoté. Mon regard s'est dirigé vers Rhys. « La première fois que nous sommes allés voir Carl, tu m'as dit qu'il ne savait pas. Tu as dit de ne pas griller ta couverture. Je ne voulais pas le faire. Je suis tellement désolée. »

« Ne t'inquiète pas pour ça, Lexi. Ce n'est pas ta faute. » Les muscles de sa mâchoire se sont contractés. « Mais honnêtement, je ne sais pas si on peut y retourner. Je ne sais pas ce qu'il va faire. »

« Carl ne va pas nous vendre », a dit Noah, regardant Rhys par-dessus ma tête. « Il vit selon un code de conduite, et tu sais qu'il croit vraiment à ce putain de code. »

« Ouais. Mais son code s'applique aux humains. Et s'il décide que les animaux ne méritent pas le même respect ? »

L'amertume dans la voix de Rhys était manifeste et

j'ai senti comme un couteau s'enfoncer dans mon cœur. C'est ainsi que nous verraient probablement Carl et Molly. Et j'avais beau essayer de percevoir les choses différemment, c'était difficile de ne pas me voir ainsi en ce moment.

West s'est éclairci la gorge. « Eh bien, nous allons lui laisser un peu de temps pour se calmer. Mais nous allons devoir y retourner et gérer cela à un moment donné. Au minimum, on doit récupérer nos affaires avant de partir. »

« Que s'est-il passé, Scrubs ? » Noah a serré mon bras un peu plus fort, ses doux yeux bleus me regardant.

« Je… je ne sais pas, exactement. On était en train de parler. Elle a enlevé mon plâtre. Puis elle s'est mise à fredonner une berceuse, une chanson qui me rappelait de vieux souvenirs affreux. Ça m'a fait flipper. Je n'arrêtais pas de penser à ces gens que j'avais tués, à ma mère qui essayait de me tuer. Et ma louve a réagi à ma peur ; je pense qu'elle a forcé sa sortie pour essayer de me protéger. »

« Elle est énorme, putain. Et magnifique. » La crainte se lisait dans la voix de Jackson. « Vraiment ? »

« Putain de merde, ouais. Je n'ai jamais vu un autre métamorphe comme toi. »

Mon cœur s'est réchauffé au ton de sa voix, en même temps qu'un frisson glacial me parcourait l'échine. Je ne m'étais pas trompée. Ce n'était pas seulement mon imagination. Ma louve était différente. Et elle était hors de contrôle.

Nous avons atteint un petit parc avec une aire de jeux et quelques bancs installés sur une étendue d'herbe. Noah et Rhys m'ont amenée vers l'un d'eux et j'étais bien contente de pouvoir m'asseoir sur le banc en bois. Mes jambes tremblaient encore et mon corps me faisait mal.

Les autres se sont rassemblés autour de nous. Jackson s'est levé pour s'asseoir à l'arrière du banc, les pieds sur le siège, glissant ses doigts dans mes cheveux et massant mon cou.

« Je ne comprends pas », ai-je dit, en forçant mes yeux à rester concentrés. Je voulais me retirer à l'intérieur de moi-même, là où seule la sensation des doigts puissants de Jackson travaillant les nœuds de mes muscles existait. Mais je ne pouvais pas. « Qu'est-ce que Strand m'a fait pour me rendre différente ? Qu'est-ce que ça veut dire ? »

« On ne sait pas, Scrubs », a dit Noah. « On ne peut faire que des suppositions. Ils ont été sournois en te dosant aussi, en prétendant que c'était pour traiter une maladie mystérieuse. Dans notre cas, ils n'ont même pas pris la peine de le cacher. On a eu des injections quotidiennes pendant un moment, puis moins fréquentes, jusqu'à ce que nos loups se manifestent. »

« Qu'est-ce qu'ils vous ont injecté ? Qu'est-ce que ça fait ? » *Que va-t-il m'arriver d'autre ?*

« Je ne suis pas sûr. Une partie de ce qu'ils nous ont injecté, c'était pour forcer le changement, pour modifier notre ADN. Et d'autres choses pour empêcher que la transformation ne nous tue… cela n'a pas fonctionné sur tous leurs sujets. Je les ai entendus parler de quelque chose appelé 'la source' plusieurs fois, mais putain si seulement je savais ce que ça voulait dire. »

« Nous ne pouvons pas dire exactement ce qu'ils vous ont fait, parce qu'ils faisaient constamment des expérimentations. Dans notre complexe, ils avaient différents lots de sujets de test, » a dit doucement West. « Certains n'ont pas pu accomplir complètement leur transformation. C'était… moche. Aucun d'entre eux n'a survécu. »

« Aucune métamorphe n'a jamais été capable de tomber enceinte. Et croyez-moi, Strand a essayé. » La voix de Rhys était dure, et les narines de West se sont dilatées. « Certaines personnes ont fait une transformation une seule fois et ne sont jamais revenues à leur forme humaine. Ils les gardaient ensemble dans un enclos, juste au cas où ça arriverait. »

Noah a dû voir la panique monter dans mes yeux,

car il a fait signe aux autres d'arrêter. Sa main s'est posée sur mon genou et il l'a serré doucement. « Mais tu es revenue à ta forme humaine Scrubs. Deux fois. Ta louve est forte, et tu vas devoir trouver comment gérer ça. Mais tu es forte aussi. Je sais que tu peux gérer ça. »

J'ai cligné des yeux, en repoussant les larmes qui voulaient couler. Sa foi en moi me faisait mal au cœur, en partie parce que je n'arrivais pas à trouver cette même foi par rapport à moi-même.

« Quand je me suis transformée, je ne connaissais même pas les noms de Carl et de Molly. « J'ai tout vu à travers les yeux de ma louve, et ils étaient juste un homme et une femme. Et ils étaient des menaces. Et si vous n'étiez pas entrés au moment où vous l'avez fait ? J'aurais pu tuer Molly ! »

Personne ne m'a contredite, et même si tout s'effondrait dans mon cœur, j'ai apprécié qu'ils ne me mentent pas, qu'ils ne me dorlotent pas pour que je me sente mieux. Je n'avais pas tort, et nous le savions tous. Si les choses s'étaient passées différemment, la chambre d'amis de Molly aurait pu finir repeinte de sang, tout comme l'intérieur de l'ambulance.

Cette pensée a fait couler des larmes sur mes joues, et j'ai passé le dos de ma main sur mes paupières, en méprisant ma faiblesse.

« Et si j'avais attaqué l'un de vous ? » ai-je chuchoté et mon cœur s'est effondré à ces mots.

« Tu en avais envie ? » Noah a baissé la tête pour croiser mon regard, ses yeux gris-bleu sérieux cherchant quelque chose dans mon expression.

Je me souviens d'avoir fixé ses yeux lorsque nous sommes passés du statut de loup à celui d'humain. Je me suis rappelé le soulagement que j'avais ressenti en voyant tous mes compagnons à mes côtés.

« Non », ai-je admis. « Cela n'était pas le cas. Elle savait qui tu étais. Elle t'a reconnu. Elle t'aim... »

Je me suis brusquement interrompue, je n'étais pas prête à prononcer le mot. Mes sentiments étaient réels, qu'ils soient ou non exprimés, mais je ne voulais pas dire à ces hommes à quel point je tenais à eux alors que j'étais assise sur le banc d'un parc après avoir presque tué deux humains. Un tel aveu méritait un meilleur moment que celui-ci.

Les gars ont laissé passer le propos, même si j'ai vu de la chaleur dans les yeux de Noah.

« Tu vois ? » Son pouce a fait des cercles doux sur ma cuisse. « Elle peut contrôler son instinct de chasseur. Et elle ne fera pas de mal aux personnes auxquelles elle tient. Tu dois juste lui apprendre à se soucier de tous les gens que tu aimes. »

J'ai reniflé. « C'est une courte liste. Ça devrait être assez facile pour elle d'apprendre. »

Un sourire s'est dessiné au coin de ses lèvres. « Mais je suis sérieux. Tu dois faire la paix avec ta louve, la laisser faire partie de ta vie, ou elle sera toujours une 'autre'. Sauvage. »

J'ai hoché lentement la tête, en me mordant la lèvre inférieure alors que j'essayais de me ressaisir. « Je peux essayer. »

En vérité, c'était exactement ainsi qu'elle ressentait les choses.

Autre.

Sauvage.

Elle était comme une partie incontrôlable et monstrueuse de moi qui n'apportait que mort et violence à chaque fois qu'elle faisait surface.

Comment étais-je censée faire la paix avec ça ?

CHAPITRE ONZE

« On ferait mieux d'y retourner. Je ne veux pas en rajouter par rapport à la chance que nous avons de connaître Carl, mais je ne veux pas non plus lui donner trop de temps pour mijoter. »

Aux mots de West, j'ai relevé ma tête de l'oreiller ferme que représentait l'estomac de Rhys. Jackson en a fait de même vu que sa tête reposait sur mon ventre. Noah était étalé sur le sol à côté de nous, ses doigts étaient entremêlés aux miens. Après que les gars m'aient un peu calmée, nous nous sommes dirigés vers le coin d'ombre réconfortant sous le plus grand arbre du parc.

L'adrénaline de la transformation et de la peur de ce que j'avais failli faire m'avaient épuisée. Quand Jackson s'est couché dans l'herbe près de l'arbre, je l'ai joyeusement suivi et, en un instant, nous étions tous allongés ensemble dans un tas de corps chauds et de muscles fermes. C'était agréable, et pendant une heure, j'ai été capable d'oublier les soucis qui assaillaient mon cerveau.

Mais à la perspective de devoir affronter à nouveau Carl et Molly, ils sont revenus en force.

« Tu es sûr ? » Me suis-je étranglée.

« Ouais. » West a pincé les lèvres. Il s'est appuyé contre la base de l'arbre voisin, et je n'ai pas manqué de remarquer qu'il avait délibérément gardé de la distance entre nous. « Si nous ne retournons pas là-bas pour lui parler, j'ai peur qu'il ne communique notre position à quelqu'un. J'espère qu'on peut lui faire plus confiance que ça, mais je ne veux pas lui donner l'occasion de nous balancer. »

Putain. Il *était* furieux. Si Carl était assez furieux ou effrayé, il appellerait les flics pour nous ? Ou quelqu'un de pire ?

Jackson a remarqué l'inquiétude dans mes yeux. Il s'est levé et m'a aidé ensuite à me remettre debout. Il a déposé un baiser sur mes cheveux et m'a entourée de ses bras puissants. « Ne t'inquiète pas, Alexis. Nous connaissons Carl depuis des années. Je suis sûr qu'il n'a jamais pensé qu'il nous verrait nous transformer en loups, mais il nous fait confiance. On va lui parler. »

Je ne pouvais pas imaginer ce qu'ils pouvaient dire qui rendrait tout cela acceptable, mais j'ai forcé mes pieds à bouger tandis que nous retournions tous vers la maison en marche rapide. West avait raison, nous devions y retourner. Au-delà de la crainte que Carl ne nous trahisse, la vérité c'est que nous lui devions une explication, et à Molly aussi. Ils nous avaient accueillis dans leur vie, nous avaient donné un abri et de l'aide sans poser de questions.

Et s'ils avaient des questions maintenant… je ne pouvais pas leur en vouloir.

Lorsque nous avons atteint la petite maison d'un étage qui avait été notre port d'attache pendant les six dernières semaines, mes nerfs se sont déchaînés en moi. Carl se tenait à l'extérieur et il a levé les yeux lorsque nous nous sommes approchés. Je ne pouvais pas lire son expression à distance, mais j'ai vu sa posture changer dès qu'il nous a vus. Il s'est raidi, s'est redressé et a semblé gonfler ses muscles comme un poisson-globe. Comment les gars font-ils ça ?

Les quatre métamorphes à mes côtés l'ont aussi remarqué, et notre rythme a un peu ralenti. Noah et Rhys ont serré les rangs autour de moi, tandis que Jackson et West se sont mis au pas devant nous. Comme s'ils créaient un bouclier humain pour me protéger.

Mon cœur s'est réchauffé en réalisant cela et, en même temps, mon estomac s'est retourné. Si l'un de ces hommes était blessé en essayant de me défendre, je ne me le pardonnerais jamais. Rhys avait déjà pris un coup en me défendant dans ce bar, et je n'étais pas sûre de pouvoir supporter de voir quelque chose comme ça se reproduire.

« Je me demandais si vous alliez revenir. » Carl a croisé ses bras sur sa poitrine, en nous regardant d'un œil scrutateur alors que nous nous tenions devant lui.

« Je me demandais si vous nous laisseriez faire », a répondu West, le ton soigneusement neutre.

« Vous pouvez prendre vos affaires. Puis partez. » L'homme au visage acéré a incliné son menton vers moi. « Votre femme va bien. Enfin, elle est guérie, en tout cas. Nous avons fait ce que nous pouvions pour elle, mais je ne peux pas me mêler de ce qui vous arrive. » Il secoua la tête, une expression inquiète pinçant son visage. « J'ai mes propres problèmes à régler. »

Mes épaules se sont affaissées de déception. Il nous mettait à la porte ? Cela n'était pas surprenant, mais étant donné le passé que les gars avaient avec lui, et combien il nous avait déjà aidés, j'avais un peu espéré une autre réponse. Il semblait presque être une figure paternelle pour « les quatre cavaliers », comme il les appelait, malgré le fait qu'il n'avait que dix ans de plus qu'eux, au plus.

Je pouvais entendre la même déception dans la voix de West quand il a répondu.

« Bien sûr. Nous comprenons. » Il a hésité. « Et après ? Vous allez nous envoyer les flics ? »

« Vous ne voulez pas plutôt dire la société de contrôle des animaux ? » Les narines de Carl se sont dilatées, et son tempérament semblait vouloir prendre le dessus. Il m'a de nouveau regardée, et j'étais certaine qu'il se souvenait de la façon dont j'avais rôdé vers Molly en tant que louve et la destruction qu'il avait lue dans mon regard.

Rhys a fait un bruit de gorge, en se rapprochant de moi, mais Jackson s'est détaché de notre groupe.

« Je vais chercher nos affaires. Je fais vite. »

Il s'est glissé à l'intérieur de la maison, et nous sommes restés tous les quatre face à Carl dans une impasse tendue et maladroite.

Lorsque Jackson a rouvert la porte d'entrée deux minutes plus tard, j'étais impressionnée de la rapidité avec laquelle il avait réussi à rassembler nos affaires - jusqu'à ce que je réalise qu'il n'en avait aucune.

La raison en est devenue évidente dès que Molly a passé la porte après lui, le poussant dans le dos pour qu'il aille plus vite. Elle s'est avancée pour se mettre entre Carl et nous, ses yeux bleu-vert clignotant.

« Tu les mets à la porte ? »

Carl a lissé ses cheveux en arrière, en secouant la tête. « Non, bébé. Ils s'en vont, c'est tout. »

« Certainement pas ! »

J'ai cligné des yeux. *Elle ne veut pas qu'on parte ?*

Carl avait l'air de vouloir faire entendre raison à Molly, mais au lieu de ça, il s'est contenté de me regarder près d'elle. « Elle a essayé de te tuer, Mols ! Je ne vais pas les laisser rester ici. »

Elle s'est approchée, a posé ses mains sur sa poitrine et s'est rapprochée de lui. « Je suis morte, Carl ? »

Il a secoué la tête d'un air maussade. « Non. »

« Suis-je blessée ? »

« Ce n'est pas la putain de question... »

« Est-ce que je suis blessée ? »

Je pouvais pratiquement entendre ses dents grincer ensemble quand il a répondu.

« Non. »

« Alors ils ne partiront pas. »

« *Bébé...* »

Il a ouvert la bouche pour argumenter à nouveau, mais Molly a déposé un baiser sur ses lèvres avant qu'il ne puisse dire quoi que ce soit. Puis elle s'est tournée vers nous, en entourant ses bras autour de son corps.

« Mais qu'est-ce que tu es ? » Sa voix était douce, et ses yeux contenaient de la peur mais aussi une curiosité brûlante.

« Nous pouvons tout vous dire », a dit West. « Mais c'est probablement mieux que nous n'ayons pas cette conversation à l'extérieur ».

Carl a poussé un soupir et a levé les yeux au ciel, même si ses muscles restaient tendus. « Putain de merde. Eh bien, heureusement pour vous, ma petite amie est une putain de sainte - qui se trouve aussi être légèrement obsédée par les phénomènes inexpliqués et le surnaturel. »

Sans s'expliquer davantage, il a tourné les talons et a monté les marches de la maison, en entraînant Molly avec lui. Les autres ont échangé un regard et l'ont suivi.

Dès que Noah a fermé la porte derrière nous, Carl a pris la parole, croisant ses bras sur sa poitrine.

« Ok. Crache le morceau. Et ça a intérêt à être sacrément bon, vu que tu m'as menti depuis que je te connais. »

Je me demandais si ce fait le contrarierait autant que le fait que ses amis de longue date étaient en partie des loups. Bien que ses activités se situent en partie dans l'illégalité, il semblait vivre selon un code moral personnel très strict. Et ce code n'incluait probablement pas le fait de mentir aux personnes qui lui étaient chères.

« Ce que tu as vu Alexis, Noah, et Jackson faire ? Nous pouvons tous le faire. » Rhys a tiré ses cheveux noirs bouclés en un chignon à l'arrière de son cou avant de relâcher les mèches à nouveau. « Nous étions des cobayes de la Strand Corporation, et ils ont créé des métamorphes - en partie loup, en partie humain - pendant des années. »

Les yeux verts brillants de Carl se sont rétrécis. « Strand ? La société biomédicale ? »

« Ouais. »

« Putain de merde. » L'homme plus âgé a secoué la tête et il a froncé les sourcils. « Je te dirais d'arrêter de plaisanter si je ne venais pas de te voir le faire de mes propres yeux. »

« Je ne plaisante pas », a dit Rhys sans ambages.

« Alors pourquoi celle-ci a attaqué ma copine ? » Il a de nouveau pointé le menton vers moi, en refusant de me regarder ou même de m'appeler par mon nom.

« C'était un accident. Sa louve s'est agitée. Mais nous ne laisserons pas cela se reproduire. »

Carl s'est moqué. « Comment allez-vous l'empêcher ? »

« Ce ne sont pas eux ! » ai-je lâché. « C'est moi. » Tout en inspirant profondément, je me suis tournée vers Molly, qui avait observé tout l'échange d'un air déterminé. « Je te jure, Molly. Je ne laisserai jamais, jamais cela se reproduire. »

Je le pensais aussi. Peut-être que je n'aurais pas dû promettre une telle chose alors que ma louve était encore si incontrôlable. Mais si ça devait arriver, je préférais me faire du mal plutôt que de lui en faire et je ferais tout pour empêcher ma louve d'attaquer.

Elle m'a fixée pendant un moment, et je l'ai regardée à mon tour, en essayant d'imprimer tout ce qui la concernait dans mon esprit. La douce couleur miel de ses cheveux, la façon dont son sourire était à la fois doux et un peu malicieux, la gentillesse de ses yeux qui semblait se diffuser dans tout son esprit.

Elle n'était pas assez âgée pour être ma mère, loin de là, mais j'avais commencé à la considérer comme une grande sœur. Tant de mes relations tout au long de ma vie avaient été basées sur le mensonge et la manipulation. Et la façon dont Molly m'avait aidée - nous avait tous aidés - sans attendre quoique ce soit en retour, ont un peu guéri les parties brisées et mortes de mon cœur.

« Je suis tellement désolée », ai-je chuchoté.

Quand elle a fait un pas en avant, j'ai presque fait un bond en arrière. Je ne m'y attendais pas, et je ne voulais pas que Carl pense qu'elle était en danger. Mais bien que l'homme au visage acéré semblait encore en colère et sur les nerfs, les mains de Molly étaient fermes lorsqu'elle a pris les miennes dans les siennes, les serrant doucement.

« Tu n'as pas à être désolée. Tu n'as rien demandé de tout ça. Et tu n'es pas obligée de partir avant d'être prête. »

CHAPITRE DOUZE

Je me suis regardée dans le miroir en pied placé sur la porte de la chambre d'amis.

Quelques jours s'étaient écoulés depuis ma transformation accidentelle, et même si Carl avait accepté à contrecœur de ne pas nous mettre dehors, tout le monde dans la maison marchait sur des œufs.

Mes cheveux, qui avaient retrouvé leur couleur marron chocolat habituelle, tombaient sur mes épaules. Quatre larges cicatrices roses traversaient mon bras gauche, et mon bras droit était pâle et assez maigre. Même si Molly semblait stupéfaite de la rapidité de mon rétablissement, je me sentais plus faible que je ne l'aurais voulu.

En soulevant l'ourlet de mon débardeur, j'ai passé mes doigts sur la cicatrice située sur le côté de mon abdomen. Je savais que si je me retournais pour regarder par-dessus mon épaule, je verrais la cicatrice entre mes omoplates, là où Val avait retiré la puce de localisation que Strand avait implantée sous ma peau.

Je me sentais comme un patchwork, recousue et recollée, mais en quelque sorte pas tout à fait la même qu'avant.

Serais-je assez forte pour me battre avec les hommes quand ils iront sauver Sariah ?

Ma louve allait-elle me laisser faire cela ?

Je pouvais la sentir en moi tout le temps maintenant, s'agitant de plus en plus chaque jour qui passait. Mais je ne savais pas ce qu'elle voulait de moi. Je n'avais aucune idée de la manière de concilier ces deux parties de moi-même.

Je me suis penchée plus près de la porte, fixant mes iris dorés et les pupilles sombres qui se dilataient et se contractaient au fur et à mesure que mon regard se concentrait. Je pouvais presque voir la louve qui me regardait à travers mes yeux, la sentir gratter ma cage thoracique.

La porte s'est soudainement ouverte et a heurté mon visage. J'ai glapi et sauté en arrière, portant ma main à mon nez qui me piquait.

« Oh putain ! » Les lèvres pleines de West se sont abaissées en une grimace. « Je suis désolé. Je ne voulais pas… »

« Non, non. Je vais bien. »

J'ai secoué la tête, en essayant de reprendre mon souffle. Il m'avait plus effrayée que blessée, et mon cœur a martelé contre mes côtes.

West a entouré mon visage de ses mains fortes et ses pouces ont doucement contrôlé mon nez douloureux. C'était la première fois qu'il me touchait ou même qu'il me regardait directement depuis des jours et je suis restée parfaitement immobile pendant qu'il m'examinait, comme si tout mouvement brusque pouvait l'effrayer.

« Tu vas t'en sortir. Ça ne saigne pas et ce n'est pas cassé. »

Son regard s'est accroché au mien pendant un instant et il a semblé soudain prendre conscience de lui-même. Il a fait un pas en arrière et a frotté d'une main ses cheveux noirs courts. Sa peau sombre était lisse, ses lèvres pleines et ses traits parfaitement symétriques. Il avait même des fossettes des deux côtés quand il souriait, même si je ne les avais pas vues apparaître depuis quelques temps.

Pas depuis que ma louve l'avait réclamé.

Il s'est raclé la gorge maladroitement. « Que faisais-tu ? »

« Oh ! » et j'ai rougi, en baissant la tête. « Juste... je regardais. J'aimerais être plus forte. Je ne sais pas comment je vais pouvoir revenir à ce que j'étais avant l'accident. Et j'étais déjà loin derrière vous. Je veux juste être capable de participer à un combat, tu vois ? »

Un regard étrange s'est brièvement manifesté sur son visage et il a hoché la tête. « Alexis, nous avons trouvé le gars dans les bois que tu as mordu et frappé à l'entrejambe - c'est lui qui nous a dit comment retrouver le véhicule dans lequel ils te transportaient. Je pense que tu peux très bien te défendre dans un combat. »

« Ouais, mais c'était juste l'adrénaline et la peur. Je n'ai pas vraiment d'entraînement. Et... »

J'ai fait une pause, en me demandant si je devais mettre ça sur le dos de West. Je savais qu'il m'avait évitée et je ne voulais pas le pousser à me parler s'il n'était pas prêt.

Mais il a tiré sur mon coude, m'a installée sur le lit avant de s'asseoir à côté de moi. Il n'arrivait toujours pas à me regarder dans les yeux, mais il m'a jeté un coup d'œil en me demandant : « Qu'est-ce qu'il y a ? ».

« Tu pourrais te transformer maintenant ? » ai-je demandé, en entrelaçant mes doigts. « Si tu le voulais ? »

Il a hoché la tête. « Oui. Bien sûr. »

« Je ne peux pas le faire. Et même si je le faisais, je ne sais pas si je pourrais me retransformer. Ma louve ne m'écoutera pas. »

L'aveu est tombé de ma bouche comme si c'était du

plomb. J'avais l'impression d'échouer en le disant à voix haute et une partie de moi craignait qu'il me l'exprime lui-même. Mais au lieu de faire cela, il a soupiré, en se penchant en avant pour poser ses avant-bras sur ses cuisses musclées.

« Désolé, Scrubs. J'aimerais pouvoir t'aider davantage. »

« Je peux faire quelque chose ? »

Il a incliné la tête pour me regarder avant de reporter son regard sur le sol. « Je ne sais pas. La vérité, c'est qu'aucun métamorphe n'est exactement pareil. Nous sommes tous le fruit de diverses expériences, et ce sont des doses différentes de ce putain de sérum qui nous ont a fait ça. Dans le complexe de San Diego, Strand n'a jamais cessé de tester. Ils essayaient constamment de nouvelles choses, nous manipulant, nous faisant... » Il s'est arrêté et son expression s'est assombrie. Puis il a secoué la tête, laissant tomber ce qu'il s'apprêtait à dire. « Quoi qu'il en soit, le corps de chaque personne semble réagir différemment aux médicaments. Certaines personnes ne parviennent jamais à faire leur transformation.

« La peur est entrée dans mon cœur en le glaçant. J'étais contente que West n'ait pas édulcoré les choses pour moi, mais ses mots ont fait bouillonner l'inquiétude dans mon estomac. J'avais espéré que mon problème était quelque chose que tous les métamorphes traversaient, une partie naturelle du processus. Mais comment ça pourrait être le cas quand il n'y a rien de naturel dans tout ça ?

« Qu'est-ce que ça te fait ? Ton loup ? » ai-je demandé.

Il a baissé les paupières, comme s'il allait chercher au fond de lui, pour évaluer ce qu'il y trouvait. « C'est comme la partie la plus pure de mon âme. La partie qui sait exactement ce qu'elle veut. Qui ne demande pas, ne s'inquiète pas et ne remet pas les choses en question. »

Puisqu'il ne pouvait pas me voir, j'étais libre de le fixer sans rendre les choses horriblement gênantes, et c'est ce que j'ai fait, en m'imprégnant de ses traits sombres et réguliers et en souhaitant pouvoir utiliser mes doigts pour tracer les lignes de son visage. Il était si fort, si puissant, mais il y avait aussi de la douceur en lui. Mon corps et mon cœur avaient besoin des deux.

« Ça a l'air bien », ai-je murmuré.

Ses fossettes ont émergé et un sourire est apparu sur ses lèvres alors qu'il pensait à quelque chose d'intime. « Ça l'est. »

« Alors que veut ton loup ? »

J'étais clairement indiscrète mais ce moment était celui où West m'avait le plus parlé depuis des semaines. Je voulais entrer dans la forteresse apparemment impénétrable de son cœur et de son esprit, et maintenant que je voyais une fissure dans le mur, je ne pouvais m'empêcher d'essayer de m'y glisser.

Ses yeux se sont ouverts et m'ont surpris à le fixer. J'ai cligné des yeux, tourné la tête pour détourner le regard, mais les mots qui ont suivi m'ont figée sur place.

« Toi, Alexis. Il te veut toi. »

La pièce a semblé rétrécir, comme si les murs, le plafond et l'air autour de nous se rapprochaient et que les éléments essayaient de nous forcer à nous rapprocher l'un de l'autre. J'ai passé ma langue sur mes lèvres soudainement sèches et mon corps tout entier a été pris de frissons.

« C'est le cas, tu m'as. Tu es mon compagnon. »

West a tressailli à ce mot, les muscles de sa tempe ont ondulé et sa mâchoire s'est contractée. Ses narines se sont dilatées et sa main s'est approchée de moi avec une lenteur angoissante, glissant dans mes cheveux pour toucher l'arrière de ma tête. Ses pupilles étaient dilatées, et il y avait de la sauvagerie dans ses yeux alors qu'il semblait se battre à l'intérieur contre lui-même.

« Mon *compagnon*. »

Le mot était un grognement rugueux, une malédiction.

Mais avant que j'aie pu le comprendre, il a pressé ses lèvres contre les miennes et m'a entourée de son autre bras pour m'attirer sur ses genoux. Mes genoux se sont retrouvés de part et d'autre de sa taille mince, mon corps serré contre lui alors qu'il m'écrasait contre sa poitrine. Ce n'était pas comme le West qui m'avait embrassé au village du Paradis Perdu. Ce West semblait contrôlé, confiant et ne voulait en aucun se précipiter.

Et maintenant ?

Il m'embrassait comme si c'était la dernière fois qu'il pouvait le faire, comme un drogué qui revient pour une dernière dose avant d'abandonner sa drogue de prédilection pour de bon.

Je ne savais pas pourquoi. Je ne comprenais pas d'où venait ce changement. Mais ça n'avait pas d'importance quand mon corps répondait au sien, s'allumant comme une étincelle sous son contact. Mes seins se sont pressés contre sa poitrine, mes mamelons étaient pointus et sensibles, et j'ai senti le renflement de sa bite déjà dure entre mes jambes. Nos stupides vêtements nous séparaient, mais je me suis quand même frottée contre lui, en faisant travailler mon clitoris contre son membre dur, utilisant la longueur épaisse pour soulager un peu la douleur intense, qui faisait presque mal en moi.

Il a gémi et a déplacé ses mains vers mes fesses pour me pousser, en me pressant plus fort contre lui tandis que sa langue caressait la mienne.

J'avais l'impression que ma louve allait s'échapper

de ma poitrine. Les manifestations de plaisir qui s'échappaient de mes lèvres étaient presque animal, c'était de doux grognements et des gémissements que j'avais du mal à reconnaître comme étant ma propre voix.

J'avais besoin de ça. J'en avais besoin depuis le moment où je me suis réveillée sur ce foutu lit et où j'ai reconnu les quatre hommes pour ce qu'ils étaient : mes compagnons. Mais le cercle était brisé, le lien incomplet. Et il le sera jusqu'à ce que je ne fasse plus qu'un avec chacun d'eux, ou du moins aussi près d'eux que nos corps le permettent. J'avais besoin d'être connectée à West, de le sentir bouger en moi.

Agissant par instinct, j'ai tendu la main entre nous et j'ai touché sa bite épaisse à travers son pantalon. Je l'ai pressée doucement, le faisant se déhancher à mon contact, puis j'ai habilement déplacé mes doigts vers le haut pour manipuler son bouton et sa braguette.

Dans un grognement rauque, il s'est levé en me soulevant avec lui, et m'a fait basculer sur le dos sur le lit, en rampant pour se tenir au-dessus de moi. J'ai haleté de surprise avant que sa bouche ne descende sur la mienne, en me volant mon souffle. Avec un courage né d'un besoin désespéré, ma main est descendue à nouveau, se frayant un chemin dans son pantalon pour sentir la chaleur soyeuse et ferme de sa bite contre ma paume.

Quand je l'ai caressé, West a gémi de satisfaction, enfonçant sa langue dans ma bouche au même rythme que ses hanches. Mon cœur palpitait d'un besoin douloureux et je l'ai relâché un moment pour pouvoir ouvrir le bouton de mon propre pantalon.

Mais avant que je ne puisse l'enlever, il a soudainement arraché sa bouche de la mienne, se cabrant pour me fixer avec de grands yeux. Puis il s'est éloigné de moi et du lit, reculant jusqu'à ce qu'il soit presque contre la porte. Ses mains ont tremblé alors qu'il se rhabillait et remontait la fermeture éclair de son pantalon.

Il m'a regardée fixement, la poitrine soulevée et la peau sombre cendrée, comme s'il regardait un fantôme.

« West ? » Je me suis redressée sur mes genoux, mon cœur battant toujours la chamade, mon corps brûlant de partout après avoir été en contact avec lui. Je pouvais sentir ma culotte humide, mais c'était comme si un vent froid avait balayé mon corps et qu'il refroidissait chaque partie de moi qui avait été chaude. « Qu'est-ce qui ne va pas ? Je pensais que tu avais dit que ton loup m'avait choisie. Que tu voulais… »

Il a secoué la tête, le mouvement était saccadé.

« Parfois mon loup a tort. »

Sa main a tâtonné derrière lui pour trouver la porte, et avant que je ne puisse dire un autre mot, il l'a ouverte et a disparu.

La confusion, la frustration et la colère ont envahi les espaces vides que son absence avait créé dans mon cœur. Je me suis effondrée sur le lit, dans la pièce soudainement silencieuse, en respirant difficilement. Puis je me suis retournée, j'ai enfoui mon visage dans l'oreiller et j'ai crié.

J'ai maudit l'entreprise Strand et chacun de leurs soi-disant « médecins » pour m'avoir fait subir ça.

Je me suis dit que j'emmerdais ma louve pour avoir voulu ce qu'elle ne pouvait apparemment pas avoir.

Et ces putains d'hommes exaspérants.

CHAPITRE TREIZE

« Ça fait mal ? »

Les yeux bleus-verts de Molly m'ont regardée de manière curieuse par-dessus le portemanteau en posant la question.

J'ai cligné des yeux de surprise mais il ne m'a pas fallu longtemps pour comprendre à quoi elle faisait référence.

La transformation.

« Oh. » J'ai hoché la tête, en soulevant mon sac de courses plus haut sur mon bras. « Hum, oui. C'est effectivement le cas. C'est très douloureux, en fait. »

« Qu'est-ce que ça fait ? » a-t-elle insisté, en baissant la voix pour que la fille à l'accueil de la boutique de vêtements ne l'entende pas.

« J'ai l'impression que tous mes os se brisent en même temps, et que mes entrailles étirent ma peau.

C'est affreux, mais dès que la transformation est terminée, la douleur disparaît. »

Elle a hoché la tête, se mordillant la lèvre inférieure en buvant mes paroles.

Carl n'avait pas plaisanté sur l'obsession de Molly pour les phénomènes étranges et inexpliqués. Une fois le choc et la peur passés, elle a semblé plus intriguée par moi et les autres qu'effrayée par nous. Ce qui était bien, puisque Carl lui-même semblait toujours hésiter entre accepter notre présence et appeler Strand pour nous dénoncer lui-même.

J'étais toujours en voie de guérison mais maintenant que mon plâtre était enlevé, nous n'avions aucune raison de rester à Las Vegas - mais nous ne savions toujours pas où aller. Sariah était détenue à Salt Lake City, mais aucun des gars n'avait été capable de trouver un endroit plus précis que cela. Il était possible que nous ayons plus de chance une fois sur place et que nous puissions mener nos recherches nous-mêmes, mais même cette perspective ressemblait à rechercher une aiguille dans une botte de foin.

Quoi qu'il en soit, mes compagnons voulaient quelques jours de plus pour garder un œil sur Carl, pour s'assurer qu'il ne nous trahirait pas à la seconde où nous partirions.

Molly était la seule personne dans la maison qui ne semblait pas affectée par mon attaque et la révélation que nous étions des métamorphes. Carl nous regardait d'une façon soupçonneuse et furieuse, mes camarades étaient tous sur les nerfs, et j'avais l'impression d'avoir en permanence des serpents vivants dans l'estomac. Seule, Molly semblait penser que nous pourrions tous remonter le temps et revenir à la situation qui existait avant ce jour horrible.

Aujourd'hui, Carl était chez le prêteur sur gages et mes quatre camarades travaillaient sur les pistes possibles pour localiser Strand à Salt Lake City. Molly avait vu que je planais anxieusement au-dessus de leurs épaules et avait insisté pour m'emmener faire du shopping. Personne dans la maison n'avait pensé que c'était une bonne idée, surtout pas moi, mais je ne voulais pas la décevoir après tout ce qu'elle avait fait pour moi.

Et à ma grande surprise, je m'amusais vraiment.

C'était ma première journée de shopping entre filles et ça faisait du bien de faire quelque chose de normal pour une fois, même si cette normalité n'était qu'une illusion.

Molly m'avait emmenée dans une série de boutiques près du Strip, me faisant essayer avec enthousiasme toute une série de tenues. J'ai évité d'acheter trop de choses, même si je me suis laissé tenter par quelques articles. Je n'avais aucune idée du type de vêtements dont j'aurais besoin une fois que nous serions partis en mission de sauvetage, mais je doutais sincèrement que de jolies robes d'été et des sandales à lanières soient nécessaires.

J'avais aussi acheté des sous-vêtements en dentelle et des soutien-gorge vue l'insistance de Molly. Elle avait rayonné de joie en déclarant que les garçons allaient les adorer et j'étais devenue rouge comme une tomate et avais gardé la tête baissée pendant que l'employé les passait en caisse.

Le petit sac contenant mes achats pendait à un bras pendant que je touchais les vêtements sur l'étagère. Mon estomac a poussé un grand grognement et Molly a écarquillé les yeux.

« Tu as faim ? », m'a-t-elle dit.

« Ouais. » Ça faisait plusieurs heures qu'on faisait du shopping, et je ne m'attendais pas à ce que ça demande autant d'endurance.

« On peut manger un morceau avant de rentrer à la maison. Il y a un nouveau restaurant thaïlandais que je meurs d'envie d'essayer. »

En sortant de la boutique, je me suis tournée vers elle en levant une main pour protéger mes yeux du soleil de midi. « Hé, Molly. Je ne sais pas si je l'ai déjà dit, mais merci. »

Elle s'est arrêtée en marchant puis m'a fait un doux sourire. « Pas de souci ma chérie. »

Une fois que la vérité était sortie, je n'avais pas vu

de raison de me retenir, alors je lui avais tout dit. Elle connaissait le fait que j'avais été isolée à Strand, elle savait aussi pour la femme qui s'était fait passer pour ma mère, et pour mon sauvetage du complexe d'Austin. J'étais presque sûre que le fait qu'elle sache tout cela était lié avec son insistance à me sortir aujourd'hui.

Elle savait à quel point j'avais raté des choses dans la vie.

« Je n'arrive pas à croire que tu acceptes si bien tout ça », ai-je admis en m'installant à côté d'elle. « Tu crois que Carl s'en remettra un jour ? Je suis presque sûre qu'il nous déteste tous. »

« Il ne vous déteste pas. » Elle a secoué ses cheveux couleur miel en me conduisant dans une petite rue latérale bordée de quelques boutiques et cafés. « Carl ne fait juste pas confiance facilement. Et il a fait confiance aux quatre cavaliers. Ça va lui prendre un moment pour... »

Elle a continué à parler, mais j'ai perdu le fil de ses paroles lorsque quelque chose a attiré mon attention. Un homme s'était appuyé nonchalamment contre la façade blanche d'un bâtiment, mais dès que nous sommes passés à côté de lui, il s'est écarté du mur en se plaçant derrière nous.

Mon cœur s'est accéléré dans ma poitrine, claquant avec des bruits sourds contre ma cage thoracique.

Ne panique pas, Alexis. Peut-être que ce n'est rien.

Le temps que j'avais passé en cavale avec les gars m'avait rendue paranoïaque et méfiante de chaque petite chose. Mais avec de bonnes raisons, car même si la puce de traçage placée sur moi avait disparu, nous étions toujours poursuivis.

Carl avait-il décidé qu'il ne voulait plus avoir affaire à nous ? Qu'il ne voulait pas risquer que ma louve émerge à nouveau et fasse du mal à Molly ? Nous avait-il dénoncés à Strand ?

J'ai légèrement tourné la tête, en jetant un coup d'œil en biais à l'homme derrière nous. Ce n'était pas Nils, le Terminator blond, Dieu merci. Je ne reconnaissais pas le gars, mais ça ne voulait pas dire grand-chose. Strand avait probablement des douzaines, voire des centaines, de gardes que je n'avais jamais vus.

Mais il était grand, et tout en lui reflétait les problèmes. Il était habillé de façon décontractée, avec un jean et un t-shirt foncé, mais quelque chose dans son allure et sa démarche affirmée m'a donné des frissons.

Il nous suivait. J'en étais sûre.

Je me suis retournée vers Molly, qui continuait à parler, inconsciente du danger derrière nous. Essayant de montrer ma peur dans mes mouvements, j'ai tendu le bras et l'ai saisie à bras le corps. Elle s'est mise à trembler, puis a baissé les yeux vers moi.

« Molly » ai-je chuchoté. « Il y a un type derrière nous. Il est... »

Mais avant que je ne puisse finir ma phrase, des bras puissants m'ont attrapée par derrière. J'ai crié, en me débattant pour me desserrer de l'étreinte.

Un autre homme que je n'avais pas remarqué a bondi en avant et a entouré Molly de ses bras au moment où un grand 4x4 noir s'arrêtait à côté de nous. Les portes se sont ouvertes et avant même que je ne puisse penser à me battre contre la poigne de fer qui m'enserrait, nous avons toutes les deux été soulevées et poussées à l'intérieur.

Nos agresseurs ont sauté à l'intérieur après nous et une voix masculine profonde a crié « Allez, allez, allez ! ».

La voiture a démarré et j'ai glissé sur le siège sur lequel j'avais été jetée sans cérémonie. L'homme costaud qui m'avait attrapée a tiré mes poignets en avant et les a attachés avec une corde grossière. Molly a crié sur le siège derrière moi.

Mon pouls battait dans mes oreilles, la panique et l'adrénaline m'empêchant de penser de manière rationnelle. J'ai donné un coup de pied aussi fort que je le pouvais, en me soulevant du siège et en m'acharnant sur lui. L'homme à côté de moi a grogné de douleur lorsque je l'ai frappé dans les côtes, mais l'angle n'était pas assez bon pour faire de vrais dégâts.

Il a juré, a attrapé mes pieds et les a entourés d'une corde.

« Tu l'as eue ? » a demandé le grand costaud assis à la place du conducteur.

« Ouais. » La voix venait du siège arrière, où je pouvais encore entendre Molly grogner et se secouer. Elle n'a plus crié et je me suis demandé s'ils l'avaient bâillonnée.

Le conducteur a regardé derrière lui par-dessus son épaule. Ses joues étaient décharnées et il avait des tatouages qui remontaient le long de son cou jusqu'à sa mâchoire. Son regard s'est posé sur moi, et il a grimacé.

« Qui c'est, ça ? »

« Une de ses amies. » L'homme assis à côté de moi a poussé mes pieds loin de lui, en me forçant à me mettre en boule.

« *Une amie ?* » Le chauffeur s'est moqué, incrédule. « Est-ce que je t'ai dit de ramasser n'importe qui, putain ? Le but est de donner une leçon à Carl Lutsen. On a sa copine. Pourquoi on en a besoin d'une autre, putain ? »

« Je ne voulais pas qu'elle appelle les flics. On va s'occuper d'elle aussi, ne t'inquiète pas. »

« C'est n'importe quoi. » Le gars au cou tatoué a secoué la tête avec dégoût.

Mon esprit vacillait et essayait de comprendre tout ce qui se passait. *La copine de Carl*. C'est elle qu'ils voulaient attraper et pas moi. Ces types en avaient après Molly et je n'étais qu'un dommage collatéral de son enlèvement.

Ce qui voulait dire que Carl ne nous avait pas trahis, qu'il ne nous avait pas balancés à Strand.

Mais ça ne voulait pas dire pour autant que l'on était moins en danger. Et même au contraire davantage peut-être, puisque j'étais sûre que Strand voulait me capturer si possible vivante.

Je respirais par petites bouffées alors que le 4x4 prenait des virages à toute allure, ce qui m'a poussé contre la portière et m'a quasiment jetée depuis le siège vers le sol. Putain. Où était le policier en charge de la circulation quand on en avait besoin ?

La louve en moi gémissait, effrayée et en colère. Je me suis approchée d'elle, essayant de forcer le changement, mais elle a glissé, s'enfonçant plus profondément en moi.

Bon sang, bon sang, bon sang !

Noah n'avait pas tort. Je ne la traitais pas comme une partie de moi-même, mais comme une entité clairement distincte. Mais je ne savais pas comment combler ce fossé.

Je me suis débattue de façon inutile pendant que nous roulions à toute allure dans les rues de Vegas. Et avant que j'aie pu formuler un quelconque plan, la voiture s'est arrêtée. Le grand homme aux cheveux hirsutes qui m'avait attrapée a ouvert la portière puis a enroulé ses mains autour de ma taille, en me soulevant facilement du siège. Il m'a jetée par-dessus son épaule, en me coupant le souffle lorsque son grand deltoïde a frappé mon plexus solaire.

J'ai essayé de relever la tête, tout en toussant et en m'étouffant à moitié. Derrière nous, j'ai aperçu l'agresseur de Molly qui la traînait hors de la voiture. Le sac de vêtements que je portais est tombé sur le trottoir pendant qu'elle essayait d'échapper à l'emprise de l'homme.

« Ah, putain. Aide-moi ! Et attrape ça ! » Le type a pointé son menton vers mon sac abandonné, et le chauffeur l'a ramassé.

Molly était plus grande que moi avec mon petit gabarit d'1m70, alors le chauffeur l'a aidée à la porter pendant qu'ils nous suivaient dans une vieille maison délabrée.

J'étais bousculée à chaque pas que faisait l'homme aux cheveux hirsutes et j'avais du mal à reprendre mon souffle. Mes bras et mes pieds pendaient inutilement, toujours bien attachés.

L'intérieur de la maison était sombre, et tout l'endroit sentait le moisi et la pourriture. Cheveux hirsutes m'a jetée sur le sol sans ménagement, et une douleur aiguë a irradié de mon coccyx. J'ai roulé sur le côté, en essayant de me relever, mais il m'a repoussée.

Molly a été jetée sur le parquet à côté de moi, et pendant un instant, ses yeux sauvages et craintifs ont croisé les miens.

Ce que j'ai vu en eux m'a foutu les jetons.

Elle ne venait peut-être pas du monde de Carl, mais elle y avait vécu assez longtemps pour connaître les règles du jeu. Et dans ses yeux, j'ai vu la vérité. On ne sortirait pas d'ici vivantes.

Donner une leçon à Carl Lutsen. C'est ce que le chauffeur avait dit.

Je ne savais pas ce qu'il avait fait pour énerver ces gars, mais la leçon qu'ils allaient lui donner consistait à montrer qu'ils pouvaient aussi le blesser. Ils pouvaient détruire ce à quoi il tenait le plus.

Nous n'étions pas des otages. Nous allions être un message.

Les trois hommes se sont rassemblés pour nous regarder, leurs pieds bottés ont laissé des empreintes sur le sol poussiéreux.

« Elle est jolie. » L'homme au cou tatoué a dévisagé Molly avant de tourner son regard vers moi. « Son amie aussi. » Il a tapé dans le dos de Cheveux Hirsutes en gloussant. « Peut-être que tu n'as pas tant merdé que ça en l'amenant avec toi. Ce sera plus amusant s'il y en a deux pour tout le monde. »

Ses mots ont fait naître une pointe de peur au fond de moi et j'ai recommencé à me débattre en essayant de desserrer les liens qui me retenaient attachée, en me redressant à moitié. « Laisse-nous partir, espèce de... »

Avant que j'aie pu aggraver la situation en contrariant nos ravisseurs, Poil ras s'est précipité en avant et m'a donné un coup de poing au visage. Ma tête a basculé sur le côté, mon corps a suivi et je me suis écroulée en un tas sur le sol.

« Ferme-lui la bouche. » a ronflé le troisième homme. « Au moins la blonde ici sait garder son clapet fermé. »

Le souffle de Molly s'est accéléré, le son dur se mêlant au mien dans la pièce humide. Tout en gémissant, j'ai roulé sur le dos, en cherchant ma louve en moi. Je pouvais sentir sa détresse, sa confusion. Sa colère.

Aide-moi. S'il te plaît.

Le gars au cou tatoué a penché la tête de manière pensive, en faisant passer son regard de moi à Molly.

« Tu sais », a-t-il dit, à personne en particulier, « Carl ne devrait vraiment pas avoir de si belles choses. Cet enfoiré se rend compte qu'il ne demande qu'à ce que quelqu'un ne les lui prenne et les détruise ? »

Il a sorti la langue en léchant de façon salace sa lèvre inférieure. Il a dégainé un couteau papillon de sa ceinture et l'a ouvert avec une facilité déconcertante. Puis il s'est accroupi sur le corps de Molly, en gloussant quand elle est devenue complètement rigide.

« Tu as peur ? » Sa voix était douce, presque chantante. Comme s'il voulait vraiment, vraiment l'entendre dire oui.

Mais malgré sa nature douce, Molly était aussi plus forte que la plupart des gens que j'ai rencontrés. Elle ne lui a pas donné satisfaction, elle l'a juste regardé avec de grands yeux, les narines dilatées et la mâchoire serrée.

Le gars au cou tatoué a eu un franc sourire et a paru amusé par sa réponse. « C'est bon. Tu vas l'être. »

Il a fait glisser le couteau le long de sa joue, en appuyant juste assez fort pour laisser une petite ligne rouge dans son sillage. Un bruit involontaire de terreur s'est échappé de ses lèvres, et elle a fermé les yeux.

Je voulais faire de même, mais je n'y suis pas parvenue. Je ne pouvais pas m'empêcher de fixer le couteau. La lame méchamment pointue, la lumière terne qui scintillait dessus, la façon dont l'homme le tenait si fermement contre sa peau.

Pendant la majeure partie de ma vie, j'avais vécu tellement de relations basées sur des mensonges. Après avoir découvert à quel point j'avais été manipulée par les gens en qui j'avais confiance, je me demandais désespérément si je pourrais encore faire confiance à quelqu'un.

Mais j'avais confiance en Molly. Et en plus, je l'aimais bien.

Je me souciais d'elle.

Mon loup a gratté l'intérieur de ma cage thoracique, sa détresse - ma détresse – ne faisait qu'augmenter. Ces enfoirés allaient faire du mal à Molly. Ils allaient la tuer.

Un cri dur s'est échappé de ma gorge, le son s'est transformé en un hurlement alors que je renversais ma tête en arrière et que mon dos se cambrait sur le sol. Tous les muscles de mon corps étaient tendus, comme un élastique qui va rompre.

Et puis ça a cassé.

CHAPITRE QUATORZE

Ma louve est remontée à la surface, en s'extrayant de mon corps comme si elle devait me mettre en pièces pour me reconstruire. Les os se brisaient sous ma peau, les tissus grandissaient et changeaient. Les liens de mes poignets et de mes chevilles se sont rompus pendant que la transformation traversait mon corps tel un ouragan.

La douleur était tout aussi intense, mais la transformation s'est achevée plus vite que jamais. Je me suis levée d'un bond, secouant les derniers restes de douleur tandis qu'un grognement à gorge pleine sortait de ma large poitrine.

« Qu'est-ce que c'est *Pu*.... »

Le gars au cou tatoué n'a même pas eu le temps de finir sa phrase. En un instant, j'étais sur lui faisant claquer de manière vicieuse et sans remords mes mâchoires autour de son cou. Il a gargouillé et son corps s'est mis à trembler. Je l'ai secoué pour faire bonne mesure, son sang recouvrait ma langue pendant qu'il devenait mou comme une poupée de chiffon.

Mes oreilles se sont dressées alors que des cris et des jurons arrivaient de derrière moi et attiraient mon attention. J'ai relâché l'homme longiligne et me suis retournée, mes yeux de loup perçants scrutant la pièce. Molly s'était reculée sur ses fesses, ses mains liées devant elle.

Cette fois, la peur dans ses yeux n'a pas fait appel au côté prédateur en moi.

Elle a fait appel au côté protecteur.

Cette femme au rire doux et aux yeux doux était mon amie, et je serais damnée si je laissais quiconque lui faire du mal.

J'ai détourné mon regard d'elle, et ma soif de sang a de nouveau augmenté tandis que je faisais face aux deux hommes qui avaient l'intention de lui faire du mal. Ils m'ont fixée, comme s'ils étaient en état de choc, ils étaient même trop surpris pour attraper leurs armes. Lorsque mon regard a croisé celui de Poil ras, il s'est finalement mis en action et a plongé vers le pistolet sur le canapé. Je lui ai couru après et mes crocs se sont refermés sur son mollet. Le tissu de son pantalon s'est déchiré, et quand il s'est écrasé au sol, j'ai bondi pour atterrir sur lui, en lui donnant le coup fatal d'un coup de mâchoire.

Le troisième homme a réussi à atteindre l'arme, l'a prise et m'a visée de ses mains tremblantes. Il a appuyé sur la gâchette juste au moment où Molly balançait ses pieds liés vers lui en un large arc de cercle. Elle a attrapé l'une de ses jambes et l'a balayée sous lui. Le coup est parti au moment où il tombait et la balle est partie heurter le plafond.

La fureur a jailli dans mes veines comme du métal fondu et j'ai sauté sur l'homme. Mes pattes se sont posées sur ses épaules, en le plaquant au sol tandis que je déchirais sa chair jusqu'à ce que du sang coule de mon museau.

Quand il a finalement cessé de se débattre, j'ai reculé, la langue pendante et j'ai haleté. Les souvenirs de mon combat dans l'ambulance ont envahi mon esprit tandis que je regardais les trois hommes tombés. Des plaques de sang s'agrandissaient sous chacun de leurs corps et l'odeur de sang flottait dans l'air comme un goût âcre, supplantant les odeurs de moisissure et de poussière. J'ai gémi en secouant la tête. De petites gouttelettes de sang se sont échappées de ma fourrure et ont parsemé le sol de terre battue.

Plusieurs gouttes ont atterri sur Molly. Celle-ci s'était mise à genoux, malgré ses poignets et ses pieds toujours attachés. Elle a écarquillé les yeux, comme si elle réalisait pour la première fois à quel point sa première rencontre avec ma louve avait dû être horrible.

J'ai laissé échapper un sifflement, en baissant la tête. Les images et les sons aigus qui m'assaillaient sous cette forme se pressaient autour de moi, et j'ai fermé les yeux, en haletant lourdement tout en essayant de stimuler mon retour sous forme humaine.

Les planches du sol en plancher ont craqué et des doigts doux ont caressé ma fourrure. J'ai relevé la tête et rouvert les yeux. Molly s'était rapprochée, ce qui lui permettait de me toucher. Je pouvais encore lire la peur dans ses yeux, mais elle ne s'est pas écartée quand j'ai tourné la tête vers elle.

Elle me faisait confiance.

A cette pensée, la chaleur s'est répandue dans ma poitrine, stimulant ainsi ma volonté. Avec une lenteur angoissante, j'ai cajolé ma louve pour qu'elle relâche le contrôle, et le changement s'est finalement manifesté dans mon corps, en rétractant ma fourrure et en me faisant changer de forme.

Lorsque la douleur aiguë s'est enfin estompée, je me suis retrouvée à quatre pattes sur le sol, avec la bouche et le visage couverts de sang. La pièce semblait froide maintenant que je n'avais plus de vêtements ou de fourrure pour me couvrir - ou peut-être était-ce simplement mon corps qui réagissait au changement.

J'ai eu la chair de poule et j'ai frissonné de façon incontrôlable lorsque Molly m'a aidée à me relever, nous étions tous les deux chancelantes. Elle avait gardé ses mains sur moi tout le temps de ma transformation, en me ramenant sur terre et m'apportant de la force.

« Oh mon Dieu, Alexis. Je ne peux pas croire… » Elle a dégluti, a attrapé mon bras de ses mains liées pour m'aider à rester debout. « Tu m'as sauvé la vie. »

En mettant fin à la vie de trois autres personnes. Je ne voulais pas m'attarder sur cette pensée trop longtemps, alors j'ai juste hoché la tête, en essayant de faire en sorte que mes genoux cessent de trembler.

« Nous devons sortir d'ici », ai-je dit à bout de souffle.

« T'as raison. Merde. »

Son regard s'est posé sur ma forme nue avant de balayer la pièce du regard. L'endroit n'avait pas l'air d'avoir été habité depuis longtemps. En plus du canapé déglingué, il y avait une petite table le long d'un mur avec quelques canettes de bière vides dessus, mais pas grand-chose d'autre. Mon sac de course était posé sur le côté près de la porte.

Le couteau papillon ouvert s'était écrasé sur le sol lorsque j'avais attaqué le gars au cou tatoué, et j'ai trébuché jusqu'à lui, puis je l'ai utilisé pour couper les liens autour des poignets et des chevilles de Molly.

« Merci. » Elle a frotté la peau de ses poignets, qui était rouge et à vif. « Là, laisse-moi t'aider. »

Elle m'a guidée à travers la pièce jusqu'à l'endroit où les hommes avaient négligemment jeté le sac de vêtements qui était tombé de la voiture. Après avoir sorti un pull vert doux, elle l'a utilisé pour m'aider à nettoyer le plus gros du sang sur mon visage, mes bras et mon torse. Puis elle a jeté le vêtement rouge taché sur le côté et a sorti un autre article du sac - la robe de plage que j'avais achetée.

« Ici. »

Elle a fait un paquet et l'a mis sur ma tête. La couleur jaune joyeuse est devenue rouge aux endroits où le sang collait encore à ma peau, et une vague de tristesse m'a envahie. Ce n'était pas ce que j'avais imaginé pour cette robe. Loin de là.

Molly s'est précipitée pour attraper mes chaussures - le seul vêtement qui n'avait pas été détruit durant ma transformation - et je les ai enfilées. Après avoir jeté un dernier regard aux corps étendus sur le sol, nous nous sommes précipitées hors de la maison.

Le quartier était calme et délabré. Les bâtiments étaient parsemés de graffitis et nous n'avons croisé aucune voiture dans la rue. Mon regard passait de maison en maison, à la recherche d'une quelconque menace. L'absence d'activité était plus menaçante que rassurante : c'était un quartier où les gens venaient pour faire de mauvaises choses sans se faire prendre.

Le tissu doux de ma robe flottait dans le vent tandis que Molly et moi courions dans la rue. Je n'avais aucune idée de l'endroit où nous étions, alors je lui ai emboîté le pas et j'ai sprinté à fond jusqu'à ce que nous arrivions dans une rue plus large. Molly a levé la main et a lancé un coup de sifflet perçant. Un taxi jaune s'est arrêté sur le trottoir.

« Entre. Entre ! » Elle a ouvert la porte d'un coup sec, en me faisant signe de passer en premier. Je me suis glissée à l'intérieur, et elle a suivi puis a donné son adresse au chauffeur.

L'homme d'âge moyen nous a jeté un regard méfiant, et j'ai baissé la tête, en essayant de cacher les traces de sang qui, j'en étais sûre, recouvraient encore ma peau. Lorsqu'il a enclenché la vitesse et a remis son véhicule dans la circulation, j'ai laissé échapper un souffle plein de frissons.

Molly et moi nous sommes retournées pour regarder par la fenêtre arrière. Je m'attendais à voir l'homme longiligne et tatoué ou son ami aux cheveux hirsutes nous courir après dans la rue.

Mais ils n'allaient pas le faire.

Car ils étaient morts.

Il n'y avait plus personne pour nous poursuivre.

J'ai essayé de laisser cette pensée me réconforter, mais cela n'a fait que me donner la nausée.

Trois autres personnes étaient mortes à cause de moi. En l'espace de moins de cinq minutes, j'avais mis fin à trois vies.

Et le plus terrifiant dans tout ça, c'est que je n'en étais pas vraiment désolée. Je pouvais encore sentir les muscles et les os se déchirer et se briser entre mes dents, je pouvais encore goûter le sang. Et la partie sauvage en moi, 100% loup, s'en était délectée.

Molly n'a pas parlé, mais sa main a glissé sur le siège, paume vers le haut. Je l'ai attrapée, en la serrant fort, et on est restées comme ça pendant tout le trajet jusqu'à chez elle. Sur la route, elle a appelé Carl et si leur conversation ait été brève, je pouvais pratiquement sentir sa tension irradier à travers le téléphone.

Elle a demandé au chauffeur de s'arrêter à quelques rues de chez elle, et nous avons attendu qu'il parte avant de parcourir la dernière distance à pied. Juste au cas où.

Son quartier était calme, mais les palmiers et les jardins bien entretenus ne semblaient pas correspondre au chaos d'émotions que je ressentais.

J'ai monté les marches derrière Molly en titubant, les genoux tremblants. Quand elle a poussé la porte, les cinq hommes qui se trouvaient dans son salon ont tous levé les yeux.

Il y a eu un moment où le temps semblait suspendu, les secondes s'écoulant en petites tranches d'éternité. Quatre paires d'yeux étaient rivées sur moi, les émotions qui les animaient m'ont presque fait reculer d'un pas. Puis tout le monde a bougé en même temps.

Carl a rejoint Molly en trois longues enjambées, l'a prise dans ses bras et l'a serrée contre sa poitrine. Et mes loups métamorphes ont convergé vers moi, m'enveloppant dans le cocon chaud de leurs quatre corps massifs. Même West a rejoint le groupe, son nez se pressant contre mes cheveux tandis qu'il respirait profondément. J'ai été couverte de baisers, huit mains ont tâté mon corps comme pour vérifier que j'étais bien là et entière.

Finalement, ils se sont répartis autour de moi, en se mettant en arrière pour m'examiner et me laisser prendre un peu d'air. J'avais à peine pu respirer vu comme ils m'avaient étreinte, mais cela m'a immédiatement manqué.

La froideur maladroite de West a repris le dessus lorsqu'il s'est écarté de moi. J'avais l'impression qu'à chaque fois qu'il me touchait, il avait échoué dans quelque chose. Comme s'il se promettait de ne plus jamais le faire.

Noah s'est accroché à mes épaules, son regard parcourant mon corps de haut en bas, et apercevant le sang. « Tu t'es encore transformée ? »

J'ai hoché la tête en silence.

« Que s'est-il passé ? Qui t'a enlevée ? » Carl a baissé les yeux vers Molly, avec une expression dangereuse sur le visage. Je ne l'avais jamais vu aussi en colère, même lorsqu'il avait fait irruption dans la chambre d'amis et trouvé ma louve menaçant Molly.

Elle a rapidement expliqué ce qui s'était passé, d'une voix basse mais posée. Quand elle est arrivée à la partie où je me suis déchaînée sur les trois hommes, elle a parlé de manière presque robotique, rapportant les faits de base sans donner de détails supplémentaires. Je ne savais pas si elle essayait de me protéger de Carl ou à l'inverse de protéger Carl de moi. Ou peut-être qu'elle ne voulait tout simplement pas revivre ça. Je ne pouvais pas lui en vouloir.

Quand elle a terminé, le regard meurtrier sur son visage n'avait fait que s'accentuer. Il a secoué sa tête. « Travis Sims. Cette putain d'ordure. Il était convaincu que je lui volais du business, mais ce n'était pas vrai. C'était un mec horrible - personne ne voulait retravailler avec lui. »

Molly a hoché la tête et son regard brillant a rencontré le sien. Je me suis souvenue de notre conversation sur l'amour et je me suis demandé si, en cet instant, elle regrettait d'être tombée amoureuse de Carl. Si elle ne faisait pas partie de sa vie, de son monde, elle serait en sécurité aujourd'hui. C'est leur relation qui l'avait mise - et nous avait mises - en danger.

Mais elle a répondu à cette question pour moi quand elle s'est levée sur la pointe des pieds et l'a embrassé fougueusement. Il l'a embrassée en retour, ses mains s'agrippant à son corps comme s'il craignait qu'elle s'évapore à tout moment. À la façon dont tous mes camarades avaient encore leurs mains sur moi, et à la façon dont ils se sont rapprochés, me laissant juste assez d'espace pour respirer, j'ai deviné qu'ils ressentaient la même chose.

Carl a finalement rompu le baiser, attirant à nouveau Molly dans ses bras et croisant mon regard par-dessus son épaule. Ses yeux verts brillaient intensément et il a baissé la tête.

« Merci, Alexis. Je te suis redevable. »

CHAPITRE QUINZE

Une fois que j'ai pu respirer profondément, j'ai offert à Carl un petit sourire qui disait sans doute à quel point je me sentais mal.

Noah n'avait pas cessé de me fixer et l'inquiétude emplissait son expression. « Tu vas bien, Scrubs ? »

J'ai hoché la tête, même si ce geste m'a fait me sentir un peu étourdie. La pièce semblait continuer à bouger autour de moi, même après que ma tête se soit arrêtée de tourner, et j'ai cligné des yeux violemment.

« Je vais l'aider à se nettoyer. »

Jackson a passé un bras autour de mes épaules, je sentais encore la chair de poule sur ma peau. Je n'arrivais pas à me réchauffer, même si l'air extérieur était chaud et sec, comme toujours.

Il m'a guidée vers la salle de bains et j'ai essayé de marcher sur mes jambes toutes engourdies. Lorsque nous y sommes arrivés, il m'a installée sur le couvercle fermé des toilettes et est parti, puis il est revenu un instant plus tard avec des vêtements de rechange.

« J'ai une chemise à manches longues. Ça t'aidera à te réchauffer. » Il m'a à nouveau tiré sur les pieds. Et son visage habituellement rieur et sérieux m'a regardée intensément.

J'ai jeté un coup d'œil à mon reflet dans le miroir en pied situé au dos de la porte fermée et j'ai pâli. J'avais l'air de sortir d'un film d'horreur. Malgré les efforts de Molly pour m'aider à me nettoyer, ma bouche et mon visage étaient encore tachés de traces de sang séché.

« Jolie robe. » Jackson m'a fait un sourire, retrouvant un peu de son esprit habituel. « Elle est neuve ? »

Un rire étouffé est monté dans ma gorge. « Je l'ai achetée aujourd'hui. Elle te plaît ? »

« Ouais. » Il a penché la tête, considérant la robe jaune tachée de sang. « C'est genre 'la fille cool de la plage'. C'est un style ? »

J'ai de nouveau ri. La façon dont mon rire résonnait montrait que j'étais comme maniaque, mais ça faisait aussi du bien. C'était comme si cela ouvrait une sorte de soupape de libération après toutes les émotions accumulées.

Jackson m'a contournée pour lancer la douche et a

fermé le rideau en attendant que l'eau ne chauffe. Mes jambes étaient encore instables, alors je me suis assise sur le dessus du siège des toilettes fermées et je l'ai regardé tester la température de l'eau avec sa main. J'ai trouvé son attention et sa concentration envers moi tellement adorables. Il était si sérieux, sans contraintes. Je n'ai jamais eu à deviner ce que Jackson pensait ou ce qu'il ressentait.

Contrairement à certains des autres hommes de ma vie.

« Jackson ? » ai-je demandé doucement. « Est-ce que West est en colère contre moi ? Est-ce qu'il ne me fait plus confiance ? »

Il a retiré sa main, en secouant les gouttes d'eau puis s'est tourné vers moi. « Pas du tout, Alexis. Il n'est pas en colère contre toi. Qu'est-ce qui te fait penser ça ? »

J'ai ravalé ma salive. Je n'étais pas dans un état émotionnel idéal pour parler de cela, mais j'avais commencé, alors j'ai continué. « Depuis que ma louve s'est montrée, il est vraiment bizarre. C'est comme s'il ne me faisait pas confiance, ou qu'il ne se faisait pas confiance en ma présence. Est-ce que c'est parce que ma louve perd le contrôle d'elle-même ? »

Il a soupiré, en s'appuyant contre le mur près de la douche et en passant une main dans ses cheveux bruns foncés. « Non. Ce n'est pas du tout ça. »

« Alors quoi ? » ai-je insisté. « J'ai toujours pensé que c'était Rhys qui me détestait, mais c'est comme s'il avait simplement passé le relais à West. »

Un gloussement a grondé dans la poitrine de Jackson. « Ah ces mecs, ce sont vraiment des vieux grincheux, non ? »

J'ai manqué de sourire, mais j'avais tellement l'estomac noué que je n'ai pas pu. « Ouais. Parfois. »

Il a semblé réfléchir en son for intérieur pendant un moment. Puis, une fois qu'il a pris sa décision, il s'est accroupi sur la pointe des pieds devant moi, en posant ses mains sur mes genoux. Ses yeux ambrés ont cherché d'un regard hanté les miens.

« Ce n'est pas toi, Alexis. C'est lui. Quand nous étions au complexe de San Diego, on a forcé West à s'accoupler - les médecins menaient une nouvelle expérience ou quelque chose dans le genre et ils ont décidé de jouer à Dieu. Ils ont réussi à forcer la connexion, mais ce n'était pas un vrai lien d'accouplement. C'était… c'était super foireux. »

Il a secoué la tête et vue l'expression de son visage, ça m'a fait comprendre que malgré l'horreur de ces propos, cela n'était qu'une version très édulcorée de ce qui s'était passé.

« Ça l'a beaucoup perturbé », a poursuivi Jackson. « Même après que les docteurs aient abandonné l'expérience, il n'était plus le même pendant des mois.

Et maintenant, ce qu'il a avec toi - ce que nous avons tous avec toi... C'est un vrai lien d'accouplement, j'en suis sûr. Mais il ne lui fait pas confiance. Il ne peut pas se permettre de l'accepter. »

Je me suis mordu la lèvre : j'avais envie de pleurer à l'idée que West souffre comme ça en comprenant la douleur qui émanait de la voix de Jackson. Je détestais le fait que le lien entre nous puisse rouvrir ces vieilles blessures, et même si j'avais besoin de West dans ma vie, je souhaitais qu'il y ait un moyen de le libérer de tout ça. De le libérer de son tourment.

Jackson a dû comprendre mon regard, car il a pressé mes genoux dans ses mains. « Les choses vont revenir à la normale avec lui, Alexis. Je te le promets. »

J'ai hoché le menton en poussant un demi-soupir. C'était tout ce que je pouvais faire. Le poids de la journée me rattrapait enfin, et je me sentais tremblante et épuisée.

« Bien », a-t-il dit. « On va te laver, d'accord ? »

Il a frotté mes jambes là où j'avais la chair de poule, puis a relevé doucement mes jambes. L'eau avait chauffé pendant que nous parlions. Et maintenant des bouffées de vapeur remplissaient la salle de bain.

Les mains de Jackson ont effleuré les bretelles de ma robe, et il a levé les yeux, en rencontrant mon regard. « Je peux ? »

J'ai à nouveau baissé le menton, j'étais incapable de

détourner mon regard de ses beaux yeux. Avec douceur, il a fait glisser les bretelles de mes épaules. La robe était ample et légère, et sans les bretelles qui la retenaient, le tissu glissait facilement sur mon corps, en me laissant complètement nue. Son regard a glissé vers le bas et son attention a réchauffé ma peau comme des rayons de soleil.

Puis il a passé une main au-dessus de sa tête et a enlevé sa propre chemise avant de se débarrasser de son pantalon et de ses chaussures, en ne gardant qu'un caleçon noir. Il m'a aidée à entrer dans la douche puis m'a rejointe, passant la main autour de moi pour ajuster légèrement la température.

Il m'a installée sous l'eau qui coulait avant de se savonner les mains. De petites gouttelettes s'accrochaient à ses larges pectoraux et à ses épaules, et descendaient le long de sa poitrine parsemée de poils foncés. Lorsque ses mains ont commencé à masser doucement ma peau, partant de mon visage et de mon cou, en passant par la ligne de ma clavicule et mes épaules, j'ai poussé un léger soupir.

J'avais l'impression de fondre, de prendre une forme entièrement nouvelle. Comme si à son contact, quelque chose de fondamental changeait dans la composition de mon être.

Et j'aimais tellement mieux cette version de moi.

Mes paupières se sont abaissées tandis que je me

perdais dans cette merveilleuse sensation, le laissant prendre le contrôle tandis que la tension s'évacuait de mon corps. Son toucher était doux, adorable, et quand mon regard s'est baissé, j'ai vu qu'il bandait. Un épais bourrelet se pressait contre le tissu de son caleçon mouillé, tendu vers moi. Mais il l'a ignoré, même lorsque ses mains sont descendues sur mes seins, laissant l'eau rose et savonneuse couler sur mon corps tandis qu'il nettoyait le sang.

Sous ses paumes, mes mamelons ont pointé et une douleur sourde et lancinante a commencé à grandir dans mon cœur. J'étais aussi affectée par sa réaction que par sa détermination à l'ignorer pour pouvoir prendre soin de moi.

Ce lien entre nous, quel qu'il soit, était plus qu'une simple attirance ou de la luxure. Je n'en avais jamais été aussi si sûre qu'en ce moment.

C'était de l'amour. De la tendresse. De la bienveillance.

Je me suis mordu la lèvre, j'étais submergée d'émotions. Inconsciemment, mes mains se sont tendues pour le toucher de la même manière qu'il me touchait, glissant sur la peau lisse de ses bras, sur ses épaules et sur sa poitrine. Ses mouvements se sont brièvement arrêtés, et sa pomme d'Adam a bougé pendant qu'il avalait.

« Tourne-toi », a-t-il ordonné.

Les deux mots formaient un murmure brutal et je pouvais voir que mon contact mettait sa maitrise de lui-même à rude épreuve. Mais je m'en fichais. Ces hommes avaient tous beaucoup trop de self-control me concernant. C'étaient mes potes. Je devrais pouvoir les toucher, être proche d'eux, si je le voulais. Et cette sensation des grandes mains de Jackson sur mon corps m'a fait me sentir entière et vivante.

J'ai fait ce qu'il m'a ordonné, je lui ai tourné le dos et j'ai laissé le jet de la douche se déverser sur ma poitrine et mes épaules. Il m'a lavé les cheveux et ses doigts épais ont massé mon cuir chevelu. Puis il m'a poussée vers l'avant pour que l'eau coule sur ma tête et élimine la mousse.

Le renflement de sa bite a frôlé le bas de mon dos et lorsqu'il a voulu s'éloigner, j'ai bougé avec lui, pressant mon dos contre son front pour coller nos corps l'un contre l'autre. Il a laissé échapper un gémissement lorsque je me suis déplacée contre lui, et ses bras se sont enroulés autour de moi pour renforcer le lien entre nous.

Il a baissé la tête, passant ses lèvres sur mes cheveux mouillés, sur le contour de mon oreille. Quand elles sont passées sur la ligne de ma mâchoire, une explosion de sensations m'a traversée comme un éclair. Je me suis tordue dans sa prise, tournant la tête pour capter sa bouche avec la mienne.

Enfin.

La perfection.

J'en avais besoin depuis si longtemps, et c'était mieux que tout ce que j'avais imaginé. Jackson embrassait comme il vivait, en s'abandonnant de manière ouverte et passionnée. Ses lèvres ont bougé contre les miennes, sa langue est sortie pour caresser le bord de mes lèvres, et quand je me suis ouverte à lui, il m'a goûtée comme s'il était affamé. Ses mains ont glissé jusqu'à mes seins, et j'ai haleté dans sa bouche.

D'un geste rapide, Jackson a rompu notre baiser et m'a fait tourner face à lui, en me plaquant contre la paroi latérale de la douche. Ses grandes mains ont encadré mon visage alors qu'il me regardait, sa bite se pressant contre mon ventre.

« Putain, Alexis. Je n'avais vraiment pas l'intention de commencer quelque chose. »

« Je sais », ai-je murmuré à bout de souffle. « Je pense que c'est *moi* qui ai commencé. »

Il a gloussé. « Oui, peut-être que c'est toi. » Il a baissé la tête pour m'embrasser à nouveau, faisant tourner le monde autour de moi pendant que sa bouche explorait la mienne.

Quand nous nous sommes séparés cette fois, je me suis accrochée à ses solides épaules pour me stabiliser. Si je tremblais quand nous sommes entrés dans la douche, mes genoux étaient maintenant comme de la gelée.

Mais ce genre de tremblements ne me dérangeait pas. En fait, j'en voulais plus.

Je me suis mise sur la pointe des pieds pour l'embrasser à nouveau au moment où l'on frappait à la porte.

Ça m'a fait peur, ça a fait éclater la petite bulle qu'on avait créée où il n'y avait rien d'autre que des gémissements silencieux, de la vapeur chaude et nos corps chauds. J'ai sursauté, et j'aurais probablement glissé et me serais ouvert le crâne si Jackson ne m'avait pas stabilisée d'une poigne ferme.

Il a froncé les sourcils et il a élevé la voix pour répondre : « Ouais ? On est un peu occupé ici ! »

Je m'attendais à ce que ce soit l'un de ses compagnons de meute qui vienne nous charrier parce que nous prenions trop de temps. Mais quand le son de la voix de West a franchi la porte, il n'y avait rien qui ressemblait à de la taquinerie dans son ton. Sa voix était sèche et dure et mettait d'inquiétude.

« Tu ferais mieux de sortir d'ici. Tu dois voir ça. »

CHAPITRE SEIZE

Les yeux de Jackson ont trouvé les miens et j'ai lu l'inquiétude qui assombrissait leur lueur ambrée.

« D'accord ! » a-t-il dit. « On arrive ! »

Il a dû entendre la même chose que moi dans la voix de West, car il n'a pas perdu de temps. La bulle parfaite entre nous a complètement éclaté lorsqu'il s'est approché de moi et a tourné le bouton puis fermé l'eau. Il m'a aidée à sortir de la douche, m'a tendu une serviette propre avant d'en enrouler une autour de sa taille.

Puis il a déposé un baiser sur mes cheveux. J'ai vu la chaleur revenir dans son regard pendant une seconde avant de murmurer : « Tu peux t'habiller toute seule ? Je vais mettre des vêtements secs et je te retrouve là-bas. »

J'ai hoché la tête, je sentais mes nerfs se crisper alors qu'il s'éclipsait par la porte.

Qu'est-ce qui ne va pas maintenant ? Strand nous avait-il trouvés ? Les corps de nos ravisseurs avaient-ils été découverts ? D'autres ennemis de Carl étaient-ils à ses trousses ?

Plus je réfléchissais et plus j'imaginais des scenarios horribles. Je me suis donc habillée aussi vite que possible avec le jean et la chemise à manches longues que Jackson m'avait apportés. Il avait aussi amené des chaussures, mais je n'ai même pas pris la peine de les mettre, je les ai simplement attrapées et portées à la main dans le couloir jusqu'au salon.

J'ai entendu des voix qui me saluaient, mais personne dans la pièce ne parlait. Le seul son provenait de la télévision, où un présentateur de CNN s'adressait à la caméra.

« - que Terrence Cole, le PDG de la Strand Corporation, est mort subitement à l'âge de cinquante-quatre ans. Le docteur Alan Shepherd, bras droit de Cole et partenaire de longue date, va prendre la tête de la société. »

A la gauche de l'annonceur parfaitement manucuré, l'image d'un homme d'âge moyen aux cheveux bruns courts et aux yeux bleus est apparue.

J'ai cligné des yeux, tout l'air s'est échappé de mes poumons en deux secondes.

Le docteur Shepherd.

L'homme qui avait été mon gardien, mon mentor et mon ami pendant presque la moitié de ma vie.

L'homme qui m'avait complètement trahie. M'avait menti. Qui s'était servi de mes peurs et de mes espoirs pour me rendre plus malléable pendant qu'il réalisait des expériences inadmissibles sur moi.

Mes jambes ont fléchi sous moi : le choc de me retrouver face à face avec lui m'a donné le vertige – même s'il n'était pas vraiment ici, mais probablement à des centaines de kilomètres.

Des bras forts m'ont entourée par derrière, me stabilisant avant que je ne m'effondre. Jackson venait d'entrer dans la pièce après moi, et il m'a serrée doucement dans ses bras, de manière rassurante, avant de reporter notre attention sur la télévision.

« Ce que cela signifie pour l'avenir de Strand n'est pas clair. La société est notoirement hermétique concernant ses agissements et a été critiquée pour son refus de divulguer quoique ce soit sur ses activités commerciales. »

« C'est vrai, Stacy. Mais étant donné la présence du docteur Shepherd au sein de Strand depuis la création de la société, il semble peu probable que la direction de la société change radicalement avec lui aux commandes », a ajouté son coprésentateur, se tournant vers elle en prenant une expression sérieuse. «

Shepherd, qui s'est tenu à l'écart du public la plupart du temps, préférant laisser l'attention des médias à Cole, n'a publié qu'une brève déclaration en réponse à la nouvelle de la mort de Cole. »

Elle a hoché la tête, reprenant l'histoire avec une facilité déconcertante. « Il a dit qu'il honorait la vision qu'avait Cole pour la société et a mentionné qu'ils allaient augmenter les dépenses en recherche et développement, faisant de cela la principale priorité de la Strand Corporation dans les années à venir. »

Les présentateurs ont continué à parler, en se renvoyant l'histoire comme deux enfants qui se lançaient un ballon à la récréation. Mais j'ai arrêté d'écouter.

Encore de la recherche et du développement.

Ces présentateurs parfaitement polis ne savaient peut-être pas ce que cela signifiait, mais moi si.

Plus d'expériences sur les humains.

Plus de vies volées.

Et qui savait ce qui arriverait à celles qu'ils avaient déjà.

« - a été critiqué pour ses liens avec des dictateurs étrangers. Certains spéculent que Strand a essayé de produire des armes biologiques, bien qu'il n'y ait aucune preuve d'un tel méfait », a dit la présentatrice, de sa voix fade et agréable qui a attiré une fois de plus mon attention.

« Oui. Compte tenu de ces allégations, il sera intéressant de voir si Shepherd choisit d'être plus transparent sur les activités de la société, ou s'il suit le précédent établi par Cole. »

L'image à l'écran a changé, et les deux présentateurs sont passés à d'autres nouvelles de dernière minute, parlant exactement de la même façon et au même rythme, comme si toutes leurs histoires étaient essentiellement les mêmes.

J'ai finalement réussi à détacher mon attention du téléviseur et mon regard s'est promené dans la pièce. Noah et Rhys étaient assis dans les deux grands fauteuils de chaque côté de la pièce, tandis que Carl et Molly se partageaient le canapé et West se tenait près de l'entrée du couloir, où Jackson et moi faisions du sur place.

Sans mot dire, Carl a pris la télécommande sur le coussin à côté de lui et a appuyé sur un bouton pour couper le son de la télévision. Les bouches des présentateurs continuaient à bouger, leurs expressions étaient neutres mais sérieuses, tandis que le texte défilait au bas de l'écran.

La pièce est tombée dans un silence épais, seulement rompu par le grincement du ressort de la chaise alors que les pieds de Rhys rebondissaient dans l'agitation.

« Le fils de pute. » La voix de West était comme un

grognement, plein de haine comme je n'en avais jamais entendu de ma vie. « *Plus* de recherche et développement ? Il n'en a pas assez fait avec nous jusqu'à maintenant ? »

« Et je parierais tout ce que j'ai qu'il va essayer de vendre les nouveaux modèles comme des armes », a dit Jackson d'un ton dégoûté, sa poitrine vibrant contre mon dos. « Tu as compris le passage sur leurs liens avec les dictateurs étrangers ? »

« Ouais. J'ai compris. Nous... »

« Nous devons partir. Maintenant ! » Rhys s'est levé de sa chaise si vite que j'ai sursauté, me réfugiant dans l'étreinte de Jackson. Le métamorphe aux cheveux noirs a passé une main dans ses longs cheveux en faisant les cent pas dans la pièce, les yeux brillants. « Maintenant ! Allons-y ! »

Il s'est dirigé vers le couloir, avec l'intention apparente de prendre nos affaires et de sortir à la minute même, sans se soucier du fait que nous n'avions aucun moyen de transport et aucune idée précise de l'endroit où nous allions.

West s'est mis sur son chemin, en mettant une main sur sa poitrine. « Waouh, ralentis, mec. Tu as raison, c'est mauvais. Et tu as raison de dire que nous ne pouvons pas attendre plus longtemps. Alexis va mieux, et si nous ne rejoignons pas Sariah bientôt, qui sait quel genre de merde ils vont essayer de lui faire. Mais nous avons besoin d'un plan. »

« Un putain de plan ! On a passé des semaines à chercher des informations sur la localisation de Strand à Salt Lake, et on a trouvé que dalle. On n'arrivera à rien en essayant de faire ça à distance. On doit. Être. Là-bas. Je défoncerai toutes les putains de portes de la ville s'il le faut, mais je jure devant Dieu que je trouverai… »

« Ok, Rhys. Ok. » West a attrapé les épaules de son compagnon de meute, coupant ainsi sa tirade. Rhys a inspiré une bouffée avec bruit, son corps tremblait d'énergie réprimée. « Nous allons aller à Salt Lake City. Nous allons nous rapprocher. Mais nous ne pouvons rien faire tant que nous ne sommes pas 100% certains. On ne peut pas se permettre d'être négligents sur ce point, mon frère. »

« Si nous le faisons, nous risquons juste que Sariah soit blessée », a ajouté doucement Noah. Il s'était levé de sa chaise aussi, ses yeux gris tourbillonnant d'inquiétude. « Ou tuée. »

Rhys a grimacé, son visage se contorsionnant de frustration et de douleur. J'ai eu mal au cœur pour lui. Il avait passé des années, bien plus longtemps que je ne le connaissais, à se faire répéter la même chose encore et encore par ses compagnons de meute. Et ils n'avaient pas tort. Récupérer Sariah serait difficile, et leur attaque sur le complexe d'Austin avait prouvé que tout faux pas ou toute mauvaise supposition pouvait être désastreux.

Mais combien de temps pourrait-il être patient ? Combien de temps pourrait-il garder une flamme d'espoir persistante après une série d'échecs ?

Je ne savais que trop bien ce que ça faisait et j'aurais voulu pouvoir arranger cela pour lui. Rendre les choses meilleures d'une manière ou d'une autre.

Mais je pouvais à peine contrôler ma louve. Et même si j'étais capable de lui faire retrouver sa sœur, je ne pourrais pas lui donner les éléments qui manquaient dans sa vie.

« Je sais. » Rhys a serré sa mâchoire, il a laissé tomber ses épaules et sa tête s'est légèrement affaissée. « Je veux juste être là. Si quelque chose arrivait, et que je n'étais pas là pour elle… »

Il s'est arrêté, l'air malade. Je me suis extraite de l'étreinte de Jackson et j'ai enroulé mes bras autour de la taille de Rhys, en posant ma tête sur sa poitrine.

Je m'attendais à moitié à ce qu'il me repousse, à ce qu'il me crie dessus que c'était ma faute parce que j'avais communiqué des informations incomplètes. Mais au lieu de cela, ses bras musclés m'ont entourée et il m'a serrée si fort contre lui que je ne pouvais presque plus respirer pendant qu'il enfouissait son visage dans mes cheveux.

Il s'est accroché à moi comme s'il avait besoin de moi. Comme si je pouvais vraiment l'aider - non pas en délivrant sa sœur, mais juste en étant là, pour lui.

Des larmes m'ont piqué les yeux, et je me suis accrochée à ses formes musclées comme à la vie, offrant le peu de force que j'avais. La main de West s'est posée sur l'épaule de Rhys, lui apportant aussi son réconfort.

« Mon Dieu. Vous disiez la vérité ? Strand vous a fait ça à tous ? »

La voix de Carl a brisé le silence et je l'ai regardé surprise. J'avais honnêtement oublié que Molly et lui étaient là. Il fixait la télé les yeux plissés et en se mordillant la lèvre inférieure.

« Ouais. On disait la vérité, » a dit Noah d'un ton fatigué.

« Et c'est lui qui a ta sœur ? » Carl a déplacé son regard vers Rhys.

Je n'étais pas surprise que Molly lui ait raconté tout ce que je lui avais dit concernant notre situation. Ou peut-être que les gars le lui avaient expliqué à un moment donné. Il n'y avait plus aucune raison de cacher la vérité.

« Ouais. » Ce seul mot a semblé provoquer une douleur physique chez Rhys.

Je me suis éloignée pendant qu'il parlait et j'ai levé les yeux vers son visage. Je pouvais lire la méfiance sur son visage, mais sa voix était plus calme, moins brute.

L'homme au visage sec et tranchant a hésité une seconde. Puis il a jeté un coup d'œil à Molly avant de hocher la tête de manière décisive. « Alors je vais t'aider à la faire sortir. »

« *Quoi ?* »

Je n'aurais sans doute pas dû lâcher le morceau comme ça, et je n'aurais certainement pas dû laisser autant de place à l'incrédulité. Mais il y a quelques jours, Carl ne voulait même pas nous laisser rentrer dans sa maison. Maintenant, il nous proposait de nous aider dans une mission dangereuse, voire impossible ? Pourquoi ?

Rhys s'est déplacé pour lui faire face, en gardant un bras sur mon épaule tandis qu'il plissait les yeux. « Ouais, quoi ? »

Carl a secoué la tête, laissant ses lèvres un peu inclinées en voyant notre incrédulité évidente. « Hé, mec. Je ne suis pas devenu un putain de saint ou quoi que ce soit. Mais je sais ce que c'est que d'avoir quelqu'un qui essaie de vous enlever ce que vous aimez. » Sa main a trouvé celle de Molly, et elle s'est penchée sur lui, en se blottissant contre son épaule. « Ce n'est pas juste, putain. Et en plus, on ne va pas rester à Las Vegas. Pas après la merde qui s'est passée aujourd'hui. On a besoin d'un nouveau départ quelque part. »

Sa voix était rauque, et j'ai compris qu'il était

sérieux. Il laisserait tout derrière lui pour la garder en sécurité.

« Je ne vais pas mentir, nous avons vraiment besoin de ton aide, Carl. » Noah a parlé prudemment, en gardant les sourcils pincés. « Mais tu es sûr ? Nous nous opposons à une très grosse société qui a des ressources à ne plus savoir qu'en faire. Nous avons eu la chance de réussir à faire sortir Alexis du complexe d'Austin où nous l'avons trouvée - et Strand n'a pas cessé de nous traquer depuis. Tu n'as pas besoin de t'impliquer. Molly et toi en avez déjà assez fait. »

L'homme râblé a gloussé. « Eh bien, je ne vous propose pas d'y aller avec vous, armes au poing. Cela n'a jamais été mon style. Mais il semble que vous ayez besoin d'informations et de ressources. Ça, je peux faire. »

Molly a tourné la tête pour déposer un baiser sur son épaule. « Je t'aiderai aussi, si je peux. »

« Merci », ai-je murmuré, la gratitude et le soulagement était en train de libérer une partie de la tension dans ma poitrine.

Carl a entouré Molly de ses bras, en l'attirant sur ses genoux. La façon dont il l'a touchée m'a rappelé comment mes compagnons se comportaient avec moi, comme si parfois un cheveu de distance entre nous était déjà trop.

« Tu n'as pas besoin de me remercier. Comme je

l'ai dit, je te dois bien ça. » Son expression s'est durcie. « J'aurais tout donné pour tuer moi-même les enculés qui ont enlevé Molly. Mais finir la gorge arrachée par une putain de louve géante, c'était bien la mort qu'ils méritaient. »

Son ton était féroce, presque fier, mais ses mots durs m'ont tordu l'estomac.

J'avais tué trois hommes aujourd'hui, et quand c'était fini, ma louve en voulait encore plus.

Est-ce vraiment ce que j'étais en train de devenir ?

CHAPITRE DIX-SEPT

Aucun d'entre nous n'avait voulu raconter à Carl et Molly les expériences de Strand et l'existence des métamorphes, mais cela s'est avéré être la meilleure chose qui soit.

Avec l'aide de Carl, des informations que les gars n'avaient pas pu trouver par eux-mêmes sont soudain devenues beaucoup plus accessibles - sans parler du fait que le prêteur sur gages avait accès à de faux papiers d'identité, des armes et d'autres équipements. J'ai toujours su que son commerce était une façade pour ses autres « affaires », mais je n'avais pas vraiment compris ce qu'il faisait vraiment pour vivre.

Comme Molly me l'a expliqué à voix basse pendant que Carl et mes camarades se concertaient, son petit ami était une sorte de « réparateur ». Ce que cela signifiait dépendait de ce dont avaient besoin les gens qui venaient le voir - cela pouvait aller de la falsification de documents au piratage d'ordinateurs en passant par le blanchiment d'argent.

Mon regard s'est porté sur lui à l'autre bout de la pièce, qui faisait des gestes animés pendant qu'il parlait, et j'ai légèrement penché la tête. Il ressemblait presque exactement aux mafieux stéréotypés que j'avais vus dans des dizaines de films et de séries télévisées, mais… non en fait. Même s'il pouvait être terrifiant lorsqu'il était en colère, une certaine douceur se dégageait de temps en temps de son regard, surtout lorsqu'il regardait Molly. Je ne savais pas si ce côté plus doux s'était développé après qu'il soit tombé amoureux d'elle ou si elle était tombée amoureuse de lui à cause de ce côté plus doux. Et vraiment, ça n'avait pas d'importance.

J'étais juste reconnaissante que le code moral de Carl l'ait poussé à nous offrir son aide.

On a fini par aller tous les sept vers la cuisine. Nous avons commandé des pizzas et commencé à élaborer un plan pendant que Carl tapotait sur son ordinateur portable, ses yeux verts allant et venant rapidement en balayant l'écran. Les gars n'avaient pas vraiment été en mesure de trouver beaucoup d'informations utiles sur le complexe Strand à Salt Lake City, alors une fois que nous avons eu plus d'informations, il restait encore plein de détails à régler.

Le temps semblait glisser et quand j'ai finalement jeté un coup d'œil à l'horloge, il était déjà plus de 23h.

Rhys avait réussi à faire valoir que nous devions partir le lendemain. Tout ajustement de dernière minute à notre plan serait plus facile à faire une fois que nous serions plus près de notre cible, et il valait mieux quitter Las Vegas avant que quelqu'un ne fasse le lien entre Molly et moi et les trois corps mutilés dans une maison à l'autre bout de la ville.

Il y avait d'autres choses à faire. Tellement plus. Et je voulais vraiment être un membre actif de l'équipe, mais au fur et à mesure que la soirée avançait, ma concentration baissait.

Ma louve, encore agitée par les événements de la journée, faisait les cent pas et gémissait à l'intérieur de moi, comme un chien qui ne pouvait pas décider s'il voulait être à l'intérieur ou à l'extérieur. Elle était agitée, irritable et déstabilisée. J'étais terrifiée à l'idée qu'elle puisse éclater à nouveau à tout moment, réduisant ainsi en cendres l'alliance délicate que nous avions réussi à établir avec Molly et Carl.

Je ne pensais pas qu'elle attaquerait qui que ce soit ici, mais je n'avais toujours pas l'impression de pouvoir lui faire entièrement confiance, et je détestais ça.

Tout en me déplaçant pour me sentir plus à l'aise

sur mon siège, je me suis frotté la poitrine comme si le loup en moi avait des brûlures d'estomac. Noah l'a remarqué et a posé une main sur mon genou et s'est penché pour me parler à voix basse dans l'oreille alors que les autres continuaient à parler autour de nous.

« Tu devrais aller te reposer. Nous allons continuer à caler les derniers détails, mais nous pouvons nous passer de toi pour un moment. Tu as traversé beaucoup de choses aujourd'hui. Laisse à ta louve le temps de se calmer. »

J'ai levé les yeux vers ses yeux gris-bleu, souhaitant être assez forte pour lui dire que je n'avais pas besoin d'une pause. Aucun d'entre eux ne se reposait et j'étais sûre que Nils et son équipe de chasseurs non plus. Ce n'était pas un jeu pour les faibles.

Mais il avait raison. Je pouvais sentir que j'avais moins le contrôle et ce serait pire si je me poussais à bout et laissais quelque chose de terrible se produire.

« Ok. Merci. Venez me chercher si vous avez besoin de quelque chose, d'accord ? »

« On viendra. » Il m'a attirée vers lui et a déposé un doux baiser sur mes lèvres, puis m'a doucement poussée en direction de la porte.

Rhys a levé les yeux quand je suis partie, hochant la tête en signe de compréhension. Ses yeux n'avaient cessé de briller d'une excitation fébrile depuis que Carl avait accepté de nous aider, et même s'il ne me jugeait pas d'aller me reposer, j'étais sûre qu'il faudrait des heures avant qu'il ne s'endorme.

J'ai traversé le couloir jusqu'à la chambre d'amis et j'ai fermé la porte derrière moi avant de me débarrasser de ma chemise et de mon jean. J'ai fouillé dans la grande armoire que nous partagions tous. En cédant à mon impulsion, j'ai pris l'une des t-shirts de West. Celui-ci me tombait jusqu'à mi-cuisse, et il sentait, comme lui, une odeur de boisé et de propre. Cette odeur m'a réconfortée. Je me sentais si éloignée de lui, et même si Jackson m'avait aidée à comprendre pourquoi son compagnon de meute continuait à se tenir à distance, cela n'avait pas arrêté le désir ardent dans mon âme.

Maintenant que mon corps savait que le sommeil arrivait, une vague d'épuisement s'est abattue sur moi, faisant glisser mes pieds à travers la pièce pour me permettre de tomber sur le matelas.

Mais dès que je me suis blottie sous les couvertures, les doutes et les peurs ont envahi mon esprit comme des monstres qui se seraient cachés sous le lit. Malgré la douceur de l'oreiller et le poids réconfortant de la grosse couverture, mes yeux refusaient de rester fermés.

Des sons calmes ont filtré dans la pièce depuis le couloir, et j'ai essayé de laisser le baryton réconfortant des voix de mes camarades m'apaiser.

Je ne sais pas combien de temps je suis restée allongée comme ça, à essayer de trouver le sommeil, mais quand la porte a grincé en s'ouvrant un peu plus tard, j'étais encore bien éveillée. Noah a passé la tête par la fente, et quand il a croisé mon regard, il est entré, en refermant doucement la porte derrière lui.

« Tu n'arrives pas à dormir ? »

J'ai secoué la tête, soulagée d'être tirée de mes propres pensées tourbillonnantes. « Non. »

Il a enjambé le lit et s'est assis à côté de moi, en passant ses doigts le long de ma joue. A son contact, mes paupières sont tombées, et j'ai légèrement tourné la tête pour chasser cette sensation. C'était presque comme une drogue, une drogue avec laquelle je me défoncerais volontiers, encore et encore.

« Qu'est-ce qui te tracasse, Scrubs ? Je peux t'aider ? »

Sa voix était pleine d'inquiétude et de sollicitude, et je voulais me noyer dans tout ce qui concernait Noah. Depuis le premier jour où je l'avais rencontré - alors que je pensais encore qu'il s'appelait Cliff - il avait pris soin de moi, et je savais qu'il en ferait toujours ainsi. J'ai tendu le bras et tiré sur sa main, l'incitant à s'allonger à côté de moi. C'est ce qu'il a fait, en étendant son grand corps à côté du mien. Les couvertures nous séparaient encore, mais je pouvais sentir la force et la chaleur délicieuses de ses muscles quand il a passé un bras sur moi, m'enfermant dans son étreinte.

« Ma louve se comporte bizarrement. Elle est bouleversée, agitée, et je ne sais pas quoi faire », ai-je admis en tournant la tête pour croiser son regard. « Quand j'ai attaqué ces hommes, quand je les ai tués… j'avais peur de ne pas pouvoir m'arrêter. «

Il a reposé sa tête sur l'oreiller à côté de la mienne, nos visages n'étant séparés que de quelques centimètres. « Mais tu n'as pas fait de mal à Molly. »

Le simple fait d'y penser m'a donné des frissons, et j'ai fait la grimace. « Dieu merci. »

« Tu as traversé beaucoup de choses aujourd'hui, Scrubs. J'aurais aimé qu'on puisse être là pour toi. Je sais que tu peux prendre soin de toi, mais j'aurais aimé pouvoir tuer ces hommes pour que tu n'aies pas à le faire. »

J'ai respiré son odeur et notre souffle combiné a rempli l'espace entre nous. Sa seule présence me calmait, apaisait ma louve. J'ai soupiré, sentant la tension dans mes épaules commencer à se relâcher. « La plupart du temps, j'ai tellement l'impression de ne pas pouvoir me contrôler. Ma louve est si grande, si puissante. Je pourrais être d'une grande aide pour vous, mais j'ai peur de toujours créer un bazar que vous devrez ensuite nettoyer. »

« Non. Jackson a déjà ce rôle. »

Noah a ri doucement, et j'ai gloussé. Jackson était connu pour se lâcher quand il avait besoin de se défouler, c'était quelque chose que ses compagnons de meute avaient appris à gérer avant qu'il ne fasse quelque chose de vraiment fou.

« Ouais, je ne le surpasserai probablement jamais. Je me sens juste comme… » Je me suis à nouveau collé à sa poitrine, la douleur s'intensifiant à mesure que j'en parlais. « Comme si j'avais besoin de quelque chose. Comme si quelque chose me manquait, d'une certaine manière. »

Noah s'est levé sur un coude et s'est penché sur moi d'un regard inquiet. « Quoi, Scrubs ? De quoi as-tu besoin ? »

De *toi*.

C'était la réponse la plus vraie et la plus simple à sa question. Chaque jour, le lien d'accouplement entre moi et les quatre hommes métamorphes me tiraillait. Il se rappelait à moi pour signifier que même s'ils étaient à moi et que j'étais à eux, notre connexion n'était pas encore complète.

J'avais besoin de lui. D'une manière basique, primale, qui allait tellement au-delà du sexe qu'elle atteignait le niveau de l'âme.

Noah était mon compagnon, mon premier amour, mon sauveur. Il était l'une des quatre personnes dans le monde entier en qui j'avais confiance sans l'ombre d'un doute - et pour qui je donnerais, s'il le fallait, ma vie pour le protéger. Son visage de garçon et ses muscles sculptés étaient d'une beauté presque inhumaine, mais c'est ce qu'il y avait à l'intérieur qui me donnait envie de m'envelopper dans son étreinte et de ne jamais en sortir .

Je ne trouvais pas les mots pour exprimer mes pensées éparpillées ou le besoin douloureux qui fleurissait dans ma poitrine chaque fois que j'étais près de mes hommes. Alors j'ai répondu sans mots, en soulevant ma tête de l'oreiller et en déposant un baiser sur ses lèvres pleines et douces.

Noah a répondu immédiatement. Il a entouré l'arrière de ma tête d'une grande main, en me rapprochant de lui tandis qu'il me rendait mon baiser. Sa langue a effleuré la mienne, provoquant des étincelles dans mon corps et une chaleur palpitante dans mon cœur. Il a posé son corps sur le mien pendant qu'il m'embrassait, me clouant au lit sous la couverture qui nous séparait encore. J'ai lutté contre cette chose stupide, en voulant enrouler mes jambes autour de lui et à m'accrocher à lui pour toujours.

Doucement, il a fait redescendre ma tête sur l'oreiller, faisant glisser ses doigts le long de mon cou, sur ma clavicule, le long de la courbe de ma poitrine tandis qu'il me dévorait de ses baisers.

« Noah ! » ai-je haleté, sortant finalement mes bras

de dessous la couverture pour les enrouler autour de ses épaules.

« Oh mon Dieu, Alexis. »

Il s'est déplacé contre moi, et je pouvais sentir le renflement dur de sa bite appuyer contre mon sexe, promettant quelque chose de si doux et écrasant que je craignais que cela ne me détruise.

Mais je voulais risquer d'être réduite à néant.

J'ai bougé contre lui, le poussant à continuer tandis que nos langues dansaient ensemble, nous permettant de nous goûter et de savourer ce moment.

Puis, Noah s'est éloigné de mes lèvres avec un grognement. Il a inspiré profondément en se retirant. Même dans la pénombre, je pouvais voir la bataille qui faisait rage dans ses yeux gris et doux. Il essayait de se maîtriser. De s'éloigner comme ils le faisaient toujours.

La panique a envahi ma poitrine quand j'ai levé les yeux vers lui, en sentant déjà le vide froid de la pièce sombre, la blessure liée à son rejet.

Mais je n'étais plus blessée. J'étais en bonne santé. J'allais bien.

Et j'étais désespérée.

« Non ! Noah, s'il te plaît ! Ne t'en vas pas. S'il te plaît ! » J'ai ramené son visage vers le mien, parsemant sa peau de baisers pendant que je parlais. « J'ai besoin de toi. J'ai tellement besoin de toi, putain. S'il te plaît, ne me quitte pas. Ne pars pas. »

Son corps s'est tendu un instant, puis il s'est à nouveau légèrement retiré, fixant les larmes qui s'échappaient de mes yeux. J'ai cligné des yeux, ma respiration ressemblait à des halètements doux alors que nos regards se croisaient.

Lentement, délibérément, Noah a retiré mes mains de ses épaules, puis les a enfoncées dans l'oreiller au-dessus de ma tête.

Mon cœur s'est effondré lorsqu'il s'est éloigné de moi tout en se déplaçant vers le bord du lit. Il en est descendu, et j'ai essayé de tenir le coup, face à la peine d'amour, aux besoins inassouvis et à la solitude qui, je le savais, m'étoufferaient dès qu'il serait parti.

Mais il n'est pas parti.

Au lieu de cela, il s'est baissé et a attrapé la couette avec son poing serré avant de l'arracher du lit.

CHAPITRE DIX-HUIT

L'air frais de la chambre a touché ma peau précipitamment et m'a donné la chair de poule. Le t-shirt trop grand que j'avais porté au lit était remonté, et maintenant l'ourlet était resserré autour de ma taille, exposant ma culotte bleue toute douce.

Noah tenait toujours le bord de l'édredon dans une main. Il a balayé mon corps du regard et l'expression de son visage était si chaude qu'elle faisait oublier le froid. Je me suis mordu la lèvre en le regardant m'observer ainsi et j'ai senti l'humidité mouiller ma culotte. Je me suis déplacée et j'ai un peu rapproché mes jambes, en serrant mes genoux pour essayer de soulager la douleur croissante.

L'homme magnifique devant moi a émis un son qui était presque un grognement, en laissant tomber la couverture pendant qu'il se glissait à nouveau sur le lit.

Il a écarté mes jambes, en s'installant entre elles, et malgré le côté férocement affamé que je pouvais lire dans ses yeux, son toucher était doux.

« Non, Scrubs. Laisse-moi faire. Je vais m'occuper de toi. »

Je n'étais même pas sûre de ce que cela signifiait, mais la promesse dans sa voix a fait courir des frissons de désir dans mon corps. Et j'avais confiance en lui, plus que je n'avais jamais fait confiance à quiconque dans ma vie. J'ai mis mes nerfs de côté et j'ai laissé les muscles de mes jambes se détendre, en lui permettant de les bouger comme il le voulait.

En sentant le changement dans mon corps, il m'a souri et m'a récompensée en déposant un baiser à l'intérieur de mon genou. Je n'avais jamais été particulièrement consciente de cette partie de mon anatomie auparavant, mais le contact de ses lèvres et le doux frottement de sa barbe contre la peau sensible à cet endroit ont fait exploser toutes mes terminaisons nerveuses.

J'ai haleté et me suis levée du lit. Noah a eu un sourire plus franc puis a recommencé, faisant glisser sa bouche lentement vers le haut sur ma chair chaude, alternant entre les jambes pour que je ne sache jamais où il me toucherait ensuite. Lorsque son souffle chaud a effleuré ma culotte, je me suis tordue et j'ai haleté.

Le tissu était trempé. Je pouvais le sentir, et un

éclair de gêne m'a envahi. Etais censée mouiller autant ?

Mais toute honte ou gêne ressentie s'est envolée lorsque Noah m'a embrassée à travers le tissu de ma culotte, puis a serré sa bouche et a aspiré. Le plaisir m'a envahie comme un train fou, et le haut de mon corps s'est soulevé du lit tandis que je m'agrippais à lui, essayant de - je n'étais même pas sûre de savoir quoi. Le faire se rapprocher de moi ? Le repousser pour que je puisse respirer à nouveau ?

Noah a relevé la tête, il s'est passé la langue sur les lèvres en me souriant. Il a ensuite glissé une main le long de mon corps et sous la chemise trop grande jusqu'à l'espace juste entre mes seins, puis il a appuyé lentement sur mon sternum pour me faire reculer. Il a gardé sa main là, utilisant son autre main pour faire passer ma culotte sur mes hanches et sur mes jambes. J'ai plié les genoux pour l'aider, ma poitrine se soulevant et s'abaissant rapidement sous sa paume alors que les nerfs et l'excitation se déchaînaient dans mes veines.

Après avoir dénudé le bas, Noah a de nouveau plongé sa tête entre mes jambes. Cette fois, quand sa bouche a rencontré mon corps, il n'y avait rien entre nous. Sa langue chaude et humide a léché un chemin le long de mes plis lisses jusqu'à mon clitoris, tandis que la main sur ma poitrine glissait vers mon sein, roulant et pinçant mon mamelon.

« Oh mon Dieu ! » Je me suis mordu la lèvre, en fermant les yeux face au torrent de sensations, vaguement consciente que mon cri avait été bien trop fort pour ne pas être entendu dans le couloir.

Mais Noah ne s'est pas arrêté là. Il a passé le plat de sa langue sur mon clitoris avant de la faire tournoyer sur le petit bouton dans un mouvement qui m'a coupé le souffle. Avec une main, il a continué à me stimuler et à jouer avec mon téton tandis que l'autre s'est accrochée à ma hanche, me maintenant immobile pendant qu'il me léchait.

Il a relâché sa prise sur mon côté, et un moment plus tard, un doigt long et épais a glissé en moi. Mon corps s'est instinctivement serré autour de cet élément invasif, en ayant besoin d'exercer plus de cette pression, pour sentir encore davantage cette plénitude exquise.

Mes sensations intérieures ont atteint un pic, en arrivant jusqu'au sommet d'un précipice tandis qu'il me baisait avec son doigt et qu'il utilisait sa bouche pour continuer de me satisfaire. J'étais si près de jouir.

Et puis... il s'est arrêté.

Il s'est éloigné de moi, en retirant lentement son doigt. Mes yeux se sont ouverts et je l'ai regardé, choquée, là le long de mon corps.

Ses lèvres se sont étirées avec ce sourire un peu de travers que j'aimais tant, tandis qu'il déposait de petits baisers sur mon clitoris et l'intérieur de mes cuisses, en faisant frémir mon corps tendu par l'attente.

« Je ne veux pas que tu jouisses tout de suite. Pour ta première fois, ça pourrait te rendre trop tendue, et je ne veux pas te faire mal. »

J'ai hoché la tête, mais je comprenais à peine ce qu'il disait tellement j'étais concentrée sur le sexe. Je n'étais pas surprise qu'il sache que j'étais vierge. Je ne pouvais même pas être furieuse que Rhys ou West le lui ait dit - c'était probablement la raison pour laquelle mes compagnons avaient été si réticents à me toucher pendant que je me remettais de mes blessures. Aucun d'entre eux n'avait voulu me faire du mal.

Mais ça ne me faisait pas fait mal.

C'était si bon, putain.

Et Dieu merci, l'un d'entre nous savait ce qu'il faisait, parce que moi je n'en avais aucune idée. J'étais tellement reconnaissante que Noah prenne l'initiative et me guide dans tout ça. J'étais contente de réaliser que cette première fois se passait avec quelqu'un qui avait de l'expérience.

Cette pensée a provoqué une douleur inattendue dans ma poitrine, et j'ai cligné des yeux pour repousser les larmes qui sont brusquement apparues.

« Quoi ? » Noah a immédiatement remarqué mon

changement d'expression et il a froncé les sourcils. Je pouvais lire l'inquiétude qui assombrissait ses traits. « Qu'est-ce qu'il y a, Scrubs ? Tu vas bien ? »

J'ai rapidement hoché la tête, en me forçant à sourire pour lui assurer qu'il n'avait rien fait de mal. Tout ce qu'il avait fait était parfait. « Ouais. Plus que bien. Je pensais juste que j'étais contente que tu sois celui avec lequel je le fais pour la première fois. Et puis j'ai pensé... » J'ai avalé, en forçant les mots à sortir. « J'aurais aimé... pouvoir être ta première fois. »

Une expression tendre et déchirante a traversé son visage, et il a rampé le long de mon corps pour se tenir au-dessus de moi, en me regardant dans les yeux. « Putain. Moi aussi, Scrubs. J'aurais tellement aimé. Je ne vais pas mentir et dire que je n'ai jamais fait l'amour avant, mais... si j'avais su que tu étais là, j'aurais attendu. J'aurais attendu pour toi toute ma putain de vie. »

Les mots de Noah m'ont touchée en plein cœur, le faisant se dilater jusqu'à ce qu'il semble trop grand pour rester dans la cavité étroite de ma poitrine.

Dieu que j'aimais cet homme.

Sa douceur. Sa force. Sa sincérité.

En émettant un son inarticulé, je me suis approchée de lui J'ai enroulé mes bras autour de ses épaules et je l'ai embrassé comme si je n'en aurais jamais assez. Il portait encore ses vêtements, mais je pouvais sentir la chaleur de sa peau même à travers les couches de tissu qui nous séparaient.

Il s'est laisse aller dans ce baiser et a posé son corps sur le mien mais sans m'écraser. Le feu qui avait jailli en moi un peu plus tôt a repris. J'ai enroulé mes jambes autour de lui, en appuyant mes talons contre ses fesses fermes pour coller son corps au mien. Sa bite s'est écrasée contre mon corps, et je savais que j'étais probablement en train de laisser une tache humide sur le devant de son pantalon, mais je n'en avais rien à foutre pour l'instant.

Noah a arraché sa bouche de la mienne, en haletant pour respirer. « Oh putain, Scrubs. J'essaie d'y aller doucement, mais tu me rends la tâche difficile. »

Un gloussement a jailli de mes lèvres, et j'ai serré sa taille maigre entre mes cuisses. « Vraiment ? »

Son sourire est devenu espiègle mais il était aussi plein de désir. Il s'est mis à bouger légèrement contre moi, en me montrant exactement ce que je lui faisais. « Oui, vraiment. »

Il a légèrement reculé, mais il a attrapé l'ourlet de mon t-shirt avant que je ne puisse protester par rapport au fait qu'il s'éloignait de moi. J'ai arqué le dos et levé mes mains, lui permettant de le tirer par-dessus ma tête. Le t-shirt a fini quelque part sur le sol, car Noah l'avait jeté négligemment en gardant son regard rivé sur moi.

Je me suis installée contre les draps, avec mes mains toujours drapées sur ma tête, mon corps entier dénudé devant lui.

Il m'avait déjà vue nue auparavant. Je le savais.

Quand ils m'avaient trouvée après l'accident avec l'ambulance, je ne portais aucun vêtement. Mais c'était différent, et le regard qu'il m'a lancé m'a convaincue qu'il le ressentait aussi.

Son regard a glissé sur moi comme s'il essayait de s'imprégner de chaque détail de mes formes. Pendant un moment, j'ai suivi son regard et mon clitoris s'est mis à palpiter tandis que mes mamelons devenaient douloureux vu le désir pur qui émanait dans ses yeux bleus.

« Ce n'est vraiment pas juste, tu sais », ai-je murmuré, en me redressant sur mes coudes et en regardant son regard s'assombrir de désir tandis qu'il suivait le mouvement. « Je suis totalement nue, et tu portes beaucoup trop de vêtements. »

Tout en ayant un sourire séducteur, il a retiré sa chemise d'une main, en dévoilant les muscles sculptés de ses bras, de ses épaules et de ses abdominaux. La pièce était sombre, mais la lumière de la lune passait à travers les rideaux, soulignant les contours de son corps dans des nuances de gris et de bleu.

Putain, qu'il était beau.

Quand il a voulu déboutonner son jean, je me suis

mise à genoux pour l'aider. Il a laissé tomber ses mains de chaque côté. Les muscles de ses abdominaux se contractaient et se crispaient pendant qu'il me laissait prendre le relais.

J'ai fait sauter le bouton de son jean et descendu la fermeture éclair avec précaution, puis j'ai fait descendre ensemble son slip et son jean, en libérant sa bite.

Elle était épaisse, légèrement incurvée, et lisse comme de la soie dans ma main. Il a gémi lorsque j'ai refermé mes doigts autour de la tige, et la veine qui courait le long du sommet a légèrement pulsé.

Je n'avais aucune idée réelle de ce que j'étais en train de faire, mais j'aimais la sensation de sa longueur dure dans ma main, j'aimais avoir une chance de l'explorer. Sa bite était étrange mais assez belle, avec de petites gouttes de liquide qui s'échappaient de la fente au bout.

Et surtout, j'ai aimé la façon dont il réagissait à mon contact.

Cela a nourri cet appétit vorace en moi, et les muscles de mon corps se sont contractés, en stimulant mon clitoris.

J'ai essayé de tendre la main et j'ai passé ma langue sur la large tête de sa bite, en nettoyant le liquide qui s'y était accumulé. C'était salé et piquant, et quand j'ai fermé ma bouche autour de tout ça, Noah a laissé échapper un grognement étouffé.

« Putain, Alexis. Putain. »

Il semblait presque souffrir. Comme si c'était une douce torture pour lui d'avoir mes lèvres autour de lui. J'ai secoué ma tête plusieurs fois, en utilisant ma salive pour adoucir le mouvement. C'était maladroit, mais je sentais ses hanches se contracter sous mes mains, et d'autres sons que j'apprenais à aimer sortaient de sa bouche.

« Bon sang. Je vais jouir si tu continues comme ça. » Il a poussé doucement sur mes épaules, en me faisant m'arrêter. « C'est toi qui comptes, ma belle. Je veux que ce soit bien pour toi. »

« C'est le cas. J'aime ça », ai-je haleté, mes hanches bougeant d'elles-mêmes, cherchant quelque chose pour calmer la douleur exigeante en moi.

Il m'avait poussée jusqu'à mes extrémités avec sa langue, et mon corps était piégé au sommet comme un manège au sommet d'une pente, cherchant désespérément à se libérer. J'étais tentée de passer la main entre mes jambes et de m'en occuper moi-même, mais je savais que quelque chose de bien mieux, de bien plus doux, m'attendait.

« Putain, Scrubs. Tu es si parfaite, putain. »

Il a attrapé les côtés de mon visage, m'a tiré vers le

haut pour que nous soyons agenouillés ensemble sur le lit avant de réclamer ma bouche dans un autre baiser féroce. Je pouvais sentir mon odeur sur sa langue, et je me demandais s'il pouvait sentir son odeur sur la mienne. A cette idée, un gémissement s'est échappé de ma gorge.

Oh mon Dieu, c'est tellement intense.

Sans rompre le contact de nos lèvres, Noah m'a ramenée sur le matelas, en se plaçant au-dessus de moi. D'une main, il a guidé sa queue jusqu'à l'entrée de mon sexe et s'est servi de la tête épaisse pour stimuler à nouveau mon clitoris. Un spasme de plaisir presque aveuglant a traversé mon corps, et ma bouche s'est ouverte.

« Je ne peux plus attendre, Scrubs », a-t-il murmuré, ses lèvres effleurant ma mâchoire. « J'ai besoin d'être en toi. Je vais y aller doucement, d'accord ? »

Lentement. Rapidement. Je m'en fichais, tant qu'il me donnait ce dont j'avais besoin. J'ai hoché désespérément la tête, mes mains ont glissé sur son dos, mes jambes se sont à nouveau accrochées à sa taille.

Et puis sa bite était à l'entrée de mon sexe, poussant lentement à l'intérieur.

Elle était grosse. Bien plus grosse que son doigt.

Il l'a enfoncée centimètre par centimètre, jusqu'à ce que je le sente atteindre le fond en moi. Il s'est retiré lentement, son visage était à quelques centimètres du mien et il m'a regardée dans les yeux. Puis il a baissé la tête pour m'embrasser à nouveau tandis que ses hanches s'élançaient vers l'avant.

J'ai ressenti une vive douleur et mes muscles se sont contractés de manière involontaire, un souffle s'échappant de mes lèvres. Il s'est arrêté, en me laissant le temps de m'adapter à sa taille.

« Ça va ? » a-t-il chuchoté.

J'ai hoché la tête, mon cœur cognait fort contre mes côtes devant l'énormité de ce moment. De ce que cela signifiait pour moi. Pour lui.

Pour lui, pour nous.

Noah était complètement en moi, sa bite étirait mes parois internes, son os pelvien était pressé contre le mien. Cette pression a fait jaillir des étincelles dans mon corps et j'ai cogné mes hanches contre les siennes, cherchant à déclencher plus de frottements.

Il a répondu à ma sollicitation, se retirant lentement pour glisser à nouveau, augmentant les sensations qui me traversaient par vagues. Il s'est mis à avoir un rythme régulier, s'appuyant sur ses avant-bras alors qu'il me pénétrait encore et encore.

Il y avait une légère douleur persistante due à sa première pénétration, mais cela semblait seulement augmenter le plaisir qui inondait mon corps. Le visage de Noah était tendu, et son front commençait à être marqué de sueur pendant qu'il me baisait.

Quand il a déplacé une main entre nous et a trouvé à nouveau mon clitoris, c'était trop. La tension qui s'était accumulée en moi a claqué comme un fouet et j'ai joui violemment.

« Noah ! Oh, putain ! »

J'ai jeté ma tête en arrière, mon corps se cambrait sur le lit pendant que mes muscles intérieurs se resserraient autour de sa bite en vagues rythmées.

« Bon sang, Alexis. Mon Dieu… Je vais jouir. »

Il a poussé en moi deux fois de plus puis s'est arrêté, son corps tremblait alors qu'il se libérait en moi.

Je pouvais sentir l'humidité s'écouler de l'endroit où nous étions liés quand il s'est effondré sur moi. Il ne s'est pas retenu cette fois et le poids de son corps m'a enfoncée dans le matelas. Mais c'était la meilleure chose que j'avais jamais ressentie.

Finalement, il a relevé la tête, éloignant de mon visage mes cheveux humides de sueur et m'embrassant à nouveau avec des effets de langue lents et paresseux. Puis il s'est retiré en me regardant intensément. « Tu vas toujours bien ? »

Un léger gloussement s'est échappé de mes lèvres. « Tu plaisantes ? Je pense que tu m'as ruinée. »

Ses yeux se sont agrandis, et il s'est reculé encore plus. « Quoi ? Est-ce que tu vas bien ? Je- »

J'ai enroulé mes bras autour de lui, en le tirant vers le bas pour qu'il soit à nouveau sur mon corps. Il était toujours à l'intérieur de moi, sa bite se ramollissait lentement, mais je n'étais pas encore prête à laisser tomber cette connexion.

« Au top, Noah. C'était... incroyable. »

La tension a disparu de son corps, et il a roulé sur le dos, en me tirant sur lui. « Bon sang, Scrubs. Ne me fais pas peur comme ça. Tu sais à quel point j'étais nerv ux ? »

« *Tu* étais nerv ux ? » J'ai froncé les sourcils. « Pourquoi tu serais nerv ux ? J'étais celle qui n'avais aucune idée de ce qu'elle faisait. »

« Crois-moi, tu as très bien improvisé. » Il a souri de manière ludique, glissant une main le long de mon dos pour embrasser mes fesses. Puis il a pris une expression sérieuse. « Je ne voulais pas tout gâcher, tu s is ? Tu es spéciale. Tu méritais quelque chose de spécial pour ta première fois. »

« Et ça l'était. » J'ai posé ma tête sur sa poitrine, écoutant le bruit sourd de son cœur. « C'était parfait. »

Il m'a tenue comme ça pendant que nos battements de cœur ralentissaient ensemble, nos corps se déplaçant de façon synchronisée pendant que nous respirions tous les deux. Tous les doutes, les peurs et les inquiétudes qui avaient hanté mon esprit plus tôt se sont tus, emportés par un épuisement béat. En ce moment, il n'y avait que Noah et moi, connectés de la manière la plus primitive, liés l'un à l'autre par le corps et l'âme.

J'étais vaguement consciente quand, à un moment donné, il s'est retiré de moi. Il m'a déposée doucement sur le matelas à côté de lui. Il s'est glissé au bout du lit pour récupérer la couette et l'a ramenée sur nous, puis il m'a entourée de ses bras et m'a attirée dans le creux de son corps.

Ma louve a poussé un grondement satisfait et a eu un sourire un peu endormi. Pour la première fois depuis des jours, elle se sentait paisible, calme et aussi satisfaite que moi.

Bon sang, elle *était* aussi comblée que moi.

Parce que, que je sois prête à l'admettre ou pas, elle faisait partie de moi.

CHAPITRE DIX-NEUF

Quand le réveil a sonné, je me suis réveillée en sursaut et j'ai gémi, en ouvrant les yeux qui me piquaient.

« Oh, putain. »

La voix de Jackson était rauque et pleine de sommeil, et une seconde plus tard, une chaussure a traversé la pièce, manquant le réveil sur la table de nuit de quelques centimètres. Elle est tombée sur le sol alors que je me penchais, luttant contre l'emprise de Noah sur moi pour appuyer sur le bouton de répétition. Le panneau rouge clignotant indiquait 6h01.

Noah a baillé et m'a ramenée dans la chaleur de son étreinte, alors que le silence régnait à nouveau dans la pièce. J'ai senti sa queue se presser contre mes fesses alors qu'il me prenait dans ses bras, et les souvenirs de la nuit dernière ont envahi mon esprit.

Je pouvais encore le sentir partout, comme s'il

m'avait marquée de façon permanente. J'avais une légère douleur entre les jambes, et mes muscles étaient un peu endoloris - comme ils l'auraient été le lendemain d'une séance d'entraînement intense avec Erin au complexe Strand.

Mais les entraînements d'Erin n'étaient jamais aussi amusants.

Comme s'il revivait la nuit dernière en même temps que moi, Noah a relevé la tête, m'a mordillé le lobe de l'oreille avant de murmurer, « Bonjour, ma belle ».

J'ai laissé échapper un petit bruit heureux et satisfait, bougeant mes hanches contre lui de manière encourageante.

« Pas le temps de faire l'amour ce matin », a grogné Rhys de l'autre côté de la pièce, et j'ai glapi.

Même si je venais d'entendre Jackson parler, j'avais oublié que les autres gars étaient tous là, installés sur le sol dans des nids de couvertures improvisés. Ils nous avaient laissé le lit à Noah et moi, et nous étions tous les deux encore nus sous les couvertures.

Se réveiller dans les bras d'un homme entouré de trois autres hommes aurait dû être incroyablement gênant, mais en fait, ça ne l'était pas.

C'était tous mes compagnons. Je ressentais la même attirance pour chacun d'entre eux que pour Noah, et nous le savions tous.

« Allez ! On doit y aller. » Rhys était déjà debout et habillé, fourrant des vêtements à la hâte dans l'un de nos sacs.

Noah s'est appuyé sur son coude, en me faisant rouler sur le dos : il me regardait avec un sourire plus éclatant que le soleil. Ignorant l'énergie maniaque qui se dégageait de Rhys, il s'est penché pour m'embrasser doucement. Ses yeux gris-bleu brillaient tandis qu'il murmurait, d'une voix si basse qu'elle n'était destinée qu'à moi, « C'était la meilleure nuit de ma vie, Scrubs. Sans hésiter. Je ne l'oublierai jamais. »

Je me suis mordu la lèvre, en acquiesçant. Il y avait tellement de choses que je voulais dire - à lui et à tous les hommes dans cette pièce - mais ce n'était pas le moment. Rhys avait fini un sac et se promenait dans la pièce, prenant d'autres objets à mettre dans le second.

En soupirant, Noah a jeté les couvertures en arrière et s'est glissé hors du lit, en attrapant un nouveau paquet de vêtements avant que Rhys ne puisse les emballer. J'ai suivi, toujours loin d'être aussi à l'aise avec la nudité que les gars. J'avais envie de couvrir mes seins avec mes mains en traversant doucement la pièce, mais je me suis forcée à paraître naturelle et à laisser mes bras pendre librement le long de mon corps.

Ce qui n'a pas aidé, c'est que la pièce entière a semblé retenir son souffle dès que je suis sortie du lit.

J'ai vraiment pu sentir la température de l'air monter alors que le regard de Jackson se fixait sur moi. West a baissé le menton, mais je pouvais voir ses yeux sombres m'observer à travers ses cils épais. Rhys a fait une pause dans sa hâte à faire les sacs et a mordillé sa lèvre inférieure.

Même Noah, qui m'avait déjà vue nue plusieurs fois hier soir, me fixait avec une telle chaleur dans les yeux que l'on pouvait croire que c'était la première fois.

Ma peau s'est hérissée, rougissant de désir tandis que mon corps accueillait leurs regards. La chaleur s'est accumulée dans mon bas-ventre et mon cœur s'est contracté.

J'ai essayé de faire comme si tout était parfaitement normal et que je n'étais pas ridiculement excitée, j'ai attrapé des vêtements à l'aveuglette, en me retournant pour regarder les gars seulement après avoir mis un soutien-gorge et une culotte. À en juger par leurs expressions, mon changement de tenue n'avait pas beaucoup aidé à désamorcer la situation.

Tout en rougissant furieusement, j'ai tiré sur mon jean et me suis raclée la gorge. « Désolée d'être partie tôt hier soir. Est-ce qu'on a un plan ? »

« Hum... » Rhys semblait avoir temporairement perdu toute capacité à s'exprimer. Finalement, il s'est secoué, en arrachant son regard de moi et regardant le grand sac à dos dans ses mains comme s'il n'avait aucune idée de la façon dont il était arrivé là. « Nous allons bientôt partir. Carl a demandé un service à quelqu'un pour nous dégotter un véhicule propre et rapide, et il a un ami hacker qui cherche d'autres d'informations sur Strand. On a plus d'infos sur le complexe lui-même, et on réglera les détails en allant à Salt Lake City. »

« Ça me paraît bien. »

Je l'ai rejoint pour faire mes bagages pendant que les autres rassemblaient leurs affaires. On avait acheté des vêtements supplémentaires depuis notre arrivée à Vegas, et West les a fourrés dans une valise que Molly avait dû lui donner.

Quand le réveil a sonné à nouveau à 6h10, on était tous prêts. Jackson a appuyé sur le bouton du haut avec satisfaction, les yeux encore plissés par le sommeil.

« Trop tôt, putain », a-t-il marmonné.

« Tu pourras dormir sur la route », lui a dit West, en soulevant l'un des sacs sur ses épaules.

Nous avons rejoint Molly dans la cuisine. Des boîtes de pizza vides et quelques bouteilles de bière trônaient sur le comptoir, tels des vestiges de la séance d'organisation de la nuit précédente, et quelqu'un avait pris une commande de beignets et de café à emporter.

« Carl est là ? » a demandé Jackson, en se redressant un peu et en prenant un donut dans chaque main.

« Il va chercher la voiture. » Molly a lissé le devant de son pantalon avec ses mains avant de rabattre une mèche de cheveux blond miel derrière son oreille.

Elle semblait anxieuse et pensive, et j'ai compris que c'était une chose énorme pour elle. Elle était sur le point de laisser toute sa vie derrière elle, de s'éloigner de tout et de fermer la porte en sortant, comme si elle n'avait jamais été là.

Elle n'avait pas à proprement parler pas de famille. Elle m'avait dit que ses deux parents étaient morts il y a plusieurs années à cause de types de cancer différents. Mais quand même. Elle était sur le point de complètement quitter la vie qu'elle connaissait et de se jeter dans l'inconnu.

Elle ne reverrait jamais l'hôpital où elle travaillait.

Elle ne reverrait jamais ses amis ou ses collègues de travail.

Elle ne verrait jamais plus cette maison.

Je pouvais comprendre ce genre de bouleversement et ce que cela produisait par rapport à l'état mental et émotionnel d'une personne.

J'ai évité le café et les beignets, je me suis approchée de Molly et je lui ai tendu timidement la main. Je ne voulais pas l'effrayer - après tout, elle m'avait vu malmener trois adultes hier - mais comme elle ne bronchait pas, je l'ai serrée dans mes bras.

Elle a soufflé en frissonnant et m'a aussi entourée de ses bras.

« Je suis désolée, Molly », ai-je dit doucement. « Pour tout. »

« C'est mieux comme ça. » Sa voix était posée, mais teintée de tristesse. Quand on s'est séparées, la détermination brillait dans ses yeux bleu-vert. « Si nous ne partons pas, Carl ne sera pas capable de laisser tomber. Il va s'en prendre aux amis de Travis et à leurs amis. Il s'enfermera dans une guerre dont il ne sortira jamais. Je ne veux pas que ça arrive. Je ne peux pas le perdre. »

J'ai acquiescé en sentant une boule se former dans ma gorge. La façon dont Carl et Molly s'aimaient me bouleversait. Elle aurait fait n'importe quoi pour lui, et il aurait fait la même chose pour elle, même si cela signifiait abandonner leurs anciennes vies pour recommencer quelque chose n'importe où ensemble. Ça n'avait pas d'importance, leur vraie maison était d'être l'un avec l'autre.

Nous nous sommes séparées, chacune se ressaisissant avant de se réfugier dans un bazar de larmes. Ce n'était pas le moment pour ça.

« Tiens, Alexis. Du carburant pour la route. »

Jackson avait fini ses deux donuts et m'en tendait deux, avec un grand sourire. Il me taquinait toujours sur la quantité de choses que je pouvais ingérer malgré ma petite taille. Mais à ce moment, j'étais juste reconnaissante qu'il me connaisse assez bien pour savoir que je voudrais certainement deux donuts… pour commencer.

Je les ai acceptés avec reconnaissance, terminant le premier en trois bouchées, tandis que Jackson gloussait. J'ai mangé le deuxième un peu plus lentement, et le temps que je finisse le troisième et que je prenne une tasse de café, la porte d'entrée a claqué dans le salon.

Un moment plus tard, Carl a passé sa tête dans la cuisine. « J'ai la voiture. Vous êtes tous prêts ? »

On a tous répondu oui d'une seule voix et Jackson et moi avons fait une autre course folle pour capter les derniers beignets avant de suivre Carl à l'extérieur. Il avait pris un grand van bleu, ce qui était plus que suffisant pour nous accueillir tous les sept, en tenant compte du fait que nous n'emportions que très peu de choses. Je n'avais aucune idée si Molly et lui avaient vraiment l'intention d'abandonner toutes leurs affaires ici, ou s'il avait demandé à l'un de ses nombreux contacts clandestins de les emballer et de les leur livrer, là où ils iraient. Mais pour le moment, ils n'avaient pris qu'un seul sac chacun.

Rhys a insisté pour conduire. Son visage était figé en un masque fermé, et je pouvais sentir la tension qui se dégageait de lui. Cela me rappelait la façon dont il s'était comporté la première fois que je l'avais rencontré, même si maintenant, malgré l'intensité de la tension qui émanait de lui, sa colère n'était pas dirigée contre moi.

Alors que nous nous engagions sur l'autoroute 15 pour sortir de la ville, j'ai jeté un coup d'œil à Carl, qui avait pris le siège passager avant. « Avez-vous réussi à obtenir beaucoup d'autres informations sur Strand ? »

Il a passé une main sur ses cheveux gominés. « Oui, on a glané quelques informations. D'après ce qu'on voit, ils ont gardé le secret sur leurs opérations. Ils ont dû être capables de mener des expériences humaines de ce type pendant tellement d'années sans que ça se sache. J'ai demandé à un ami hacker d'effectuer quelques recherches, mais même lui n'a pas trouvé grand-chose. Ils ont l'argent et les ressources pour avoir les dernières technologies qui existent mais il semble qu'ils ont fait beaucoup de choses à l'ancienne - papier et encre, réunions en présentiel, des choses comme ça. »

« Qu'est- ce que ça change ? »

« Ça fait que les informations sont plus faciles à contrôler. Une fois que quelque chose est numérisé, c'est plus difficile de l'empêcher de fuir. Mais si vous avez des documents papier en filigrane ? Et seulement en quelques exemplaires ? Vous pouvez garder les choses bien plus à l'abri. »

« Oh. »

Je me suis enfoncée dans mon siège, en m'appuyant sur l'épaule de Noah. Une image vive et soudaine d'un morceau de papier éclaboussé de sang portant le nom de Sariah a surgi dans ma tête, et j'ai grimacé en repensant à ce souvenir. J'avais tellement déliré à l'époque qu'il ne m'était même pas venu à l'esprit de me demander pourquoi une entreprise comme Strand, qui pouvait se permettre de construire tout un complexe médical souterrain autonome pour héberger quelques sujets d'expérimentations, utiliserait quelque chose d'aussi basique qu'une simple feuille de calcul pour suivre ses expériences.

« Alors, on n'a pas de chance ? »

Carl s'est à moitié retourné sur son siège, ses traits acérés se sont fendus d'un sourire. « Loin de là, mon petit. Que ce soit à l'ancienne ou en utilisant les dernières technologies pour le stockage d'informations, on ne peut jamais se débarrasser de l'élément humain. Et c'est là que les fissures apparaissent, même dans les opérations les plus secrètes. Il est vrai qu'il n'y avait pas beaucoup de failles à trouver dans cette affaire. Soit Strand paie ses employés de façon obscène, soit il les fait chanter, soit les deux. Ou, putain, ils pourraient avoir recours à une sorte d'effacement de la mémoire sur tous ceux qu'ils pensent pouvoir représenter un risque. S'ils peuvent transformer les gens en loups, qui sait ce qu'ils peuvent faire d'autre. »

Son regard s'est tourné vers moi puis vers Noah et il a secoué la tête comme s'il n'arrivait pas à croire ce qu'il venait de dire. Puis il a continué.

« Comme je l'ai dit, il n'y avait pas grand-chose là-bas. Mais » - il était fier - « mon pote a réussi à trouver les plans d'une installation à Salt Lake City qui ressemble beaucoup au site dans lequel les gars ont dit que tu te trouvais. Je parie 100 $ que c'est le complexe Strand. Mon contact est en train de creuser pour en savoir plus, mais c'est un début. »

J'ai cligné des yeux et des émotions contradictoires m'ont envahie. D'un côté, c'était une nouvelle incroyable. Les gars avaient essayé de trouver des informations pendant des mois et n'avaient rien trouvé, donc c'était une énorme victoire.

Mais d'un autre côté, l'idée de mettre un pied dans un établissement comme celui où j'avais grandi me donnait envie de vomir. Je faisais encore des cauchemars la majorité des nuits par rapport à cet endroit dont les murs autrefois réconfortants étaient hauts et inquiétants dans mon subconscient.

Pourrais-je le supporter ? Serais-je capable de mettre de côté mes propres souvenirs traumatisants pour me concentrer sur le sauvetage de Sariah ? Ou ma panique permettrait-elle à mon loup de prendre le dessus, mettant en danger toute notre opération ?

Arrête, Alexis ! N'y pense même pas.

Quelque chose avait changé en moi la nuit dernière après avoir fait l'amour avec Noah. Je ne savais pas si c'était juste parce que ma louve avait finalement obtenu ce qu'elle voulait - ou en tout cas une partie de ce qu'elle voulait - mais elle semblait plus calme maintenant. Et elle se sentait différente, plus comme une véritable partie de moi et moins comme une étrange entité étrangère existant simplement en moi.

Je devais croire que si je continuais à essayer, je serais capable de faire la paix avec ma louve, de ne faire qu'une avec elle, de telle sorte que lorsque je me transformais, mon côté humain n'était pas repoussé comme un rocher coulant au fond d'un lac. Pour que je reste maître de la situation, même en tant que louve.

« De toute façon, nous pourrons analyser les plans pour déterminer les entrées et les sorties, la disposition et les faiblesses structurelles », a poursuivi Carl, ramenant mon attention sur le présent.

Il était dans son élément maintenant, les yeux brillants d'excitation alors qu'il parlait de ses plans pour nous faire entrer dans le complexe, et de la façon dont nous pourrions utiliser, à notre avantage, la technologie de sécurité à l'ancienne de Strand. Mes sourcils se sont rapprochés tandis que je l'écoutais attentivement, en essayant de comprendre ce que signifiait tout ce qu'il disait.

Je n'étais pas sûre du moment où cela s'était produit, mais à un moment donné, notre combat contre Strand était devenu son combat à lui aussi.

Il ne nous restait plus qu'à prier pour que son aide nous permette de nous en sortir vivants.

CHAPITRE VINGT

Le trajet jusqu'à Salt Lake City ne durait que six heures environ, mais nous nous sommes arrêtés à mi-chemin, en sortant sur une petite route secondaire dans ce qui semblait être au milieu de nulle part.

J'avais somnolé, calée entre Noah et Jackson, mais le changement de vitesse m'a réveillée. J'ai cligné des yeux en regardant par la fenêtre et en étouffant un bâillement. Je n'avais pas beaucoup dormi la nuit dernière - aucun d'entre nous, vraiment d'ailleurs - mais je ne pouvais pas le regretter. Rien n'aurait pu être plus utile.

« Qu'est-ce qui se passe ? Pourquoi on s'arrête ? »

« Tu as besoin d'entraînement », a dit fermement West assis sur le siège arrière.

J'ai redressé mon cou pour le regarder, l'air surpris quand il a croisé mon regard. « Quoi ? »

« West ne veut pas que tu t'introduises dans Strand avec nous quand nous arriverons à Salt Lake City. Il pense que ce n'est pas sûr. » Jackson a froncé le nez.

« *Quoi ?* »

« J'essaie juste d'éviter qu'elle, et nous, soyons blessés », a dit West stoïquement. « Je ne sais pas pourquoi vous êtes tous si prêts à la laisser prendre de tels risques. »

« Mais je le veux ! » me suis-je empressée de dire. Il était hors de question que je ne participe pas à ce combat, et je devais m'assurer que tous les gars savaient que je n'avais pas besoin d'être protégée dans cette mission de sauvetage. « *Je veux aider !* »

« On sait, Scrubs. » La voix de Noah était douce, même si l'inquiétude se cachait au fond de ses yeux. « Et aucun d'entre nous ne va te dire ce que tu peux ou ne peux pas faire. Mais nous voulons juste nous assurer que tu aussi prête que possible. »

« Ouais... Ok. »

J'ai lancé un autre regard vers le siège arrière. L'expression têtue de West me faisait sérieusement douter de l'assurance de Noah qu'aucun d'entre eux n'essaierait de m'empêcher de partir avec eux.

Nous nous sommes arrêtés près d'une zone légèrement boisée. Aucune autre voiture n'était visible sur la route, et je ne pouvais voir aucun signe de civilisation à proximité. Jackson a sauté en dehors du van et a avancé une main pour m'aider à sortir aussi.

Les autres sont sortis derrière nous, mais Molly et Carl sont restés près du van pendant que mes hommes et moi nous enfoncions dans les bois. J'ai vu les deux hommes pencher la tête en regardant plusieurs feuilles de papier imprimé et j'ai deviné qu'ils examinaient les plans du complexe Strand. Puis ils ont disparu de la vue, masqués par les arbres alors que nous nous éloignions de la route.

« Alors, et maintenant ? » ai-je demandé quand West et Rhys se sont finalement arrêtés.

« Maintenant, tu te transformes. » West a croisé ses bras sur sa poitrine.

J'ai blanchi. « Quoi, maintenant ? Je me transforme ? »

Sans prendre la peine de parler, il a enlevé sa chemise, baissé son pantalon et retiré ses chaussures. J'ai à peine eu le temps de voir les lignes sculptées des muscles sous sa peau moka avant qu'il ne se transforme. Quelques instants plus tard, un loup aux tâches grises et aux yeux sombres m'a regardée, avec une expression quelque peu provocante.

Mais je comprenais ce qu'il essayait de dire. Si je ne pouvais même pas contrôler ma louve maintenant, dans un environnement sûr et sans pression, comment pouvais-je la maîtriser quand mon stress et mon adrénaline monteraient en flèche ?

J'ai donc imité les gestes de West et me suis déshabillée, en ignorant la tension qui semblait s'accumuler dans l'air tandis que la brise fraîche faisait se contracter mes tétons. J'ai senti le regard de tous les hommes sur moi, mais j'ai simplement fermé les yeux, cherchant à l'intérieur de moi l'animal sauvage qui y vivait.

En décidant de ne pas utiliser la force ou la coercition, je me suis concentrée sur l'idée de Noah, celle de faire la paix avec cette partie de moi-même. Elle me semblait encore si étrangère, si différente, parfois. Mais peut-être que ce n'était pas vrai ; peut-être que nous n'étions pas si différentes après tout. Tout en gardant cette pensée en tête, je me suis laissée aller à prendre conscience de ce qu'elle ressentait et j'ai essayé de m'autoriser à ressentir la même chose.

Ma tête s'est inclinée sur le côté tandis que je me concentrais, laissant ma louve entrer dans mon esprit.

Elle n'était pas du tout mal à l'aise avec l'attention des hommes. Elle s'en délectait.

Elle savait, sans les doutes ou les peurs qui tourmentaient mon esprit humain, que ces hommes étaient à elle.

Elle aimait la sensation de la terre sous ses pieds, les parfums alléchants qui flottaient dans la brise.

Elle était libre.

Forte.

Sans honte et sans reproche.

Je pourrais être aussi cela, si seulement je m'y autorisais.

Mes os ont craqué et se sont transformés et reformés sous ma peau alors que le changement s'opérait enfin. Mais cette fois, la douleur n'était pas aussi intense, je n'avais pas l'impression que mon corps se déchirait. Et après quelques battements de cœur, j'ai ouvert les yeux pour voir que les couleurs du monde avaient légèrement changé comme elles le faisaient toujours lorsque j'étais sous la forme d'une louve.

Je l'avais fait. Je m'étais transformée sur commande !

Non. Pas sur commande. *En le voulant.* Je n'avais pas eu à ordonner à ma louve de faire quoi que ce soit, et c'était là tout l'intérêt.

J'ai glapi, d'un ton heureux et excité. Le loup gris foncé devant moi s'est avancé en trottinant légèrement, en me reniflant et en léchant ma fourrure. Je sentais l'amour et la protection en lui lorsqu'il m'embrassait - quelque chose que je pouvais à peine détecter depuis quelques temps quand il était sous sa forme humaine.

Une demi-seconde plus tard, les trois autres hommes autour de nous ont commencé à enlever leurs vêtements aussi et des sourires ont éclairé leurs visages.

Même le masque d'inquiétude de Rhys s'est fissuré pendant un instant et il s'est joint à la fête. Dès qu'ils ont été dénudés, ils se sont tous transformés - Jackson et Noah - en loups d'un blanc pur, et Rhys en loup gris clair.

Jackson a rejeté sa tête en arrière et a hurlé et Rhys l'a légèrement mordu. Probablement pour lui dire de ne pas faire trop de bruit. Nous étions dans une zone isolée, mais il n'y avait pas besoin de risquer d'attirer l'attention sur nous. Nils et ses hommes étaient très certainement encore à notre recherche, et si quelqu'un dans les environs nous entendait et signalait la présence de loups dans la région, je suis sûre qu'on suivrait cette piste comme un limier.

Mes camarades se sont tous rassemblés autour de moi, en reniflant et en sifflant. Je ne pouvais pas voir tout mon corps, mais je pouvais dire que je faisais presque 30 cm de plus qu'eux. Le fait de constater cela m'a paru légèrement hilarant, vu la taille qu'ils avaient par rapport à moi sous forme humaine. C'était comme si nous avions inversé les rôles.

Ma queue a remué, et je me suis appuyée sur mes hanches, en étirant mes pattes avant. C'était bon d'être une louve comme ça, entourée de mes compagnons. Les odeurs de la forêt m'appelaient, et j'ai levé mon nez en l'air pour toutes les goûter. Quand Jackson s'est enfui dans les arbres, je l'ai suivi, en marchant facilement sur mes quatre pattes. Les autres aussi ont suivi, en m'encadrant de chaque côté alors que nous courions à travers les bois.

L'envie de hurler montait dans ma poitrine, de manière si forte que je ne pouvais presque pas la retenir. Mais j'ai baissé le museau et me suis contentée de rouler sur le dos quand Jackson s'est finalement arrêté dans une clairière. Des petites brindilles et des pierres s'enfonçaient dans ma fourrure, mais mon pelage était si épais que je les sentais à peine.

Un visage de loup est apparu au-dessus du mien : les yeux ambrés de Jackson me regardaient. Il a penché la tête et sa langue a glissé. Puis... il s'est jeté sur moi. On a roulé ensemble, en s'amusant à se donner des coups de pattes.

Sous cette forme, j'étais plus grande et plus forte que lui, mais je faisais attention à ne pas le blesser. Ça ne m'a pas demandé d'effort, car ma louve n'aurait jamais laissé cela se produire. J'ai enfin eu l'impression que je pouvais au moins lui faire confiance.

Cela m'a semblé bien trop tôt quand West a laissé échapper un doux gémissement, attirant ainsi notre attention. Nous nous sommes levés, en secouant notre fourrure, et l'avons suivi à contrecœur jusqu'à l'endroit où nous avions laissé nos vêtements. Noah et Jackson sont redevenus humains, paraissant plus légers et plus heureux en s'habillant rapidement. Ils avaient besoin de ça. Nous en avions tous besoin.

Mon estomac était noué quand je me suis tenue près de la petite pile de vêtements que j'avais laissée sur mes chaussures. Et si je n'arrivais pas à me retransformer ? Cela avait été difficile à chaque fois que j'avais essayé. Ma louve ne semblait jamais disposée à céder le contrôle.

Rhys et West sont venus se placer près de moi, en m'apportant leur soutien comme leurs compagnons de meute l'avaient fait le jour où j'avais failli attaquer Molly.

Mais je ne voulais pas avoir à compter sur eux pour ça. Il s'agissait de ma relation avec ma louve et je devais être capable de le faire par moi-même.

C'est d'accord. Tu peux rester, lui ai-je murmuré au fond de mon âme. Reste avec moi.

Chaque fois que j'avais essayé de redevenir humaine, j'avais eu l'impression d'essayer de sortir de ma propre peau, d'échapper aux confins de la forme de loup dans laquelle ma conscience humaine était perdue. Mais la vérité, c'est qu'il n'y avait nulle part où aller. Tout ce que j'étais - louve, humaine, combattante, amante - était contenu dans cet unique vaisseau.

Je ne pouvais pas me débarrasser de ma louve.
Elle était moi.
Et j'étais elle.

Reste. Reste.

Le changement s'est produit presque inconsciemment et une brève douleur a parcouru mon corps avant que je ne me retrouve accroupie sur le sol de la forêt, le vent froid effleurant à nouveau ma peau nue.

Avant que je ne puisse attraper mes vêtements, Jackson m'a prise dans une étreinte forte, en me faisant tourner.

« Voilà, putain ! C'était magnifique ! »

Il a pressé ses lèvres contre les miennes, en me reposant doucement sur mes pieds et en me poussant en arrière vue l'intensité de son baiser. Quand il s'est retiré, il était rayonnant et je haletais.

« Merci, Jackson », ai-je marmonné à travers mes lèvres qui piquaient.

J'ai trébuché jusqu'à mes vêtements en essayant de m'appuyer sur mes jambes légèrement vacillantes et j'ai tout remis en place avant de me retourner pour regarder West. Il s'était déplacé et s'était habillé lui aussi, et le tissu de son t-shirt sombre était tendu contre ses gros biceps tandis qu'il croisait ses bras sur sa poitrine.

Quand il m'a regardée, il avait l'air partagé entre la fierté et la déception et j'étais sûre de savoir pourquoi. Si j'avais échoué à ce test, il aurait pu convaincre les autres de ne pas me laisser partir avec eux pour leur mission de sauvetage.

Mais je n'avais pas échoué. J'avais réussi.

Il a tiré sur sa lèvre inférieure avec ses dents, en me regardant attentivement. Puis un sourire est soudain apparu sur son visage, comme le soleil traversant un nuage, et j'ai aperçu les fossettes symétriques que j'aimais tant. C'était la première fois qu'il me souriait de la sorte depuis des semaines, et c'était si puissant que j'ai failli tomber sur le cul.

« Bien joué, Scrubs. Bien joué, putain. »

Le reste du voyage s'est déroulé sans incident, même si toute la pression que nous avions évacuée dans les bois semblait revenir à nouveau au-dessus de nous comme un nuage de pluie en colère alors que nous roulions en silence. Même Jackson était trop tendu pour continuer sa litanie habituelle de « On arrive bientôt ? «.

J'ai passé en revue les plans imprimés du complexe Strand, en essayant de traduire les lignes et les marques étranges sur le papier par rapport aux murs et pièces du bâtiment que j'avais encore en tête. D'après ce que j'avais pu comprendre, le complexe était similaire à celui dans lequel j'avais vécu, du moins par rapport à sa structure. Le complexe était constitué de plusieurs couches qui s'étendaient de plus en plus loin sous terre, chaque niveau se déployant en rayons à partir d'un point central. Il y avait de petites zones qui pouvaient être des bureaux ou des salles d'examen, et plusieurs grands espaces ouverts dont l'usage n'était pas clair.

À en juger par les notes et les marques sur le plan, il est probable que celui qui avait conçu le bâtiment n'avait aucune idée de l'usage qui serait fait de la structure souterraine. Une autre façon qu'avait Strand de protéger ses secrets.

Carl a passé la majeure partie du trajet à pianoter sur son téléphone, avec les lèvres pincées tant il était concentré, tandis que le reste d'entre nous discutait des plans pour entrer dans le complexe sans être détectés – bien sûr, une fois que nous aurions découvert où il se trouvait exactement. Les plans, aussi utiles qu'ils soient, ne nous donnaient aucun indice sur l'emplacement du complexe.

C'était la seule pièce manquante dans notre plan, et à chaque kilomètre qui défilait sous nos pieds, mon estomac s'agitait de plus en plus.

Que se passerait-il si nous arrivions à Salt Lake City sans avoir aucun indice réel concernant l'emplacement de notre cible ? Rhys avait menacé sous le coup de la colère de frapper à toutes les portes de la ville jusqu'à ce qu'il trouve ce qu'il cherchait, mais il était clair que cela ne fonctionnerait pas dans la pratique. Et plus nous passions de temps en ville, à fourrer notre nez là où il ne fallait pas, et plus il y avait de chances que les gardiens de Strand auraient une idée de ce que nous faisions.

Je devais réprimer l'envie de jeter des coups d'œil par la fenêtre arrière pour m'assurer que nous n'étions pas suivis. Où étaient Nils et son équipe maintenant ? Le nettoyage de l'accident de l'ambulance avait dû les ralentir, et ils ne pouvaient plus suivre la puce de localisation qui avait été implantée sous ma peau. Mais j'étais sûr qu'ils étaient toujours à notre recherche. C'était un miracle que nous ayons réussi à rester à Las Vegas aussi longtemps sans qu'ils ne nous trouvent – et cela, même si sans doute l'imprudence de retourner à un endroit que nous connaissions déjà avait joué en notre faveur. Ils ont probablement supposé que nous étions plus intelligents que ça.

J'ai fermé les yeux un instant en reposant les plans sur mes genoux. Seigneur. *Je ne me souvenais pas de ce que c'était de ne pas être en fuite.*

Le docteur Shepherd m'avait toujours conseillée de prendre les choses au jour le jour pendant que j'étais à Strand, mais j'avais quand même fait des plans concernant le futur dans ma tête. J'avais rêvé sans cesse du moment où j'allais enfin quitter ces murs étriqués et mener une vie normale.

Mais depuis que j'avais rompu avec Strand, j'avais

été obligée de suivre ses conseils. Ma vie avait été faite d'une série de moments morcelés, avec un avenir inconnu qui s'étendait devant moi tel un abîme. Rien n'était clair, rien ne comptait particulièrement, à part vivre le jour présent, la minute présente.

Je voulais plus que cela. Je voulais à nouveau penser à l'avenir. Imaginer ma vie avec les quatre hommes qui étaient devenus mes compagnons, espérer, planifier et rêver. Mais lorsque j'essayais d'imaginer mon avenir avec eux maintenant, tout ce que je voyais, c'était un vaste abîme vide qui ne révélait rien.

Comme si cet avenir n'existait pas.

A cette idée, une vague de peur m'a envahie, et j'ai passé mon bras dans celui de Noah, m'accrochant à lui tandis que mon autre main attrapait le genou de Jackson.

Ils se sont tournés pour me regarder, puis ont échangé un regard par-dessus ma tête.

« Tu vas bien, Alexis ? » a murmuré Jackson, ses yeux ambrés brillant d'inquiétude.

Je ne voulais pas répondre à cette question, alors j'ai juste secoué légèrement la tête et accentué ma prise sur eux. Ils ont semblé comprendre. Les deux hommes se sont rapprochés de moi sur le siège, m'enveloppant dans l'espace chaud qui les séparait.

« Putain oui ! Enfin ! »

La voix forte de Carl à l'avant m'a fait sursauter, et toutes les têtes se sont tournées vers lui.

« Quoi ? » a demandé Rhys, la voix serrée.

« Mon pote hacker les a trouvés. Les bâtards ont bien couvert leurs traces. Ils ont un bureau officiel, connu de Strand, à l'ouest de la ville. Mais il semble qu'une cargaison de fournitures ait été accidentellement envoyée une fois au complexe souterrain au lieu du bureau principal. Ils ont changé la commande, mais la facture a toujours l'adresse originale. » Il a passé un doigt sur son téléphone en faisant un geste. « Je vous ai eus, enfoirés ! »

Un sourire incrédule et légèrement maniaque est apparu sur mes lèvres.

C'était ça. La dernière pièce du puzzle. Nous savions où aller.

Des cris et des hurlements ont éclaté entre Molly et les gars. Rhys ne s'est pas joint à eux, mais j'ai vu ses mains se crisper sur le volant, et le van a fait une embardée en prenant de la vitesse.

CHAPITRE VINGT-ET-UN

Nous sommes entrés dans un hôtel situé à la sortie de l'autoroute, à la périphérie de la ville, à environ un kilomètre de l'emplacement du complexe souterrain et avons pris une chambre. C'était dans une zone éloignée à l'est de Salt Lake City. Elle était aussi loin que possible du site de Strand. Molly et Carl se sont installés dans la suite penthouse, en se faisant passer pour de jeunes mariés. Sans surprise, il avait déjà préparé de fausses cartes d'identité pour eux deux - j'étais sûr qu'avec son travail, les plans d'urgence étaient une seconde nature.

Le reste d'entre nous a déchargé le van avant de monter à l'étage supérieur, chargés de bagages. Il y avait plusieurs sacs que je ne reconnaissais pas, ceux qui étaient déjà dans le van lorsque nous avions chargé nos sacs le matin. Je les ai manipulés avec soin, certaine qu'ils étaient remplis d'armes et d'autres équipements.

Dès que nous avons tous été à l'intérieur du grand espace, West a refermé la porte derrière lui d'un coup de pied. Il n'y avait qu'un seul lit, un énorme lit King size placé contre le mur du fond. Une petite kitchenette occupait un côté de l'espace, et il y avait une pièce supplémentaire aménagée pour servir de salon ou de bureau.

Le manque de lits ne serait pas un problème, puisque seuls Carl et Molly passeraient la nuit ici. Les autres allaient s'introduire dans Strand et, avec un peu de chance, quitter la ville avec Sariah avant la fin de la nuit.

Mon cerveau essayait de deviner ce qui se passait après ça - en supposant qu'on réussisse - mais ma petite crise de panique dans le van m'avait convaincu qu'il valait mieux ne pas réfléchir à ces questions. Pas maintenant, en tout cas. Il y aurait du temps pour ça plus tard.

Je l'espérais.

Tout en déposant un grand sac à dos dans un coin, j'ai posé l'autre sac que je portais plus soigneusement. Le contenu a fait un bruit métallique en se tassant, et je me suis accroupie à côté pour ouvrir la fermeture éclair. Plusieurs armes à feu étaient stockées à l'intérieur, ainsi que ce qui ressemblait à des gilets pare-balles et tout un lot de munitions.

« Le truc, c'est de garder notre équipement », a commenté Jackson, en se plaçant derrière moi et en regardant par-dessus mon épaule. « Si nous devons nous déplacer, nous perdrons à peu près tout ce que nous avons sur nous, alors nous devrons être malins par rapport à qui porte quoi. »

« Oh. C'est vrai. » J'ai redressé mon cou pour le regarder. « Je n'avais pas vraiment pensé à ça. »

« Je n'en suis pas à ma première fois. » Et il m'a fait un clin d'œil.

J'aimais qu'il puisse rester si léger même au milieu d'une opération aussi intense et stressante. Je n'avais aucune idée de comment il y arrivait ; nerveusement, j'étais une épave.

Carl était déjà en train d'installer ce qui semblait être un labyrinthe d'ordinateurs et de câbles dans la pièce adjacente. Il donnait des instructions à Molly pour qu'elle l'aide, et j'avais l'impression qu'il devait vraiment l'aimer pour lui permettre de toucher ses bébés. Avec trois écrans différents et deux ordinateurs portables, on aurait dit le centre de commandement d'un film d'espionnage.

Et comment diable était-ce la vraie vie ?

« Hé, les gars, vous avez besoin d'aide là-dedans ? » a demandé Jackson, en se penchant sur le côté pour mieux voir à travers la porte. Carl a marmonné quelque chose d'inintelligible, en agitant une main vers nous. Une seconde plus tard, il a allumé ses ordinateurs, et la lumière des écrans a baigné son visage d'une lueur sinistre. Mon compagnon s'est retourné vers moi avec un sourire en coin. « Ah, il va bien. »

Les plans, en fin de compte, avaient représenté un super cadeau de Dame chance, encore plus que nous ne l'avions imaginé. Non seulement ils nous avaient donné une idée de ce qui nous attendait, mais ils nous avaient aussi montré un moyen d'y entrer. Avec les archives de la ville auxquelles Carl avait eu accès, nous étions presque certains d'avoir trouvé une entrée qui ne serait pas gardée ou munie d'une alarme.

Principalement parce que ce n'était pas une vraie porte.

« Vous devriez vous reposer. Nous avons tous besoin de dormir et ça va être une longue nuit », a dit Noah, en venant se placer à côté de Jackson pendant que Rhys déballait le reste du matériel que Carl nous avait procuré.

« Tu vas te reposer, toi ? » J'ai froncé les sourcils en le regardant. Il a lancé un regard coupable, et j'ai secoué la tête. « Pas question alors. Pas si tu ne le fais pas. »

« Merde, mec. Elle a ton numéro. » a gloussé Jackson.

J'ai pointé un doigt vers lui. « Hé mais c'est pareil pour toi, mon pote. »

Il m'a fait un grand sourire. « Si accepter de faire une sieste signifie que je peux faire des câlins avec toi, alors oui. Compte sur moi. »

Mes joues sont devenues rouges, même si sa suggestion ne semblait pas si mauvaise.

« On devrait tous aller dormir. » West s'est approché, s'adressant aux deux hommes derrière moi avant que son regard ne se pose brièvement sur moi. « Nous avons établi notre plan. Une fois que Carl sera installé, il piratera les caméras de surveillance de la ville et surveillera le complexe Strand et ses environs. A part ça, il n'y a pas grand-chose à faire avant ce soir. »

« Alors pourquoi diable avons-nous quitté Vegas à une heure aussi tardive ? » a grogné Jackson en plaisantant.

« Nous avions besoin de quitter la ville - et nous ne savions pas combien de temps il nous faudrait pour trouver Strand. On a eu de la chance. » West lui a souri, définissant ses fossettes. « Vous devriez me remercier, vraiment. Rhys voulait se lever à quatre heures du matin. Je l'ai convaincu de ne le faire qu'à six heures. »

« Jésus. » Jackson a roulé les yeux. Puis il s'est penché et m'a remise sur pieds. « Allez, Alexis. Dors maintenant. La mission de sauvetage de fou, c'est pour plus tard. »

Le complexe Strand était sombre et silencieux, les couloirs étaient vides. Mes pieds nus claquaient doucement sur le sol poli, c'était le seul son qui brisait le silence.

La blouse d'hôpital que je portais se déplaçait doucement autour de mon corps pendant que je marchais dans le couloir.

Non... Ce n'était pas bien. Il me manquait quelque chose.

Les armes. Les armes. Le gilet pare-balles. Je n'avais rien porté de tout ça, je n'avais même pas mis de chaussures ou de vêtements. Comment j'étais censée sauver quelqu'un comme ça ?

Soudain, toutes les lumières se sont allumées, en me baignant dans une chaude lueur jaune. Mon cœur a fait un bond dans ma poitrine, et j'ai tourné sur moi-même, mes talons crissant sur le sol. Le docteur Shepherd se tenait au bout du couloir derrière moi, à seulement trente mètres. Il portait sa blouse blanche, et ses courts cheveux bruns cendrés brillaient dans la lumière.

« Alexis. » Sa voix était douce et posée, comme toujours. Etrangement calme. « Je savais que tu

reviendrais vers nous. C'est ici qu'est ta place, après tout. »

Ses lèvres minces ont marqué un sourire de satisfaction pendant qu'il levait l'arme dans sa main. Il l'a pointée sur ma poitrine et a tiré.

Une fléchette à plumes rouges a volé droit, pénétrant ma chair et les os avant de s'enfoncer dans ma poitrine et de venir me percer le cœur. La douleur a explosé en moi, et je me suis effondrée sur les genoux, basculant sur le côté alors que mon corps commençait à se contracter et à trembler. Ma tête a heurté le sol dur, rendant ma vision trouble, et les chaussures noires à semelles dures du Docteur Shepherd ont marqué un rythme régulier en marchant vers moi.

Non. S'il vous plaît, non... Pas comme ça.

« Scrubs ! Scrubs ! »

« Lexi! »

Quelqu'un m'a saisie par les bras, me retenant alors que je me débattais. J'ai ouvert la bouche pour crier, mais quand mes yeux se sont ouverts, des yeux bleus perçants m'ont regardée.

Pas ceux du Docteur Shepherd.

Ceux de Rhys.

J'ai laissé échapper le souffle que je retenais dans une expiration pleine de frissons et mon corps s'est finalement relâché dans ses bras. Derrière lui, trois autres visages inquiets me regardaient.

« Un cauchemar ? » a demandé Jackson, en fronçant le nez avec sympathie.

J'ai hoché la tête en chassant les larmes qui me piquaient les yeux. Mon cœur battait encore douloureusement dans ma poitrine, et l'adrénaline non utilisée bourdonnait inutilement dans mes veines.

Après avoir mis au point les derniers détails de notre plan, nous avons tous rampé sur le grand lit pour nous reposer quelques heures. J'étais convaincue que c'était un effort désespéré, mais entourée de tous côtés par les corps chauds de mes camarades, apaisée par le son de leur respiration, je me suis endormie rapidement.

Maintenant, je regrette de l'avoir fait.

Je me suis assise, en repoussant mes cheveux humides de sueur de mon visage. « Je vous ai tous réveillés ? Je suis désolée. Quelle heure est-il ? »

La pièce était sombre, et une douce lumière orange se répandait sous la porte fermée qui menait à la pièce attenante.

« Hé, c'est bon. Nous devons nous lever et nous préparer de toute façon. Il est dix heures quarante-cinq. »

Jackson a déposé un baiser sur mon front avant de glisser hors du lit. Noah a caressé ma joue, en fixant mes yeux d'un regard inquisiteur pendant un moment, puis a suivi son compagnon de meute. West semblait vouloir dire quelque chose, mais il a avalé sa salive et s'est détourné.

Rhys a pressé ses lèvres en une fine ligne et son regard bleu glacier et évaluateur m'a transpercée. « Lexi, tu n'es pas obligée de venir. Vraiment. Tu as déjà fait plus que tu ne le penses. »

« Non ! » Je me suis mise à genoux, prête à bondir vers la porte s'ils essayaient de partir sans moi. « Je le fais ! Et j'en suis. J'en fais partie maintenant, Rhys. Je dois aller jusqu'au bout ! Tu ne peux pas... »

Il a stoppé ma tirade en m'attirant vers lui. De ses mains puissantes, il a attrapé fermement mes hanches. Puis il m'a embrassée fort. Instinctivement, mes bras se sont accrochés à lui, et je lui ai rendu la pareille, mes lèvres bougeant contre les siennes dans une ferveur désespérée. Quand il s'est finalement détaché, je me suis sentie un peu étourdie.

Son front reposait contre le mien, ses yeux étaient clos et ses lèvres étaient si proches des miennes que je pouvais sentir son souffle sur ma peau. « Bien sûr que je te veux là-bas. Je te veux à mes côtés. Toujours. »

Une rafale d'émotions a explosé dans ma poitrine en entendant sa déclaration, et je me suis accrochée à lui quelques secondes de plus, en ayant besoin de prolonger ce moment, de l'enfermer fermement quelque part où je ne pourrais jamais le perdre.

J'étais terrifiée à l'idée de ce qui pourrait arriver ce

soir - que l'un ou l'autre d'entre nous ne survive pas à l'aube. Mais nous étions ensemble, et je ne changerais ça pour rien au monde.

« Tu m'as, Rhys », ai-je chuchoté. « Aussi longtemps que je... »

Ses lèvres ont rencontré les miennes à nouveau, coupant mes mots d'un seul baiser.

« Pour toujours, Lexi, » a-t-il murmuré, sa voix rugueuse. « Je n'accepterai rien de moins. »

Quand il m'a regardée, j'ai pu voir toutes mes propres peurs se refléter dans ses yeux. Mais j'y ai vu aussi de l'espoir. Et tellement d'amour et de détermination que j'en ai été presque submergée.

« Pour toujours. » J'ai fait écho à ses mots, puis j'ai resserré mes bras autour de lui, en prenant une profonde inspiration. « Mais d'abord, allons chercher ta sœur. »

CHAPITRE VINGT-DEUX

Mon souffle faisait de la buée devant mon visage, et j'ai frotté mes bras de haut en bas avec mes mains. Notre opération nous avait tous obligés à porter des tenues tactiques noires à manches longues. C'était le début de l'été, mais il faisait encore très froid la nuit.

West a jeté un coup d'œil sur le côté du bâtiment derrière lequel nous nous étions cachés, pour observer la structure à un étage de l'autre côté de la rue. Elle aussi était similaire au complexe Strand à l'extérieur d'Austin. Tout comme celui-ci, ce bâtiment semblait conçu pour détourner l'attention, pour ne rien laisser paraître et que la personne qui serait amenée à l'observer l'oublie immédiatement.

Il a mis son visage en arrière, en nous faisant un signe de tête. « Je vois le chemin qui est tout autour du bâtiment dont nous a parlé Carl. Il y a une entrée

principale, et une entrée pour les employés à l'arrière. »
Puis il a pressé une main sur son oreille, en s'exprimant
à l'aide du petit appareil de communication que lui
avait donné Carl. « Carl, tu as enlevé les caméras ? »

Je n'ai pas pu entendre la réponse de l'autre
homme, mais West a hoché la tête, semblant satisfait de
la réponse obtenue. Seuls lui et Rhys portaient ces
appareils, et ils essayaient de ne pas se déplacer sauf en
cas de nécessité absolue, afin que nous puissions
maintenir une connexion avec notre observateur
extérieur.

« Il a éteint les caméras et surveille toutes les rues
dans un rayon de trois blocs. Si on a de la compagnie
qui débarque de manière inattendue, il sera en mesure
de nous avertir », a rapporté Rhys.

J'ai caressé l'arme rangée à ma ceinture, en
essayant de trouver du réconfort dans l'acier froid. Ma
louve gémissait à l'intérieur de moi, impatiente d'en
finir avec cette putain d'attente et de faire *quelque chose*.

West a jeté un coup d'œil en haut et en bas de la
rue pour s'assurer que la voie était libre, puis nous a
fait signe d'avancer en utilisant deux doigts. Nous
avons filé sur le trottoir vide comme des ombres, en
nous éloignant du bâtiment factice de Strand. Aussi
inoffensive que puisse paraître la porte d'entrée, il
était impossible que les entrées ne soient pas

équipées d'alarmes dernier cri. Essayer de s'introduire de cette façon serait presque impossible et bien trop risqué.

Lorsque les hommes s'étaient introduits dans le complexe où ils m'avaient trouvée, ils avaient fait appel à leur homme qui se trouvait à l'intérieur – à savoir Noah, ou *Cliff*, comme je pensais qu'il s'appelait alors - pour les faire entrer dans le bâtiment. Mais nous n'avions pas cette fois le temps d'envoyer un agent sous couverture ; et cela aurait été impossible de toute façon. Strand ne tomberait pas dans le même piège.

Il nous restait donc à entrer par effraction, à l'ancienne.

West a ralenti quelques pâtés de maisons plus loin et s'est engagé dans la rue lorsque le bâtiment en brique d'un étage ne fut plus en vue. Noah s'est mis à côté de lui, et les deux hommes se sont penchés pour sortir et faire glisser une plaque d'égout. Le reste d'entre nous les a rejoints, accroupis autour du petit trou sombre au milieu de la chaussée.

« Merde. On est sûr que c'est une bonne idée ? » Jackson a fait une grimace dans l'obscurité.

« Non. » a reniflé West. « Mais c'est la meilleure option que nous ayons parmi un tas d'options merdiques. »

« Oh, c'est vrai ça. »

Rhys a sorti une petite lampe de poche de son gilet

technique et a éclairé le trou avec. « Viens. On doit se dépêcher. »

Il s'est glissé à l'intérieur du trou ouvert et ses pieds ont trouvé les barres de fer rouillées qui formaient une échelle sur un côté. Il a serré la lampe de poche entre ses dents, le petit cercle de lumière a illuminé la brique rugueuse du mur tandis qu'il descendait rapidement. Je l'ai suivi avant de perdre mon sang-froid et Noah a pris ma suite.

Environ sept mètres plus bas, la goulotte de briques étroite s'est ouverte sur un espace plus large. J'ai descendu plusieurs marches supplémentaires avant que mes bottes ne se posent sur la terre ferme, et je me suis éloignée pour faire de la place aux autres. Il faisait nuit noire dans le tunnel, le genre d'obscurité qui engloutissait la lumière et semblait avoir une forme et une apparence qui lui était propre. La petite lampe de poche de Rhys atténuait à peine la pénombre, et j'ai essayé de stopper l'effet de la chair de poule sur ma peau.

« Par ici. » Il a tendu la main pour me serrer la mienne une fois avant de commencer à descendre dans le tunnel large et humide.

Ce tunnel était plus grand que je ne l'aurais cru, avec des plafonds d'au moins trois mètres de haut et des murs en ciment tachés. Mon sens de l'orientation n'était pas bon, mais j'avais mémorisé le chemin que nous devions prendre, juste au cas où. Lorsque nous avons atteint un croisement de tunnels, nous avons tourné à gauche, puis à droite, et encore à droite. Les gars se sont pressés autour de moi, tous ensemble, mais même la chaleur de leurs corps ne pouvait dissiper le froid humide dans l'air.

Finalement, West a levé la main, pour nous faire nous arrêter.

Rhys a balayé le faisceau de sa lampe de poche autour de lui, puis l'a arrêté sur une grille métallique sombre qui trônait sur le mur. « Là. Comme Carl l'a dit. »

Sans hésitation, West et Noah ont fait un pas vers le mur, en s'agrippant aux avant-bras l'un de l'autre pour créer une plateforme de fortune. Jackson a sorti le chalumeau et une paire de lunettes du sac qu'il portait dans son dos, jetant le sac vide sur le sol. Il a enfilé ses lunettes, puis s'est hissé sur les bras de ses compagnons de meute, qui l'ont soulevé tandis qu'il s'appuyait d'une main contre le mur pour se maintenir en place. Quand il a été au niveau de la grille, il a allumé le chalumeau.

« Détourne les yeux », a-t-il ordonné d'un ton faussement solennel, mais il n'a pas eu besoin de me le dire deux fois. La flamme brûlait si fort que l'obscurité environnante semblait plus épaisse, et quand je clignais des yeux, de petites taches blanches dansaient dans ma vision. J'ai gardé les yeux détournés, comptant les minutes avec impatience jusqu'à ce que le doux souffle du chalumeau s'éteigne et qu'un bruit sourd ne se fasse entendre.

« Désolé. Désolé. » a grogné Jackson. « C'est ouvert. »

J'ai senti l'excitation dans mon ventre et j'ai fait un pas en avant, en regardant l'ouverture qui venait d'être faite sur le pan du mur. Le faible faisceau de Rhys l'a éclairé comme un projecteur alors que Jackson se levait et se hissait dans le trou.

J'ai suivi et j'ai paniqué un moment à l'idée que je serais trop petite pour atteindre cette fichue chose. Mais j'avais oublié que je faisais équipe avec quatre métamorphes massifs et musclés. Noah et West m'ont soulevée si rapidement que j'ai été pratiquement projetée sur le côté du mur, et Jackson a attrapé mes poignets, en me tirant dans le conduit métallique.

Il s'est reculé pour me faire de la place, avant d'appeler à voix basse par-dessus mon épaule : « Ça va, les gars ? «

« Ouais. Allez-y. Mais une fois que tu seras sorti du conduit, *attends-nous*. »

Il y avait une subtile note d'avertissement dans la voix de West, mais il n'avait pas besoin de s'inquiéter. Jackson pouvait mettre le feu à des fourgons pour s'amuser, mais quand il s'agissait d'une merde comme celle-ci, il n'agissait pas de manière imprudente ou impulsive. C'était trop important.

« Jusqu'ici, tout va bien », a murmuré Jackson, en m'adressant un petit sourire tout en me poussant à avancer.

Nous avons rampé dans les conduits et avancé lentement pour rester aussi silencieux que possible. D'après les plans du bâtiment, le complexe Strand comptait cinq niveaux, sans compter le seul étage au-dessus du sol. Si nos estimations étaient correctes, la bouche d'aération qui sortait du tunnel devait nous faire sortir au troisième niveau. D'après la disposition du seul autre complexe que nous connaissions, il semblait peu probable que les sujets d'expérience soient gardés trop près de la surface, nous descendrions donc avant de remonter.

Nous avons atteint une grille peinte au bout du tunnel étroit, et Jackson a sorti quelques outils de sa veste : il m'a dépassée pour la dévisser avant de la tirer dans le conduit. Puis il s'est laissé tomber à l'étage inférieur avant de se lever pour m'aider à descendre. Le reste de mes camarades a rampé derrière nous, en atterrissant doucement sur leurs pieds bottés.

« Regardez. Ils ont des rayons de détection installés sur les portes. » Jackson a secoué la tête vers une porte située un peu plus loin dans le hall. Deux fines lignes bleues de lumière traversaient le cadre.

« Ils sont assez espacés. Nous devrions être en mesure de passer sans déclencher les alarmes », a murmuré West.

« Ouais. Faites juste attention », a ajouté Noah.

J'ai fait pivoter mon regard de haut en bas dans le long couloir. Il avait des murs blancs et un sol carrelé, et quelque chose en lui était si intimement familier que mon cœur battait la chamade. Ma louve a gémi alors que le cauchemar que j'avais fait me revenait en mémoire, et je me suis demandé si c'était vraiment une énorme erreur de venir ici.

« Mon Dieu. Cet endroit est flippant putain ! », a chuchoté Jackson à côté de moi.

« Ça rappelle des souvenirs, n'est-ce pas ? » a demandé Noah.

« Ouais. » La voix de Rhys était dure, issue d'une colère qui mord l'âme. « Mais rien que je n'ai jamais voulu revivre. »

Le fait d'entendre l'agitation dans leurs voix a un peu apaisé mes nerfs à vif. C'était dur pour nous tous. Ça ne me rendait pas faible de ne pas vouloir être ici. Ça me rendait juste saine d'esprit.

West a sorti une deuxième lampe de poche, dont le faisceau a rebondi sur les murs stériles tandis que nous nous glissions dans les couloirs sombres. Chaque fois que nous franchissions une porte, nous devions manœuvrer avec précaution entre les faisceaux lumineux bleus, ce qui me faisait avoir les paumes moites et me serrait le cœur. Si un seul rayon était brisé, tout Strand aurait su que nous étions ici.

Nous avons balayé tout l'étage, passant devant des bureaux et des salles de stockage, mais n'avons vu aucun signe de créature vivante.

« Essayons le niveau inférieur suivant » , a murmuré Noah alors que nous traversions le grand espace ouvert qui formait le hub central.

« Carl ? Le troisième niveau est libre. » West a parlé dans l'oreillette qu'il portait, hochant la tête à la réponse qui lui parvenait. Il a jeté un coup d'œil au reste d'entre nous par-dessus son épaule. « Au prochain étage, il y a de petites zones de détention. En dessous, il y a les grandes salles. »

Ma bouche était sèche comme du papier de verre et je n'ai même pas essayé de parler. J'ai juste hoché la tête en signe d'accord, et nous avons pris tous les cinq un autre couloir amenant vers une nouvelle série d'escaliers.

Le niveau suivant ne ressemblait à rien de ce que j'avais vu au complexe Strand à Austin - il ressemblait plus à quelque chose qui était sorti de mes cauchemars. La large zone qui constituait le centre principal était bordée de grandes cages métalliques. Tout avait l'air plus miteux et plus usé, et une odeur persistante de type fourrure humide flottait dans l'air.

Des marques d'éraflures marquaient les carreaux de linoléum.

Rhys et West se sont déplacés autour du périmètre, plaçant de petits appareils dans les coins de la pièce qui ressemblaient à de la pâte à modeler avec des fils qui en sortaient. Mes pieds m'ont traîné à reculons vers l'une des cages. Elle mesurait environ deux mètres de haut sur trois de large, et une gamelle pour chien était posée à l'intérieur, à moitié pleine d'eau. Mon estomac s'est tordu en imaginant un métamorphe malchanceux coincé ici, traité comme un animal sauvage, et la colère s'est mise à brûler dans ma poitrine.

« C'est quoi cet endroit ? » ai-je chuchoté, d'une voix rude et étouffée.

« Une zone d'entraînement. » Jackson a craché les mots, ses yeux ambrés flamboyaient dans la faible lumière. « Ça n'a jamais paru suffisant à Strand de simplement créer des métamorphes. Ils veulent voir ce que leurs petits jouets peuvent faire, ce que les différents sujets d'expérimentation sont capables de faire. »

« Donc ils... entraînent les métamorphes ? »

« Ils essaient. Mais nous ne sommes pas des putains de chiens – c'est une chose que le Docteur Shepherd et son équipe de monstres n'ont jamais semblé réaliser. »

J'ai frissonné. Comment avait dû être la vie de Sariah pendant toutes ces années ? En supposant qu'elle soit vraiment dans cette enceinte, qu'a-t-elle été forcée de subir au nom de la recherche ?

Rhys s'est approché de moi, les mains serrées en poings. Ses narines étaient dilatées, et je savais qu'il devait utiliser toute sa volonté pour ne pas frapper la cage métallique avec ses poings et ses bottes. Mais déchaîner sa rage n'aiderait pas à récupérer Sariah. Et nous étions si proches.

J'ai posé une main sur son épaule. Tout son corps tremblait, ses muscles étaient tendus comme des élastiques.

« Nous allons sortir Sariah d'ici, Rhys », ai-je chuchoté. « Continuons. »

Il a secoué la tête d'une façon ferme, mais j'ai senti qu'il relâchait sa respiration contenue. Il s'est retourné pour rejoindre West, et tous deux nous ont conduits vers un autre couloir, s'arrêtant pour se glisser entre les poutres bleues qui sillonnaient l'entrée du couloir. De grandes fenêtres en verre bordaient les murs, révélant l'intérieur des petites pièces que nous avions vues sur les plans. De temps en temps, l'un des hommes déposait un autre des petits appareils que Carl nous avait donnés.

Certaines pièces étaient équipées de tables d'examen comme celles sur lesquelles je m'étais assise lors d'innombrables visites et examens. Certaines avaient des lits d'hôpital. D'autres avaient des lits de camp posés contre les murs.

J'ai accéléré le pas, en essayant de fermer mon esprit aux souvenirs horribles que cela faisait remonter et j'ai marché discrètement derrière West et Rhys.

Un bruit sourd et soudain est venu de ma droite, et j'ai glapi, en m'écartant du bruit. Mon cœur s'est écrasé contre mes côtes alors que les quatre hommes autour de moi se sont tous tournés vers le bruit, prêts à se battre.

Mon souffle s'est arrêté dans ma gorge.

Un visage s'est pressé contre la vitre de la pièce à côté de nous. Deux mains aux doigts osseux s'étalaient sur la vitre, laissant des traces de crasse et de sueur sur la surface lisse.

C'était une femme. Peut-être dans la trentaine, avec des cheveux blonds filasses et des yeux sauvages.

« *Sortez !* »

Sa voix était étouffée par le verre épais, mais il était facile d'y entendre la panique et la peur.

« Putain de merde », a marmonné Jackson, les yeux écarquillés.

Le corps de la femme a été secoué, ses os se sont transformés et se sont étirés sous sa peau. Mais elle ne s'est pas transformée. Elle a grimacé de douleur, en se pressant contre le verre comme si elle pouvait le traverser de force. Après un moment, ses os se sont stabilisés, la gardant toujours sous sa forme humaine.

Elle haletait, sa tête était secouée d'avant en arrière tandis que des larmes coulaient sur ses joues. Puis elle a frappé le verre à nouveau, fort, ce qui m'a fait sursauter.

« Sortez ! » a-t-elle crié. « *Sortez, sortez, sortez, sortez !* »

Je n'arrivais pas à reprendre mon souffle. La peur, le dégoût et la pitié luttaient en moi, et le désordre d'émotions qui en résultait me donnait envie de vomir. « Que... qu'est-ce qui ne va pas chez elle ? »

« Elle ne peut pas se transformer. » Les muscles de la mâchoire de West ont vibré. Une douce lumière bleue a jailli d'une batterie de moniteurs sur le mur de la pièce, en se répandant dans le couloir et en donnant un éclat fantomatique au visage émacié de la femme. « Elle est coincée à mi-chemin. Son corps continue de se briser et de se reformer à l'intérieur. »

Oh, putain. J'ai essayé d'imaginer la douleur que je ressentirais pendant une transformation qui déchirerait mon corps encore et encore, et j'ai blanchi au vu du frisson qui m'envahissait.

« Ils ne l'ont *toujours pas* amélioré », a marmonné Jackson, les lèvres retroussées. « Quand vont-ils abandonner et arrêter de jouer à Dieu ? »

La femme avait de nouveau le front appuyé contre

la vitre, son visage se déformait en une expression angoissée tandis qu'elle nous fixait. Ses doigts s'enroulaient de manière convulsive comme des araignées mourantes, et sa poitrine se soulevait et s'abaissait en respirations profondes et irrégulières.

Je me suis éloignée alors que Jackson s'avançait, baissant la tête pour croiser le regard de la femme. Il a secoué la tête avec tristesse, et a tendu une main pour la presser contre la sienne à travers la vitre.

Au moment où sa paume a touché la vitre, une alarme a brisé le silence, traversant le couloir désert comme un ouragan.

Je me suis figée, suspendue sur place par le son alors que la peur m'épaississait le sang.

Il a retiré sa main et s'est retourné pour nous faire face. « Merde ! Je n'ai rien fait. Je te le jure ! »

CHAPITRE VINGT-TROIS

« Putain, qu'est-ce qui s'est passé ? » Jackson avait l'air effrayé. « C'était le verre ? Putain, comment… ? »

La sirène m'a percé le crâne et nous nous sommes tous retournés, en recherchant la source de la menace. Le regard de Noah s'est posé sur moi, et l'expression sur son visage m'a glacé le sang.

J'ai jeté un coup d'œil vers le bas.

La fine ligne bleue de lumière qui traversait le cadre de la porte derrière moi avait été coupée par l'arrière de ma jambe. De justesse. Mais suffisamment.

L'incrédulité et le choc m'ont retourné l'estomac et j'ai rapidement fait un pas en avant. Mais l'alarme ne s'est pas arrêtée. J'avais déclenché le capteur et je ne pouvais pas l'arrêter.

« Carl ! Peux-tu… » West a mis une main sur son oreille, en luttant pour entendre quelque chose à l'autre bout. Puis il a levé les yeux et son expression était sinistre. « Les capteurs ont été déclenchés et ont lancé l'alarme. Carl a capté le signal. »

« Merde. » Noah a passé une main dans ses cheveux. « Combien de temps on a ? »

« Pas longtemps. Carl vérifie les caméras sur un rayon plus grand et il nous préviendra autant que faire se peut. Mais vu le temps de réponse au complexe d'Austin, je dirais moins de dix minutes. »

« Putain. *Putain* ! » Rhys a penché la tête en arrière et a rugi, le son s'élevant à peine au-dessus du hurlement de l'alarme. Il a sorti un pistolet de l'étui à son côté et a tourné la tête dans notre direction. « Allez ! Sortez maintenant. Je vais chercher Sariah. »

« T'es complètement fou, mec ? » Les yeux de Jackson se sont agrandis, incrédules.

« Je ne vais pas m'approcher aussi près encore une fois et partir sans elle ! ». Rhys a insisté. « Si nous échouons, qui sait ce qu'ils feront à tous ceux qui restent dans cet endroit ? Ils pourraient tuer tous les sujets qui sont ici juste pour garder leur secret en sécurité ! Je ne suis pas... »

« Non, je voulais dire que tu es complètement cinglé si tu crois qu'on va te laisser derrière, connard ! » Jackson a crié par-dessus l'alarme, en secouant la tête comme si Rhys était un idiot. « Nous n'abandonnons pas les nôtres. »

Les deux autres hommes ont acquiescé et j'ai senti ma tête vaciller sur mon cou. La peur m'a traversée comme du métal liquide, si fort que mes genoux se sont pratiquement entrechoqués. Mais c'était ma faute. J'avais déclenché l'alarme, envoyé l'appel aux gardes, et il était hors de question que j'abandonne Rhys pour qu'il les affronte seul.

Et il avait raison. C'était notre dernière chance.

Après ça, il n'y aurait plus d'alternative.

Le visage de Rhys s'est déformé en une grimace, et il a semblé lutter contre son instinct pour nous forcer à partir, pour nous garder en sécurité. Mais on n'avait pas le temps de discuter et il le savait.

Il a hoché une fois la tête et ses yeux bleus brillants ont marqué le coup.

Puis il s'est tourné vers la fenêtre, en levant son arme. Les yeux de la femme se sont élargis en comprenant ce que cela signifiait. Elle a fait un pas en arrière juste avant qu'il ne tire deux coups de feu dans le côté gauche de la grande vitre. Le verre s'est brisé et le métamorphe à l'intérieur de la pièce a poussé un glapissement. Son corps s'est mis à onduler douloureusement à nouveau, mais elle a avancé en traînant les pieds à travers les éclats de verre. Elle n'avait pas besoin d'être un vrai loup pour sentir la liberté quand elle lui faisait signe.

Tout en rengainant son arme, Rhys s'est avancé, en

passant à travers le cadre maintenant ouvert et a attrapé la femme par les bras. Son corps était tendu, mais sa voix était étonnamment douce lorsqu'il lui parlait.

« Hé, hé ! Tout va bien. Vous allez bien. Quel est votre nom ? »

La femme a levé les yeux vers lui avec une expression vide dans le regard pendant un moment, comme si elle ne comprenait pas bien la question. Puis elle a marmonné, « J-Julie. »

« Salut, Julie. Je m'appelle Rhys. On va te sortir de là, d'accord ? » Il a baissé la tête, en essayant d'attraper et de soutenir son regard sauvage. « Mais nous avons besoin de ton aide. Y a-t-il d'autres personnes ici ? Où sont-elles ? »

La bouche de la femme s'est ouverte et fermée plusieurs fois avant qu'elle ne force les mots à sortir. « Oui. En bas. Je peux… vous montrer. »

Tout en se penchant plus loin dans la pièce, Rhys a pris la femme dans ses bras. Elle était si mince et frêle qu'il l'a facilement soulevée et l'a aidée à sortir de la petite pièce. Elle portait une blouse d'hôpital, et ses jambes nues dépassaient du vêtement trop grand comme deux bâtons pâles. Lorsqu'il l'a déposée dans le couloir, elle a failli s'effondrer à nouveau alors qu'une nouvelle transformation inachevée secouait son corps.

Il l'a stabilisée et elle s'est accrochée à sa veste, en

haletant pour respirer. Quand la vague est passée, elle a levé la tête, en ayant le regard un peu plus concentré.

« En bas. Viens. »

Julie boitait dans le couloir, Rhys soutenant en grande partie son poids. Jackson est arrivé de l'autre côté, glissant également un bras autour d'elle.

Même morte de peur comme je l'étais, mon cœur s'est mis à se gonfler d'amour pour ces hommes. Strand avait détruit ma foi dans l'Homme, mais ces quatre métamorphes avaient réussi à la raviver, lentement mais sûrement.

Ils devaient vivre. Le monde ne pouvait pas se permettre de les perdre. Et moi non plus.

« Allez, Scrubs. »

La main de Noah a glissé dans la mienne et m'a fait ainsi sortir de mon état de glace. Je l'ai serrée fort et nous nous sommes précipités dans le couloir comme les autres. Julie nous a conduits à une autre série d'escaliers cachés derrière une porte verrouillée et, sans perdre un instant, Rhys a tiré sur la serrure. Il n'y avait plus de raison de faire attention maintenant - nous devions juste être rapides.

Nous nous sommes précipités en bas des marches, les escaliers en métal tremblaient sous nos pas et nous avons passé une autre porte dans le niveau le plus bas du complexe.

Ici, l'odeur de « fourrure humide » était pire. Je

pouvais sentir ma louve tressaillir à l'intérieur alors que nous courions dans un court et large couloir. L'odeur l'a agitée.

« Par là. Par là ! »

La voix de la femme métamorphe était rauque, comme si elle s'était déchiré les cordes vocales en criant. Je pouvais à peine l'entendre à cause de la sonnerie continue de l'alarme. Mais elle avançait plus régulièrement maintenant. Elle semblait tirer des forces de sa nouvelle mission.

West a tiré sur le verrou des doubles portes et les a écartées d'un coup de pied, les faisant voler en l'air. L'espace au-delà était sombre et ouvert – c'était l'une des énormes pièces que nous avions vues sur les plans. Il a balayé sa lampe de poche d'un rapide coup d'œil et mon regard a suivi le faisceau.

Dans ce grand espace, qui était à peu près de la taille de la cour d'entraînement du complexe Strand où j'avais grandi, se trouvaient des formes sombres. Il a fixé sa lumière sur l'une d'entre elles, et j'ai sursauté lorsque les yeux vifs d'un loup se sont braqués sur nous. L'animal a bondi sur ses pattes et ses poils se sont dressés. Tout autour de nous, je pouvais sentir le mouvement des autres métamorphes qui se réveillaient.

« Sariah ? Sariah !! » Rhys a hurlé dans l'obscurité, sa voix puissante s'élevant au-dessus de l'alarme. Il a allumé sa propre lampe de poche, laissant Jackson soutenir la femme frêle à côté de lui tandis qu'il tournait en cercles, éclairant d'autres métamorphes - certains sous forme humaine, d'autres sous forme de loup.

« *Rhys !* »

J'ai entendu un cri perçant une seconde avant qu'une jeune fille ne traverse la pièce et se jette dans les bras de Rhys. La lampe de poche est tombée de sa main et a glissé sur le sol, mais dans la lumière ambiante du faisceau, j'ai pu le voir entourer la fille de ses bras et la serrer fort. Elle était nue, mais ses longs cheveux noirs tombaient presque sur ses hanches.

Sariah.

Elle était ici. Nous l'avions trouvée.

Rhys et elle s'accrochaient l'un à l'autre comme si leur vie en dépendait, ignorant le monde qui les entourait pour le moment, mais West et Noah se tournèrent vers les autres métamorphes.

« On sort d'ici, » a dit West à voix haute. « Nous sommes venus pour elle, mais vous pouvez tous venir avec nous si vous voulez. »

Ces mots ont semblé faire sortir Rhys de sa bulle, et il s'est détaché de Sariah, son expression se durcissant. Il fallait encore sortir d'ici ou leurs retrouvailles n'auraient servi à rien.

« Faites-leur confiance ! » a appelé Sariah, se

tournant pour faire face aux autres, sa main saisissant celle de Rhys. « C'est... c'est mon frère. C'est un métamorphe. »

« Les gars, on doit y aller ! » Jackson a jeté un regard anxieux vers la porte, en rebondissant sur ses pieds. « Comme *hier* ! »

West a levé une main, la plaçant sur son oreille et Rhys a imité le geste. Leurs expressions ont changé exactement au même moment, et leurs yeux se sont verrouillés.

« Merde. On n'a plus le temps. Ils sont là. »

La voix de Rhys était basse, mais je l'ai quand même entendue. Les gardes qui avaient été appelés par l'alarme étaient arrivés. Et nous étions coincés au niveau le plus bas du complexe souterrain. Tout ce qu'ils avaient à faire pour nous achever était de nous enfermer.

« Y a-t-il un autre moyen de monter que celui par lequel nous sommes descendus ? » Jackson a attrapé les épaules de la métamorphe, en se mordant la lèvre alors qu'il cherchait désespérément son visage. Derrière lui, West s'est précipité dans les coins de la pièce, plaçant plusieurs charges sur le sol.

Julie a frissonné lorsque son corps a essayé de se déplacer, haletant lorsqu'elle a répondu. « Il y a deux... autres pièces... comme celle-ci. Vides. Des escaliers mènent à chacune d'elles. »

« Peux-tu nous y emmener ? »

Elle a hoché la tête de manière saccadée. Je me suis penchée pour ramasser la lampe de poche jetée par Rhys, la balayant sur les métamorphes qui nous suivaient alors que nous nous dirigions vers la porte. Certains étaient en bonne forme, mais d'autres semblaient presque aussi mal nourris que Julie. Ces sujets d'expérimentation n'avaient manifestement pas été soignés de la même manière que moi.

Parce que j'étais *spéciale*.

J'étais pleine de colère et de dégoût tandis que Julie nous guidait à travers une série de petits couloirs. Quand nous sommes arrivés dans un autre grand couloir, elle a pointé sa tête vers la porte au bout. Nous l'avons franchie et avons monté les marches, le niveau sonore que nous émettions avait augmenté de façon exponentielle maintenant que notre groupe avait plus que triplé. Plusieurs métamorphes ont gardé leur forme de loups et leur masse se déplaçait rapidement.

Nous avons monté deux étages avant que les escaliers ne s'arrêtent, formant ainsi un embouteillage de fourrures et de corps. C'était le même niveau que celui où nous étions arrivés; si mon sens de l'orientation était bon, nous étions à l'extrémité d'un des tunnels. Nous devions aller plus loin vers le centre principal pour trouver les escaliers qui menaient à la surface.

Jackson a poussé la porte, en jetant un coup d'œil

dans le hall, puis a hoché la tête et est sorti. Julie ne se cramponnait plus à lui pour la soutenir, bien que son corps tremblait encore sous l'effet de secousses réprimées. Ses dents étaient serrées en une grimace, mais l'adrénaline qui déferlait dans son système semblait lui donner de la force.

Elle non plus ne semblait pas connaître son chemin à cet étage, alors Jackson a pris les devants et s'est précipité dans le couloir sombre vers la porte ouverte du centre principal.

Nous étions à mi-chemin quand la sirène s'est arrêtée.

Le silence soudain dans l'air était si perturbant que j'en ai presque perdu l'équilibre, et j'ai trébuché avant que West ne me rattrape par le bras.

Puis les lumières se sont allumées, les tubes fluorescents chassant les ombres sombres qui nous entouraient. J'ai sursauté, comme aveuglée par ce changement soudain.

Je n'avais pas trouvé l'obscurité très réconfortante, mais la lumière était terrifiante. Mes pas ont ralenti, mon regard était rivé sur l'ouverture au bout du couloir.

« Ne t'arrête pas ! »

Jackson a accéléré le pas, les semelles dures de ses bottes martelaient le sol tandis qu'il tendait la main à Julie pour la tirer.

J'avais l'impression que mon cœur essayait de

remonter dans ma gorge et j'ai cherché à respirer même si la peur me coupait le souffle. Mon point de côté me poignardait, mais je l'ai ignoré, et j'ai sprinté à fond dans le couloir aveuglant et lumineux.

Finalement, nous avons dépassé le grand espace ouvert au milieu. C'était tellement plus civilisé que la pièce correspondante au niveau inférieur. Ici, il n'y avait pas de cage au pied des murs, aucune marque de griffe ne marquait le carrelage. Ce niveau était pour les humains, pas pour les animaux qu'ils essayaient d'apprivoiser.

Jackson a ralenti, tournant la tête pour chercher une possible sortie. Il a viré à gauche, nous menant ainsi vers un autre couloir qui s'éloignait de la pièce principale.

Mais avant que nous l'ayons atteint, plusieurs hommes costauds en tenue de combat se sont avancés pour remplir l'espace.

« Ah, merde ! »

Il a dérapé et changé de direction. Mais c'était trop tard. Les gardes de Strand se tenaient devant chacune des portes menant à la sortie, sauf celle par laquelle nous venions de passer - et nous savions déjà qu'elle menait à une impasse.

Jackson s'est arrêté au centre du grand espace, et j'ai trébuché pour m'arrêter, heurtant West et Noah alors qu'ils se pressaient près de moi, armes dégainées.

Les hommes murmuraient et les loups grognaient alors que le groupe de métamorphes que nous avions libérés se rassemblait en un nœud serré autour de nous.

Non. *Pas libérés.*

Nous étions loin d'être libres pour le moment.

CHAPITRE VINGT-QUATRE

Tout le monde est resté figé pendant un instant. J'ai regardé tout autour de moi. Il y avait au moins cinquante gardes rassemblés autour de nous, qui bloquaient les entrées et nous encerclaient. Tous les hommes qui nous menaçaient étaient grands, musclés, et se comportaient comme des soldats. Mais le visage que je redoutais le plus - les traits ciselés, le cou épais et les cheveux courts et hérissés du Terminator blond, Nils - n'était pas présent.

Tant mieux. Au moins, ce n'est pas cet enfoiré qui me tuera.

« Prenez le sujet du milieu en vie. Gardez un ou deux des autres intrus en vie pour les interroger » a aboyé un homme aux cheveux roux et courts. « Descendez les autres si nécessaire. »

Les autres gardes ont hoché la tête de manière

forte. Comme s'ils partageaient un seul cerveau, ils ont tous fait un pas en avant, en se rapprochant de nous. Les loups autour de moi se sont déplacés et ont grogné et leurs poils se sont hérissés. Sariah, qui était toujours sous sa forme humaine, a essayé de se mettre devant Rhys, mais il a tendu un bras pour la retenir. Son autre main tenait une arme pointée vers les gardes.

Pendant un moment, la tension a crépité dans l'air comme un éclair. Puis l'un des loups métamorphes s'est jeté en avant, en claquant des dents. Un garde aux cheveux noirs a pivoté sur la droite, comme s'il allait abattre la louve, mais avant qu'il ne puisse tirer, l'arme de Rhys a émis un son court. Dans un cri, le garde s'est effondré, et l'un de ses bras s'est envolé pour s'agripper à la blessure par balle à son épaule. Sans perdre un instant, la louve lui a sauté dessus, déchirant l'épaule blessée de l'homme comme si elle essayait d'enlever les balles avec ses dents.

L'homme a crié, et le chaos a éclaté.

Les gardes qui nous entouraient ont tiré de nouveaux coups de feu et notre groupe s'est dispersé vu que tout le monde s'est précipité pour se mettre à l'abri. La pièce était pratiquement vide, il n'y avait pas grand-chose pour se cacher. Je me suis baissée, en serrant la poignée de mon arme, les mains moites. Des grognements et des cris se sont élevés dans l'air autour de moi, ponctués par la détonation des coups de feu.

Près de moi, West a jeté un coup d'œil sauvage autour de lui. « Nous devons sortir de cette pièce ! Nous sommes des canards assis dans ce… »

Ses mots ont été coupés par un grognement alors qu'une balle se logeait dans sa poitrine. Son visage a marqué la surprise et la douleur avant qu'il ne s'écroule. Son corps a été propulsé en arrière par la force du coup. Il a heurté le sol avec force et le temps a semblé s'arrêter.

Mon *cœur* s'est arrêté.

Une partie de mon âme s'est flétrie et est morte.

Non… Pas West. Pas mon compagnon.

Rhys a rugi, s'avançant pour viser l'homme qui avait abattu West. Un tir a mis fin à sa vie, mais je n'ai pas célébré la mort du garde. J'ai à peine remarqué le sang.

Mon attention était rivée sur la poitrine de West, alors que Rhys nous couvrait et que Jackson se précipitait vers lui, passant ses mains sur le gilet sombre qu'il portait. Après une seconde, West a toussé, en se tournant sur le côté en haletant pour respirer.

« Putain. Il va bien ! Le gilet a arrêté la balle. » Jackson a levé les yeux, ses yeux ambrés brillaient de soulagement.

Dans mes veines, mon sang s'est transformé en eau. Même le fait d'entendre ces mots n'était pas suffisant pour chasser la peur froide qui m'a traversé l'esprit à l'idée de ce qui aurait pu se passer. A quel point cela aurait pu être pire.

Ma louve a hurlé à la vision dévastatrice, la rage l'emplissait - m'emplissait. Sa colère était ma colère alors que je tournais sur moi-même et que je visais deux gardes qui s'étaient réfugiés dans l'entrée et qui tiraient dans la pièce.

Avec un cri sauvage, j'ai couru vers eux, visant avec mon arme et appuyant sur la gâchette encore et encore, comme West me l'avait demandé la première fois qu'il m'avait mis une arme dans les mains.

J'étais une putain de mauvaise tireuse, et chaque balle que je tirais manquait sa cible. Mais ça n'avait pas d'importance. Ça les empêchait d'attaquer quelqu'un d'autre, ça les empêchait de me tirer dessus. Une fois arrivée à quelques mètres, j'ai jeté mon arme au sol et laissé la transformation qui brûlait en moi se produire enfin. Tout en continuant à avancer, mes muscles et mes os se sont brisés et reformés, ma fourrure a poussé et mon museau s'est allongé. Les dents et les griffes ont poussé.

Ça faisait mal comme toujours, mais la douleur aiguë ne faisait qu'alimenter ma rage et me stimuler. Une fois totalement arrivée sous ma forme de louve, j'ai bondi, en poussant le sol carrelé sur lequel je glissais avec mes énormes pattes arrière.

J'ai vu les expressions des hommes changer. En

me voyant, les deux grands gardes, pourtant rompus au combat et à la violence, ont blanchi de peur. Ils ont tous les deux levé leur arme, mais le temps qu'ils le fassent, j'étais déjà sur eux. J'ai frappé l'un d'eux de tout mon poids, le faisant basculer. Un coup de dent a pris soin de son bras qui tirait. Un autre claquement de mes mâchoires a mis fin à sa vie.

Pendant que j'étais distraite, l'autre homme a bondi sur moi, enroulant son bras autour de mon cou et enfonçant le canon de son arme dans ma fourrure. J'ai hurlé, tremblant comme un chien mouillé, mais il s'est accroché de façon féroce.

« Scrubs ! »

La voix de Noah était empreinte de panique, et une seconde plus tard, un coup de feu a percé l'air. Une douleur aiguë m'a traversé le corps, et pendant un moment, j'ai cru que c'était fini - le garde m'avait tiré dessus.

J'attendais que le monde devienne noir et que la mort me prenne. Mais au lieu de cela, l'homme au-dessus de moi a gémi.

Du liquide a coulé sur ma fourrure alors que ses muscles se relâchaient, son poids semblant augmenter alors que son corps devenait flasque. J'ai tremblé à nouveau, et il a échappé à ma prise, tombant le dos en premier sur le sol. Il avait reçu une balle dans la poitrine - la même balle avait dû me toucher aussi, mais elle n'avait presque pas fait de dégâts.

J'ai jeté un coup d'œil à Noah, ma vision améliorée a capté ses moindres traits alors que le soulagement et l'inquiétude passaient sur son visage. Son arme était toujours pointée sur l'homme.

Je n'ai pas eu le temps de le remercier. Un mouvement dans mon champ de vision a attiré mon attention, et je me suis retournée juste au moment où deux autres gardes se précipitaient vers moi. Du sang coulait de mon museau et j'ai retroussé mes lèvres en un grognement d'avertissement. Je me suis jetée sur le premier homme, déchirant sa chair comme du papier de soie. J'ai serré mes mâchoires autour de son bras et j'ai tiré, réussissant à le déséquilibrer. Puis je me suis tournée vers l'homme suivant, toujours plus affamée, désespérée d'assouvir ma rage de prédateur. Son sang avait un goût de cuivre sur ma langue, se mêlant au goût plus doux du premier garde.

Les cris et les hurlements sont devenus ma bande-son alors que je me déplaçais sans réfléchir, laissant la sauvagerie sauvage de ma louve s'exprimer. J'ai attaqué comme une machine, déchirant la chair et les os encore et encore.

Finalement, des mots ont percé la brume de combat dans mon crâne.

« Alexis ! On doit partir ! Tu as dégagé une sortie.

On doit se barrer d'ici ! »

Jackson se tenait dans l'embrasure de la porte où les chasseurs s'étaient mis à l'abri, son bras toujours drapé autour de Julie. Elle avait l'air d'être encore moins bien, s'affaissant alors que ses muscles et ses os bougeaient sous sa peau - comme si elle avait déjà brûlé toutes les forces que l'adrénaline lui avait données.

Mon compagnon a visé la pièce, tirant de temps en temps sur ceux qui s'approchaient trop près. Dans le grand espace, plusieurs corps de loups abattus gisaient sur le carrelage dur, rejoignant les corps des gardes morts.

La douleur a poignardé mon cœur. *Ce n'était pas possible putain.* Nous avions essayé de sauver tous les prisonniers de ce complexe, mais si nous ne nous tirions pas d'ici rapidement, notre apparence finirait par les condamner à mort.

J'ai baissé ma grosse tête, ma langue est sortie pour laper le sang sur mon museau. Puis j'ai regardé derrière moi. La porte ouverte sous une arche où se tenait Jackson menait à un couloir. Je l'ai à peine reconnu avec les lumières allumées, mais je pouvais dire à l'odeur que c'était le même couloir que celui que nous avions emprunté lorsque nous étions sortis de la ventilation.

J'ai hurlé, en inclinant ma tête en arrière et ce cri court et plaintif ont attiré l'attention des autres métamorphes dans la pièce. Rhys et West ont foncé vers moi, avec Sariah prise en sandwich entre eux. Quelque chose dans mon cœur s'est un peu détendu en voyant West sur pied, mais la soif de sang battait trop fort dans mes veines pour célébrer cela de la bonne manière.

Les autres loups et les métamorphes se sont précipités vers nous pendant que nous descendions le hall vers une porte d'accès à la cage d'escalier.

« Allez ! Allez, allez ! » Jackson leur a fait signe de passer, en tenant la porte pendant que Rhys et West les couvraient. Pendant le combat, Noah s'était déplacé et son museau brillait de sang tandis qu'il encourageait ceux qui trainaient à continuer. Julie s'est affaissée contre le mur, avec les paupières baissées.

Quand le dernier des cobayes a franchi la porte, Rhys a secoué la tête, et nous avons tous couru après eux. Nos pas faisaient le bruit d'un orage tandis que nous nous précipitions dans les escaliers, nous déplaçant aussi vite que possible dans un espace aussi confiné. Quand nous avons atteint le palier du niveau suivant, la porte de la cage d'escalier en dessous de nous s'est ouverte à nouveau.

Merde. Ils étaient juste au-dessus de nous.

« Plus vite ! Putain, plus vite ! »

Jackson avait son bras enroulé autour de la taille de Julie, la portant pratiquement dans les escaliers comme un sac de pommes de terre, et j'ai eu une soudaine impression de déjà-vu alors que j'étais envahie par le souvenir de notre première évasion de Strand : des hommes qui m'aidaient à rester sur mes pieds alors que je trébuchais, mes membres engourdis par le choc et la peur.

Haletants, nous avons tourné le coin de la prochaine volée de marches.

Si *près du but*.

Mais nous étions si nombreux à nous bousculer que cela nous ralentissait. J'ai jeté un coup d'œil en arrière. Le garde qui se trouvait en tête de nos poursuivants - l'homme roux et costaud qui avait donné des instructions - est arrivé au coin de l'escalier derrière nous, prenant appui sur le palier pour pointer son arme et stabiliser la poignée à deux mains.

« *Non* ! » La voix de Julie n'était guère plus qu'un croassement, mais elle s'est arrachée à la prise de Jackson.

Ses traits changeants se sont déformés en un masque de rage alors qu'elle se tournait vers le garde et courait vers lui. Ses membres brisés et instables la propulsaient vers l'avant lorsqu'un coup de feu a retenti.

La balle l'a touchée à l'estomac, mais c'était trop tard. Dans un cri rauque, elle s'est élancée du palier, dévalant les escaliers vers l'homme, la gravité la transformant en une boule de démolition à moitié humaine. Il a tiré une nouvelle fois avant qu'elle n'atterrisse sur lui, enroulant ses bras et ses jambes autour de lui pendant qu'ils tombaient tous les deux. Ils ont roulé ensemble, dévalant les escaliers dans un enchevêtrement désordonné de membres. Sa tête a heurté les marches en un angle bizarre, et quand ils se sont arrêtés sur le palier en dessous, ils sont restés tous les deux immobiles.

« Putain ! » Jackson a regardé en bas après eux, son visage formait un masque de choc. Il a fait un mouvement pour descendre les escaliers, mais West a attrapé son épaule.

« Elle est partie, mec. Elle est partie. »

Les yeux ambrés sauvages de Jackson se sont baladés entre West et les corps déformés dans la cage d'escalier. Le corps de Julie si mince était étalé sur la grande silhouette du garde, ses membres n'ondulaient plus, ses os ne se brisaient plus et ne se reformaient plus.

Le sang s'écoulait lentement des deux blessures par balle qui lui avaient ôté la vie, mais l'expression de son visage était calme. Presque paisible.

Sa souffrance était terminée.

Mais déjà, la porte en bas s'ouvrait à nouveau. D'une seconde à l'autre, de nouveaux poursuivants seraient sur nous. Jackson a détaché son regard et rejoint West et nous avons sprinté dans les escaliers. West a balancé ses derniers explosifs, ne prenant plus la peine de les positionner avec soin. La meute de métamorphes était devant nous maintenant, et lorsque nous avons fini par atteindre un couloir au rez-de-chaussée, les derniers sujets d'essai sont sortis par la porte d'accès aux employés à l'arrière du bâtiment.

J'ai donné un dernier coup d'accélérateur et mes griffes épaisses ont creusé le sol. Jackson et Noah étaient à l'arrière, leurs respirations haletantes me rassuraient sur leur présence, tandis que West et Rhys couraient devant moi. Sariah s'était transformé en loup comme Noah, mais est restée près de son frère pendant que nous avancions dans l'air frais de la nuit, rejoignant le reste des métamorphes.

West a jeté un coup d'œil par-dessus son épaule, s'assurant que nous avions tous passé la porte, puis s'est rapidement tourné vers Rhys. « Allume le, mon frère. Maintenant ! »

« Avec grand plaisir. »

Ecartant ses cheveux noirs de son visage, Rhys a sorti de sa poche le détonateur que Carl lui avait donné. Son regard s'est tourné vers Sariah pendant une demi-seconde, un regard de protection féroce marquant son visage.

Puis il a retiré le couvercle et a bloqué son pouce sur le bouton.

CHAPITRE VINGT-CINQ

Pendant un moment, il ne s'est passé rien.

Mon cœur a arrêté de battre. Est-ce que ça allait échouer ? Avions-nous mal placé les explosifs ? Peut-être étaient-ils trop éloignés pour être déclenchés à distance.

Puis un faible bruit a attiré mon attention, c'était plus une sensation qu'un son en fait.

Les premières explosions étaient si loin sous terre qu'elles étaient à peine perceptibles. Mais après quelques secondes, on a pu entendre des explosions profondes et plus fortes. Puis plusieurs autres ont retenti et l'intensité des explosions a augmenté.

Enfin, une boule de feu a éclaté à travers la porte d'accès des employés par laquelle nous venions de passer, crachant avec elle une silhouette en feu. L'homme hurlait et se tordait, se jetant au sol et se roulant pour éteindre les flammes qui lui léchaient la peau. Avant même qu'il ne puisse se lever, plusieurs loups se sont jetés sur lui, mettant fin à sa vie avec un cri méchant.

Le silence s'est installé, ce son paisible si étrange et sinistre m'a donné des frissons et a fait se dresser mes poils. Aucune autre silhouette n'a émergé du bâtiment. Aucune sirène ou alarme n'a retenti.

Les explosions étaient devenues suffisamment fortes pour être entendues même en surface, bien qu'à cette heure de la nuit, dans ce coin reculé de Salt Lake City, personne n'était là pour les entendre.

Mais nous ne pouvions pas compter sur cette chance pour tenir longtemps. Ceux qui n'étaient qu'un groupe de cinq personnes à l'entrée représentaient maintenant près de trente personnes, avec un mélange d'humains habillés et nus et de grands loups. Il n'y avait absolument rien de subtil à notre sujet.

« Carl ? » a dit West en tournant la tête et en parlant dans son oreillette. « Nous sommes sortis. Et... nous avons un peu plus de personnes avec nous que prévu. D'autres individus en chemin ? »

Il a écouté attentivement, puis a secoué la tête en nous regardant. J'ai poussé un soupir de soulagement, et le loup de Noah s'est blotti dans mon cou.

Rhys a pris la parole, en s'adressant également à Carl. « Peux-tu rediriger les caméras de surveillance pour nous donner une route dégagée pour sortir de la ville ? Nous devons aller dans les collines. Je ne sais pas combien de temps nous avons avant qu'ils n'envoient des renforts. »

Ce qu'a dit Carl a dû ressembler à un « oui », car Rhys a secoué la tête et nous a fait signe de le suivre.

Sariah a repris sa forme humaine et s'est tournée vers les autres, ses yeux bleus - si proches de ceux de Rhys - brillaient. Sa voix tremblait légèrement, même s'il gardait son sang-froid bien mieux que moi après mon sauvetage. « Nous ne sommes pas encore en sécurité. Tu n'es pas obligée de venir avec nous si tu ne veux pas, mais je reste avec mon frère. Je ne veux pas me faire prendre à nouveau. »

Rhys lui a lancé un regard fier avant de lui prendre la main et de nous entraîner loin du bâtiment. Les autres métamorphes ont dû avoir la même envie que Sariah de ne pas vouloir se faire prendre à nouveau, car ils ont tous suivi. Ceux qui étaient encore sous forme humaine avaient des yeux vitreux et des expressions hébétées, et plusieurs loups boitaient ou avaient des blessures.

Merde. Ils étaient en mauvaise posture, tant au niveau physique qu'émotionnel. Nous devions trouver un endroit sûr le plus vite possible.

Mais où *était-on* en sécurité ?

Est-ce qu'un endroit, aussi éloigné était-il, pouvait

vraiment sûr tant que Strand existait ? Tant qu'ils continueraient à faire des tests ? Tant qu'ils voulaient encore gérer leurs expériences ?

J'ai ravalé ce désespoir plein d'acidité qui s'insinuait dans ma gorge. Je devrais fêter ça. Nous avions gagné. Nous avions sauvé Sariah et les autres métamorphes qui se déplaçaient silencieusement derrière nous tandis que Rhys nous guidait sur les petites routes tranquilles menant hors de Salt Lake City.

Nous n'avions pas pu sauver tout le monde, et le poids de cette culpabilité me pesait. Mais dans ce jeu long et mortel que nous jouions contre Strand, nous devions célébrer les victoires pour ce qu'elles étaient. Nous avions réussi à sauver près d'une vingtaine de sujets de tests métamorphes. Nous étions toujours en vie.

Et nous ferions ce que nous devions faire pour continuer à survivre.

Ma forme de louve s'est éclipsée pendant que nous marchions, disparaissant à nouveau en moi sans que je le veuille. Honnêtement, je n'étais pas prête à ce qu'elle me lâche ; ma forme humaine me semblait chétive et faible après la puissance qu'offrait mes capacités de louve. Les pierres et les brindilles s'enfonçaient dans la plante de mes pieds, et l'air de la nuit chatouillait ma peau nue. Noah s'est déplacé pour se mettre à côté de moi et a enroulé son bras autour de mes épaules m'offrant ainsi un peu de sa force et de sa chaleur. Nous étions tous deux couverts de sang - un mélange du nôtre et de celui des gardes - mais je ne voulais pas avoir à m'en soucier.

Mon corps était plombé par l'épuisement tandis que nous laissions lentement les bâtiments et les chemins derrière nous, nous frayant un chemin sur le terrain rocheux qui entourait la ville. Pour finir, Rhys s'est arrêté sur une étendue de terre plate nichée entre de grands rochers. Ils formaient une barrière de fortune, nous protégeant sur trois côtés, et cet abri atténuait un peu l'inquiétude qui me rongeait.

Si d'autres gardes nous trouvaient ici, au moins ils ne pourraient pas nous encercler à nouveau.

Pendant que les métamorphes secourus s'installaient avec anxiété dans le petit espace, Rhys s'est à nouveau tourné vers sa sœur. Il a fixé son visage avec des yeux pénétrants qui brûlaient d'amour et de douleur, mais il n'a pas parlé. De ce que je comprenais, il ne savait pas quoi dire. Le métamorphe aux cheveux noirs ressentait tellement de choses, mais il n'était pas toujours doué pour exprimer ses émotions - du moins, pas avant que le barrage ne cède et qu'elles ne se déversent d'un seul coup en un torrent.

« Est-ce que tu... vas bien ? », lui a-t-il dit brutalement.

Elle a hoché la tête, des traces de larmes striant la terre et le sang étalés sur ses joues. « Tu es venu. Tu es revenu. »

« Je t'ai dit que je le ferais, Sah. J'avais promis. »

Sa tête a de nouveau bougé de haut en bas, puis elle s'est précipitée vers l'avant, en le serrant dans une nouvelle étreinte qui pouvait lui briser les os et en enfouissant son visage dans sa poitrine. Il a caressé ses cheveux, fermant les yeux alors que des larmes coulaient aussi sur ses joues. Une boule s'est formée dans ma gorge alors que je les regardais, et quand le regard de Rhys a trouvé le mien, j'ai détourné le regard rapidement, en ne voulant pas m'immiscer dans leur moment à eux.

Mais quand ils se sont finalement éloignés l'un de l'autre, doucement, il a pris le bras de Sariah et l'a dirigée vers moi.

« Sah, voici Alexis. Ma compagne. Elle nous a aidés à te trouver. » Sa voix était pleine de fierté et d'amour en disant ces mots.

Elle a accentué son regard et a cligné des yeux en se tournant vers moi. Je n'arrivais pas à lire sa réaction, et je ne savais pas comment la saluer. Je voulais la serrer dans mes bras, mais j'étais une étrangère, et elle avait subi tellement de traumatismes que je n'étais pas sûre que ce soit une bonne idée. Nous étions aussi tous les deux nues, couvertes de marques de sang et épuisées. Pas exactement le moment idéal pour « rencontrer la famille ».

« Merci », a-t-elle chuchoté.

Avant que nous ne puissions dire autre chose, West a levé une main vers son oreille, hochant la tête en écoutant des mots que je ne pouvais pas entendre. Puis il s'est retourné pour nous faire face. « Carl est en route. Il apportera nos sacs et d'autres choses dont nous aurons besoin. Il pense qu'il peut nous aider à sortir d'ici. »

Jackson et Noah nous ont rejoints et, tous les six, nous avons formé un petit conseil.

« Où allons-nous ? » Les yeux de Sariah étaient grands ouverts, et elle n'arrêtait pas de regarder le chemin d'où nous étions arrivés, comme si elle s'attendait, à tout moment, à être ramenée dans l'enceinte du complexe Strand. Bon sang, je pouvais comprendre ça. Je me sentais encore comme ça la plupart du temps, même si je m'en étais échappée il y a plus de deux mois.

Les hommes ont tous échangé un regard par-dessus nos têtes ; Sariah était plus grande que moi, mais toujours plus petite que son frère et ses compagnons de meute.

« New York ? » Jackson a froncé le nez. « C'était le plan original. »

« Qu'y a-t-il à New York ? » a-t-elle demandé.

« Rien », a grogné Rhys. « C'est juste très loin d'ici. Et assez grand pour qu'on puisse disparaître. Mais… »

Il s'est interrompu et a jeté un coup d'œil au groupe de métamorphes qui nous avaient suivis hors du complexe Strand. Ils se serraient les uns contre les autres, ils étaient presque tous sous leur forme de loup maintenant et leurs yeux brillaient dans l'obscurité quand ils nous regardaient.

Noah a suivi son regard « Ça ne semble pas être une bonne chose, n'est-ce pas ? ».

Rhys a secoué la tête, avec une mine défaite.

« Est-ce qu'ils vont venir avec nous ? » a demandé West à Sariah, en pointant sa tête vers les métamorphes.

Ses sourcils se sont levés. « A… New York ? Je ne sais pas. Ils ne sont pas… New York est… » Elle a fait un geste comme si elle montrait un grand espace.

Je pouvais aussi comprendre cela. Contrairement à Sariah et aux autres métamorphes sauvés, tout le temps où j'ai vécu au complexe Strand, à l'extérieur d'Austin, je ne savais pas que j'étais en captivité. Mais quoi qu'il en soit, entrer dans le monde extérieur après des années passées enfermée a été quelque chose de complètement bouleversant. Tout était à la fois exaltant et terrifiant. Trop grand, trop fort, trop.

New York est peut-être le pire endroit où emmener une bande de métamorphes en état de choc.

« Non, pas New York. » Noah s'est mordu la lèvre en regardant, de manière pensive, son regard passant autour du cercle. « Et la Meute perdue ? »

« Putain de merde », a gémi Rhys. « Encore ça ? »

« C'est pourtant logique ! » a ajouté Jackson. « Et cette fois, nous savons exactement où ils sont. Val nous a donné les coordonnées. Nous pouvons tous les six partir de là, trouver un autre endroit où aller si nous le voulons. Mais il n'y a aucun autre endroit auquel je pense pour emmener tout un complexe de métamorphes. »

« La Meute perdue ? La meute libre des métamorphes ? » La voix de Sariah s'est brisée pour ne faire qu'un murmure. « C'est vrai ? »

Des larmes scintillaient dans ses yeux, énormes et ronds, qui brillaient dans la faible lumière de la lune. Rhys a baissé les yeux vers elle, et j'ai pu voir le moment exact où il a cédé.

« Ouais. » Il s'est approché pour ébouriffer ses cheveux, dans un geste d'une douce familiarité. « Elle existe vraiment, Sah. Tu veux y aller ? Rencontrer d'autres métamorphes ? »

Elle a rapidement acquiesce et ses yeux se sont illuminés.

« Tu penses que les autres viendraient aussi ? » a demandé Noah.

« Je... Je pense que oui. Ils vont vouloir se serrer les coudes. »

« On doit d'abord vérifier si tout le monde a des traceurs. Merde, on doit faire ça maintenant. » Les sourcils de West se sont rapprochés.

Sariah l'a regardé d'un air perplexe. « Des traceurs ? »

« Des implants sous la peau qui envoient un signal à Strand. »

Elle a secoué la tête. « Tu peux vérifier si tu veux, mais je ne pense pas qu'ils aient posé des traceurs sur un seul d'entre nous. « Sa voix s'est adoucie jusqu'à devenir un murmure. « La plupart des métamorphes de cette installation n'ont pas vécu assez longtemps pour que ça en vaille la peine. »

Mes pensées se sont tournées vers Julie, et j'ai ravalé une vague de nausée : mon cœur se serrait à ce souvenir plein de tristesse. Quelles que soient les expériences tentées par Strand dans ce centre, ça n'avait pas marché.

La douleur a traversé le visage de Rhys pendant qu'il regardait sa sœur. Puis il s'est forcé à sourire légèrement et a mis une main sur son épaule. « Allez, Sah. Allons leur parler de la Meute perdue. »

Tous deux se sont dirigés vers les loups rassemblés qui ont levé la tête à leur approche. J'espérais que la meute de Salt Lake City accepterait de venir - les laisser derrière moi serait comme les laisser mourir. Ce n'était pas le fait que notre plan puisse être d'une garantie de sécurité absolue, mais au moins la sécurité existait par le nombre. Et je connaissais mes compagnons depuis assez longtemps pour avoir vu à quel point ils étaient bons pour survivre contre vents et marées.

West a penché la tête pour écouter ce qu'on lui disait à l'oreillette avant de s'éloigner un peu, fixant l'horizon en attendant Carl.

Noah et Jackson se sont tous deux tournés vers moi, en soufflant fort.

« Tu l'as fait, Scrubs. » Noah a utilisé sa main pour relever légèrement mon menton. Ses yeux gris-bleu brillaient. « Tu as appelé ta louve quand tu avais besoin d'elle. Et tu l'as laissée se battre. C'est en partie grâce à toi que nous nous en sommes sortis vivants. »

Je ne l'ai pas cru une minute, mais ma louve a quasiment ronronné de contentement en entendant ce compliment. Il y avait toujours un fossé entre nous, un écart qui existait entre elle et moi, mais il y avait de plus en plus d'endroits où nos parcours se chevauchaient. Un jour, peut-être, nous ne ferions plus qu'une.

« Une putain de dur à cuire. » Le métamorphe aux cheveux bruns m'a attirée dans ses bras, puis a utilisé l'intérieur de son pouce pour effacer une tache de sang qui était restée sur ma joue. Mais comme Jackson, au lieu d'avoir l'air horrifié par mon état, il a eu l'air impressionné.

J'ai tendu le bras pour attraper son avant-bras, pour le garder contre moi une seconde de plus. Je voulais juste m'enfermer dans une pièce avec mes camarades pendant une semaine, pour me rappeler pourquoi nous faisions tout cela - l'amour et la bonté dans ce monde qui valaient la peine que l'on se batte.

Un sifflement grave a retenti, et j'ai jeté un coup d'œil pour voir West lever un bras en signe de bienvenue. Carl et Molly sont sortis de l'obscurité et se sont dirigés vers nous, main dans la main.

Jackson a émis un son qui ressemblait à un grognement, en regardant Carl pendant qu'ils s'approchaient. Puis il a retiré son gilet technique pare-balles et a fait passer sa chemise par-dessus sa tête pour me la lancer.

Je l'ai récupérée avec gratitude avant de l'enfiler. Elle couvrait à peine mon corps, mais c'était mieux que rien. Soudain gênée, je me suis passé le dos de la main sur le visage, même si je savais que c'était une tentative inutile. Et Molly, a minima, m'avait déjà vue couverte de sang.

Noah a repris sa forme de loup, et nous avons tous les trois avancé. Quand nous étions à mi-chemin d'eux, Molly s'est détachée de Carl pour venir à ma rencontre. Elle m'a serrée dans ses bras, ignorant mon visage ensanglanté et ma chemise trop grande.

« Mon Dieu, c'était terrifiant à entendre de l'extérieur. Je suis sûre que c'était horrible à vivre. » Elle s'est retirée. « Tu vas bien ? »

J'ai hoché la tête comme si j'étais en pilote automatique. « Avez-vous vu d'autres gardiens de Strand apparaître ? Qu'est-ce qui se passe au complexe ? »

« Il n'y en a pas d'autres. Pas encore de flics non plus. » Carl a soufflé un peu. « Que vous le croyez ou non, depuis là-haut, c'est difficile de dire que quelque chose s'est vraiment passé. Et je sais la quantité de merde avec quelle je vous ai envoyé là-bas. Avec cette quantité d'explosifs, l'intérieur devrait être bien endommagé. »

« Merci. » J'ai parlé avec ferveur, même en sachant que les mots ne suffiraient jamais. « Pour tout. Merci à vous deux. »

Un sourire en coin s'est dessiné sur la bouche de Carl. « Tu sais, je n'ai pas fait ça uniquement parce que je te suis redevable, même si je paie toutes mes dettes. Ce que Strand fait n'est pas bien. J'ai fait quelques trucs dans ma vie dont je ne suis pas fier. De temps en temps, j'aime faire les choses bien. »

Molly a haussé les yeux, mais aucun de nous n'a

fait remarquer que Carl était un homme bien meilleur qu'il ne le pensait.

Un faible bruit au loin m'a fait sursauter, et mon attention a été attirée par le paysage sombre derrière eux. Malgré les propos assurés de Carl, je me sentais toujours sur les nerfs et j'étais impatiente de sortir d'ici.

« Rhys a dit que vous pourriez peut-être trouver un moyen de nous sortir d'ici ? Nous *tous* ? » J'ai fait un geste derrière moi vers la meute recroquevillée.

Pendant un moment, le regard de Carl s'est fixé sur les grandes formes sombres des loups et on pouvait lire la crainte et l'incrédulité sur son visage. Puis il a secoué la tête, en ramenant son attention vers moi.

« Oui, je sais. Mais je te préviens, tu ne vas probablement pas aimer ça. »

CHAPITRE VINGT-SIX

« Ceci. *C'est la raison* pour laquelle les loups ne font pas de road trip. »

La voix grave de West a résonné fort en rebondissant sur les parois métalliques du grand semi-remorque.

J'ai laissé échapper un bruit qui a sonné comme quelque chose entre un gloussement et un gémissement. « Ouaip. »

Carl n'avait pas menti. Aucun de nous n'aimait la solution qu'il proposait. Mais nous n'avions pas non plus été capables de trouver un meilleur moyen de transporter près de trente métamorphes sur plusieurs centaines de kilomètres.

Molly et lui nous ont ramenés à l'endroit où il avait garé le van sur le parking presque vide d'une station-service et ils nous ont remis nos quelques affaires.

Lorsqu'il a pointé son menton vers le grand semi-remorque presque cachée dans un parking annexe, ma mâchoire a failli tomber. Mais l'arrière était assez spacieux pour tous nous accueillir, et il avait installé de nouvelles plaques pour remplacer les vieilles qui fonctionneraient. Tant qu'on ne se faisait pas arrêter, on devrait être impossibles à tracer.

C'était la meilleure option que nous ayons, même si pour être honnête, je détestais toujours ça.

L'air extérieur était frais, mais à l'arrière du camion, c'était étouffant et chaud. Pour les métamorphes récemment libérés, cela devait horriblement ressembler à l'endroit dont ils venaient de s'échapper. Sariah avait convaincu la plupart d'entre eux de reprendre leur forme humaine pour que nous nous voyagions tous plus facilement. Quelques-uns avaient refusé, mais la plupart s'étaient soumis à sa douce incitation.

La dynamique entre les métamorphes de Salt Lake City était étrange. Certes, ils formaient une meute, mais en fait ... pas vraiment. Je ne pouvais pas identifier un alpha, et même s'ils semblaient fonctionner comme un groupe soudé, chacun existait dans une sorte de bulle, séparé des autres.

C'était logique, je suppose. Ils avaient réunis de force au vu des circonstances, mais il n'y avait presque rien dans leur situation qui semblait naturel. J'espérais qu'une fois que nous aurions atteint le grand espace ouvert où la meute perdue s'était installée et qu'ils auraient pu courir librement, les choses pourraient changer pour eux. Jusqu'à présent, je n'avais pu partager que quelques mots avec certains des métamorphes secourus. Ils étaient tous encore trop choqués pour ça.

Rhys avait insisté pour conduire et aucun de ses compagnons de meute ne l'avait contredit. Ce camion était une bête. Sariah, Jackson, et Noah avaient sauté à l'avant avec lui, mais j'avais proposé de monter à l'arrière avec West. J'avais besoin de lui parler, et je ne savais pas quand nous aurions la chance d'être à nouveau seuls.

Ou du moins un peu seuls.

J'aurais souhaité qu'un groupe d'étrangers ne soit pas assis autour de nous pour avoir cette conversation - mais là encore, c'était assez égoïste de ma part d'imaginer que tout ce que je dirais serait plus significatif ou important pour eux que leur propre douleur.

Dans l'obscurité, je ne pouvais pas voir West, mais je pouvais le sentir près de moi. Quelques centimètres séparaient nos bras, et je me suis demandé si cet espace était voulu.

Après avoir rassemblé mon courage, je me suis raclé la gorge. « Euh, West ? »

« Ouais, Scrubs ? »

Le fait qu'il utilise le surnom que les gars avaient choisi pour moi m'a réchauffé le cœur, et j'ai continué. « Jackson m'a dit… ce qui t'es arrivé à San Diego. Le lien forcé avec ta compagne. »

Il y a eu une pause. « Oh. »

« Il ne m'a pas tout dit ! » ai-je ajouté précipitamment. « Pas de détails. Juste que c'est arrivé. »

« Bien sûr. »

Même sans le toucher, je pouvais voir que ses muscles étaient tendus. Je savais qu'il ne voulait pas en parler, mais je devais le lui faire savoir.

« West, le truc c'est que… » Une boule s'est formée dans ma gorge, et j'ai soufflé lentement avant de continuer. « Je ne sais pas ce que Strand t'a fait. J'espère qu'un jour tu me feras assez confiance pour me le dire, mais si tu ne veux pas ou ne peux pas, je l'accepterai aussi. J'ai besoin de toi dans ma vie. J'ai parfois le sentiment que j'en ai plus besoin que du fait de me nourrir ou de respirer. »

J'ai écarté mes doigts tordus, glissant une main le long du métal lisse de la plate-forme du camion jusqu'à ce qu'elle se frotte à celle de West. Son bras s'est écarté mais il ne s'est pas éloigné.

« Je t'aime, West. Quelque part au milieu de toutes ces courses, ces cachettes et ces combats, je suis tombée amoureuse de vous quatre. Vous êtes mes compagnons, mais c'est encore plus grand que ça. C'est vous. » Des larmes ont coulé sur mes joues, mais je n'ai pas pris la peine de les essuyer. Personne ne pouvait les voir dans l'obscurité de toute façon. J'ai eu mal au cœur en prononçant les mots suivants, mais j'ai réussi à stabiliser ma voix. Je devais m'assurer qu'il comprenne. « Je t'aime. Et j'en voudrai toujours plus. Je veux tout. Mais si ce n'est pas ce que tu veux, je ne te pousserai pas. J'ai juste besoin de t'avoir dans ma vie. Même si c'est juste en tant qu'ami. »

Il a frémi en inspirant à mes côtés et j'étais presque sûre qu'il pleurait aussi. Puis sa grande main a enveloppé la mienne, en la serrant très fort.

« J'en veux davantage aussi, Scrubs », a-t-il murmuré, d'une voix lourde. « Je te veux tellement que je ne pense qu'à toi parfois. Mais le lien d'accouplement... ce que Strand a fait... ça m'a fichu en l'air. Je suis tellement... foutu. » Il a soupiré, en se tournant légèrement vers moi. « Je vais essayer. Je vais continuer à essayer. Mais j'ai juste besoin de temps. »

Mon cœur s'est fendu en entendant la douleur dans sa voix, vu les doutes qu'elle soulignait. Ses mots non exprimés sont restés entre nous, et je les ai entendus - ressentis - aussi clairement que s'ils avaient été exprimés à haute voix.

Il pourrait ne jamais être prêt.

« C'est bon, West. Tu as tout le temps que tu veux. Je ne vais nulle part. » J'ai entrelacé mes doigts dans les siens en parlant et en resserrant ma prise sur sa main comme pour prouver mon point de vue.

Son souffle lourd a semblé être un chuchotement dans le silence du camion, et quand j'ai posé ma tête sur son épaule, il a appuyé sa tête contre la mienne. J'ai laissé ce contact léger m'apaiser, en fermant les yeux et en m'y enfonçant.

Je n'avais pas menti. J'en voudrais toujours voulu davantage de sa part. Le lien familial et l'amour que je ressentais pour ces hommes, tout cela me faisait désirer tout ce qu'ils étaient.

Je voulais son cœur. Son corps. Son âme.

Mais pour l'instant, j'avais une petite partie de lui en retour. J'avais ça. Et ça devrait être suffisant.

CHAPITRE VINGT-SEPT

« Tu es sûr que ce n'est pas une putain d'énorme erreur ? » a demandé Jackson pour la troisième fois alors que nous traversions la forêt de pins du nord du Montana.

« Non. » En guise de réponse, le grognement de Rhys était bourru et direct, mais j'étais sûre qu'il parlait pour nous tous.

En tout cas, il avait résumé de manière exacte mes sentiments.

Après avoir conduit à l'aube et durant le jour, nous avions abandonné le camion sur le bord de la route à plus d'une quinzaine de kilomètres de notre destination finale. Jackson s'était porté volontaire pour « s'en occuper », mais les trois autres l'avaient rapidement fait taire, Dieu merci. Après avoir été témoin de la boule de feu qu'un van était capable de produire, je n'avais vraiment pas envie de découvrir le genre de boule de feu qu'un énorme semi-remorque pouvait créer.

La plupart des membres de la meute de Salt Lake City avait repris leur forme de loup dès que nous avions quitté l'étroitesse du camion, et ils se déplaçaient en groupe autour de nous.

J'avais enfilé des vêtements neufs provenant d'un des sacs que Carl et Molly avaient apportés et j'avais utilisé la vieille chemise de Jackson pour me nettoyer le visage du mieux que je pouvais, mais je me sentais toujours en loques. J'avais l'impression que du sang s'était infiltré dans les pores de ma peau, et j'avais désespérément besoin d'une douche - une envie que j'ai essayé de réfréner, en me rappelant qu'il faudrait peut-être des semaines ou des mois avant que je n'aie à nouveau accès à ce genre de commodités.

« Nous n'aurions pas dû venir. » a dit Sariah en jetant un regard effrayé sur nous cinq, et Rhys a glissé un bras autour de ses épaules en la tirant vers lui.

« Ne t'inquiète pas, Sah. Tout va bien se passer. »

J'ai essayé de ne pas fixer mon attention sur le fait qu'ils étaient proches mais c'était difficile. A cette occasion, j'avais vu le côté plus doux de Rhys, mais la plupart du temps, j'étais habituée à sa carapace extérieure dure.

Toutefois en le regardant se comporter avec Sariah - la façon dont il la surveillait en permanence, la façon dont sa voix changeait quand il lui parlait, le registre grave devenant doux et rassurant - quelque chose de chaud et de gluant s'est répandu dans ma poitrine. Il semblait remplir le rôle à la fois de frère, de parent, et à en juger par l'inquiétude dans son regard quand il la regardait, il se souciait de l'impact de toutes ces années qu'elle avait passé en captivité à cause de Strand.

Je n'avais pas connu sa sœur avant tout ça, pas comme lui. Mais même moi, je pouvais dire qu'il y avait quelque chose qui manquait, quelque chose d'un peu différent dans son comportement. Comme si une partie d'elle n'était pas venue avec nous quand nous avions quitté le complexe de Salt Lake City. Je pouvais seulement espérer qu'en réalisant qu'elle était vraiment libre et en renouant avec son frère, elle sortirait de sa coquille et trouverait une sorte de paix.

Ce n'était pas une tâche aisée. Je pense que nous l'avions tous compris par nous-même.

Mon regard a rencontré celui de West, et bien que je puisse encore voir une profonde tristesse dans ses yeux marron foncé, il ne s'est pas détourné de moi.

Noah a pris ma main, en faisant repartir notre rythme faiblissant d'une foulée déterminée. « Rhys a raison. Et si ça ne va pas, nous trouverons un nouveau plan. Nous sommes devenus assez bons à ça avec le temps. »

« Putain, ça c'est vrai », a convenu Jackson avec un

petit rire. « Hé, tu te souviens de la fois où on est arrivé à Vegas ? Quand West a décidé que la meilleure façon pour nous de gagner notre vie était de devenir strip-teaseurs ? »

« Ce n'était qu'une suggestion », a grommelé West et sa peau sombre a légèrement rougi.

« Euh, bien sûr que c'en était une, mon pote. Tu avais la playlist et les pantalons à déchirer tout prêts. »

J'ai caché un sourire derrière ma main, en échangeant un regard avec Sariah. Pendant un bref instant, j'ai eu un aperçu de la fille vive et pleine de vie qu'elle aurait pu être autrefois. Puis ses yeux se sont de nouveau assombris, et elle a baissé le regard.

« Eh bien, je maintiens que nous aurions pu gagner au moins autant d'argent que dans nos autres jobs », a insisté West.

« Ouais, bien sûr. Mais nous n'aurions pas acquis de compétences utiles. » Jackson rit. « Savoir comment crocheter des serrures et câbler des voitures nous a sauvé la mise un paquet de fois. Comment auriez-vous arrêté le Terminator blond si tout ce que vous saviez faire c'était de vous déshabiller ? En lui faisant un lap dance ? »

West a haussé les yeux et poussé l'épaule de Jackson. Le métamorphe aux cheveux bruns a trébuché sur le côté de quelques pas avant de rebondir pour continuer à taquiner son compagnon de meute.

Je me suis perdue dans le son réconfortant de leurs plaisanteries et dans le rythme régulier de nos pas, tandis que mon esprit dérivait vers Molly et Carl. Même si je m'inquiétais pour moi et mes compagnons, j'espérais que les choses iraient bien pour ces deux-là aussi. Avant de partir, j'avais serré la gentille infirmière blonde si fort que j'avais dû lui briser les côtes, et elle m'avait serré dans ses bras tout aussi violemment.

D'une certaine manière, à travers tout ça, elle était devenue comme une sœur pour moi. Et malgré les différences de nos situations, nous avions une chose en commun : nous savions tous où se trouvait notre maison, et cela n'avait rien à voir avec un lieu physique.

Mon regard a dérivé sur mes quatre compagnons, mes quatre sauveteurs.

Ma maison.

Peu importe ce que l'univers nous réservait, je devais croire que tant que nous étions ensemble, nous avions une chance de tout surmonter.

Avec un groupe aussi important, dont beaucoup étaient en état de choc et légèrement sous-nutris, notre progression dans la forêt de pins était lente. Au moins, cette fois, nous savions exactement où nous allions, grâce aux coordonnées de Val.

Nous étions à environ un kilomètre de notre destination lorsque des hurlements au loin ont fendu l'air tranquille. Tout le groupe s'est figé sur place et a penché la tête pour écouter. Puis, comme un seul homme, les membres de la meute de Salt Lake City a incliné la tête en arrière et a ajouté sa voix au chant obsédant.

Le son a pénétré mes oreilles, mon cœur et mon âme et m'a donné la chair de poule. C'était beau et triste, plein d'espoir et mélancolique. La louve en moi a levé la tête à l'appel.

Puis, quatre grands loups ont émergé de la forêt devant nous. Le chef s'est transformé en une femme aux longs cheveux auburn, aux yeux noisette et à la cicatrice méchamment incurvée sur le côté droit de son visage.

Val.

Son allure était confiante et forte, son expression sévère. Mais alors qu'elle s'est approchée de nous, balayant du regard la multitude de loups qui nous entouraient, ses lèvres se sont ouvertes sur un large sourire.

« Putain. » Elle a secoué la tête en un signe de respect reconnaissant et ses yeux brillaient. « Vous l'avez fait. »

« Nous vous avions dit que nous le ferions. » Rhys a mis son bras autour des épaules de Sariah pour la protéger, lançant un regard presque provocateur à Val.

« Et c'est ce que tu as fait, métamorphe. Tu l'as fait. »

La femme féroce semblait presque mélancolique, comme si elle regrettait d'avoir manqué le combat. Pour la première fois, je me suis demandé ce qui aurait pu se passer si Nils et ses gardes n'avaient pas suivi notre trace jusqu'à l'emplacement précédent de la meute perdue et attaqué le camp. Rhys avait l'intention de demander à Alpha Elijah s'il autoriserait les membres de sa meute à nous aider s'ils le souhaitaient, mais nous avons été forcés de fuir pour sauver nos vies avant qu'il puisse obtenir une réponse.

Est-ce que Val se serait portée volontaire ? Est-ce que l'un des autres loups de la meute perdue aurait fait un pas en avant ?

Val a évalué les nouveaux métamorphes qui étaient avec nous d'un regard scrutateur, notant leur fourrure terne et leurs formes minces. Son visage s'est durci de colère à la vue de ce spectacle pitoyable tandis que ses trois gardes métamorphes marchaient parmi nous, reniflant les nouveaux arrivants.

« Et je suppose que ce sont d'autres personnes du même complexe où vous avez trouvé ta sœur ? »

Rhys a hoché la tête.

La femme aux cheveux auburn s'est avancée,

complètement insouciante de sa nudité. Ses longs cheveux tombaient sur ses épaules et ses seins, et d'une certaine manière, même sans un seul vêtement ou une armure, elle ressemblait à une putain de guerrière.

Elle a élevé la voix, en s'adressant à la foule. « Vous êtes tous les bienvenus ici. La meute perdue a été, et sera toujours, un refuge pour les métamorphes en fuite. S'il vous plaît, venez avec moi. »

D'un coup de menton, elle a fait signe à ses gardes. Ils se sont déployés autour de nous, deux de chaque côté et un à l'arrière. Lorsque nous avons repris la marche, Val s'est mise au pas avec nous, passant la tête pour me regarder puis observer mes hommes. Son expression est devenue grave, et elle a baissé la voix.

« Je suis heureuse de te voir en vie. Mais je dois te prévenir, tout le monde ne partage pas ce sentiment. Alpha Elijah te blâme toujours pour l'embuscade de notre meute. Sa paranoïa nous a permis de nous préparer aux attaques et de fait, nos pertes n'ont pas été aussi dévastatrices qu'elles auraient pu l'être. Mais nous avons perdu plusieurs membres bien-aimés, et à cause de l'influence de l'alpha, d'autres membres de la meute pourraient aussi te blâmer. »

La culpabilité m'a tordu l'estomac. C'était difficile de ne pas être d'accord avec ce que pensait l'Alpha Elijah. Notre arrivée avait été la raison qui avait conduit les gardes de Strand directement à la meute perdue. Le fait que nous ne savions pas, que nous n'avions jamais eu l'intention d'apporter ce genre de danger avec nous, était sans importance en fin de compte. Ça ne changeait rien à ce qui s'était passé.

« Je ne pense pas qu'il vous refusera de vous joindre à nous. » Val a jeté un coup d'œil par-dessus son épaule, pour voir le groupe derrière nous. « Surtout pas avec autant de personnes dans le besoin. Mais j'ai pensé que vous devriez savoir à quel genre d'accueil vous attendre. »

« Merci. » Les sourcils de West se sont rapprochés, son visage s'est crispé d'inquiétude. « Nous allons lui parler. »

« Nous tous sauf Rhys », a plaisanté Jackson, même si j'étais sûre qu'il le pensait vraiment. « Il a déjà assez énervé l'alpha. Peut-être qu'il devrait juste garder sa bouche fermée. »

« Je n'ai rien à lui dire », a dit Rhys sans ambages.

De vifs souvenirs de notre première rencontre avec l'Alpha Elijah ont afflué dans mon esprit, et le sentiment d'inquiétude au fond de mes tripes est monté d'un cran. Rhys s'était heurté à l'homme stoïque et inébranlable presque immédiatement, et à partir de là, les choses n'avaient fait que se dégrader. Il pourrait dire qu'il n'a pas de mots pour l'alpha, mais combien de temps cela allait-il durer ?

Bien. » a gloussé Jackson. « Parce que les seules

choses que j'imagine que tu veux lui dire brûleraient probablement tous les poils de ses oreilles. «

« Nous devons la jouer fine à ce propos », a ajouté Noah. « Nous devons... »

Il s'est interrompu alors que nous étions sur une petite colline et que nous pouvions enfin voir ce qui se trouvait au-delà. L'emplacement précédent de la meute perdue était une étrange sorte de village de fortune construit dans la forêt, avec des structures grossières qui ne ressemblaient que vaguement à des huttes.

Mais là ?

C'était quelque chose d'entièrement différent.

« Quoi... ? » ai-je soufflé, en regardant le large éventail de bâtiments devant moi.

« C'est une base militaire abandonnée », m'a dit Val. « Il n'y a pas d'électricité, donc la plupart des installations ne fonctionnent pas, mais au moins, nous avons un toit au-dessus de nos têtes. Et ça nous cache mieux des vues aériennes. »

J'ai hoché la tête, mon regard toujours fixé sur la base. Elle ressemblait étrangement au genre de complexe dont nous venions de sauver Sariah et les autres métamorphes, et je devais me rappeler qu'il n'y avait rien à craindre entre ces murs. Ce n'était pas Strand.

Nous avons marché pendant le chemin qu'il restait à parcourir en silence, tous en alerte, les corps tendus et les oreilles dressées. Enfin, nous avons atteint la limite de l'enceinte, en suivant un chemin entre deux grands bâtiments gris. Les guetteurs ont dû nous voir arriver, car avant que nous ayons fait plus de quelques mètres, Alpha Elijah est apparu, marchant rapidement vers nous.

Il a jeté un coup d'œil à tout le groupe avant que son regard pénétrant ne se pose sur Noah, Jackson, West, Rhys et finalement, sur moi. Val s'est avancée pour lui parler à voix basse dans l'oreille, en nous désignant. Les yeux de l'homme d'âge moyen se sont élargis, puis rétrécis. Il a passé une main dans ses cheveux bruns hirsutes, sa barbe épaisse a frémi en serrant les dents.

Nous avons tous attendu en silence. Même Rhys n'a pas parlé.

Pendant un long moment, l'alpha nous a regardé fixement, les sourcils froncés sur ses yeux bleus foncés. J'ai essayé de garder une expression neutre, mais je pouvais sentir les muscles de mes jambes et de mes épaules se tendre, se préparant à courir ou à se battre. J'ai essuyé les paumes de mes mains moites sur mon pantalon.

Merde. Il ne va pas nous laisser rester.

Mais est-ce qu'il nous laisserait repartir ? Maintenant que nous avions vu le nouvel emplacement de la meute perdue, prendrait-il le risque de nous laisser partir ? Le risque que Strand nous capture à nouveau et nous utilise pour les traquer ?

Finalement, alors que mon cœur battait à tout rompre, l'alpha a cligné des yeux. Puis il a levé la tête, élevant sa voix puissante.

« Aucun métamorphe qui demande l'asile à la meute perdue ne se verra rejeté, jamais. Vous êtes tous les bienvenus ici. Même ceux d'entre vous pour qui c'est une seconde chance. »

Son ton sombre ne correspondait pas à ses mots, et au lieu de dire autre chose, il a pivoté sur ses talons et s'est éloigné.

Val est revenu vers nous, en haussant un sourcil comme pour dire, je vous avais prévenus.

J'ai laissé échapper un souffle en frissonnant et j'ai hoché la tête en signe de reconnaissance. Au moins, elle nous avait prévenus, mais il était trop tard pour changer de cap maintenant. Elle nous a fait signe d'avancer, et nous avons continué à travers la base abandonnée, les loups derrière nous reniflant et gémissant nerveusement tandis que les métamorphes de la meute perdue s'arrêtaient sur leurs traces pour nous regarder passer.

Je pouvais sentir leurs regards sur nous comme des projecteurs brûlants, suivant notre lente progression dans le camp. Les chuchotements et les murmures bourdonnaient dans notre sillage alors que les expressions des spectateurs passaient de la surprise au ressentiment, à la colère et à la peur.

Noah a glissé sa main dans la mienne, enlaçant nos doigts ensemble, et Rhys a attrapé mon bras pour me protéger. Il a gardé Sariah près de lui tandis que Jackson et West se pressaient derrière nous, regardant les métamorphes de la meute perdue avec méfiance.

La tension qui avait serpenté dans mon estomac a formé un nœud dur.

Nous avions promis à la meute de Salt Lake City qu'ils seraient en sécurité ici. Et ils l'étaient. Je devais le croire. Mais une voix irritante au fond de moi ne cessait de se poser la même question.

Les avions-nous mis dans une situation encore plus dangereuse que celle qu'ils avaient connue auparavant ?

AUTRES OUVRAGES PAR
SADIE MOSS

Le Dernier Métamorphe

Ses Partenaires métamorphes

Loup révélé

Lune obscure

Loup ascendant

Liée aux vampires

Sauvée par le sang

Séduite par le sang

Ruiné par le sang

Printed in France by Amazon
Brétigny-sur-Orge, FR